民國文化與文學研究文叢

十　編

李　怡 主編

第 11 冊

在文士與鬥士之間
——王平陵研究（1917～1949）

張　玫 著

國家圖書館出版品預行編目資料

在文士與鬥士之間——王平陵研究（1917～1949）／張玫著 —
初版 — 新北市：花木蘭文化事業有限公司，2018〔民 107〕
目 2+190 面；19×26 公分
（民國文化與文學研究文叢 十編；第 11 冊）
ISBN 978-986-485-528-5（精裝）
1. 王平陵 2. 學術思想 3. 文藝評論
820.9　　107011808

民國文化與文學研究文叢
十　編　第十一冊　　ISBN：978-986-485-528-5

在文士與鬥士之間——王平陵研究（1917～1949）

作　　者　張　玫
主　　編　李　怡
企　　劃　四川大學中國詩歌研究院
總 編 輯　杜潔祥
副總編輯　楊嘉樂
編　　輯　許郁翎、王　筑　美術編輯　陳逸婷
出　　版　花木蘭文化事業有限公司
社　　長　高小娟
聯絡地址　235 新北市中和區中安街七二號十三樓
　　　　　電話：02-2923-1455／傳真：02-2923-1452
網　　址　http://www.huamulan.tw　信箱　hml 810518@gmail.com
印　　刷　普羅文化出版廣告事業
初　　版　2018 年 9 月
全書字數　169214 字
定　　價　十編 14 冊（精裝）新台幣 26,000 元　

在文士與鬥士之間

——王平陵研究（1917～1949）

張玫 著

作者簡介

張玫（1982～），女，漢族，四川自貢人，2016 年 12 月畢業於四川大學文學與新聞學院，獲文學博士學位，現爲長江師範學院文學院教師，從事中國現當代文學教學與研究工作。

提　　要

目前學界對民國時期國民黨文藝的研究取得了一定進展，但學界對國民黨作家的認識顯得比較粗疏，對國民黨文藝運動發起、發展的脈絡研究不夠清楚。具體到對王平陵的研究，學界對其參與的文藝活動、創作的文藝作品還瞭解較少。

本書通過對王平陵生平經歷的考察和作品的解讀，認爲王平陵首先是一個經歷了中國現代文學發生、發展過程的作家，同時他又長期浸淫於國民黨文宣系統中，這就導致他對文藝的理解，既要體現出配合國民黨政權統制意識形態的需要，也在一定程度上表現出他個人對文藝自由的推崇。這不僅體現在王平陵的文藝創作中，也體現在他所編輯的黨報副刊、文藝刊物上，還對他以文化官員身份參與的文藝活動造成了影響，進而對國民黨文藝政策的實踐和推進產生了間接的影響。因此，本書從作家、編輯、文化官員三種不同社會身份的角度出發，從文學活動入手，以文學文本爲基礎，對王平陵的文學創作和人生道路選擇進行全面、深入的剖析，分析他在這三種身份之間進行角色轉換的心路歷程，探討民國時期以王平陵爲典型的右翼文人，在作家、編輯、文化官員等多重社會身份的糾結中，在面對國民黨政權逐漸加強對文化的統制與「五四」新文化運動對文藝獨立性的強調、激進政治思潮與文化保守傾向、黑暗的政治和社會現實與理想的政治願景等因素的對立、衝突中的掙扎與轉換，以期呈現的不僅僅是王平陵這個民國文人的文藝創作與人生軌跡，更是民國時期和王平陵一樣生存在國民黨政權內部的一大批知識分子的生存狀態和精神面貌。

本書爲重慶市社會科學規劃培育項目（2016PY84）
研究成果

在民國史料中重新發現現代文學
——《民國文化與文學研究文叢》第十輯引言

李　怡

研究中國現代文學需要有更大的文學的視野，也就是說，能夠成爲「文學研究」關注的對象應該更爲充分和廣泛，甚至是更多的「文學之外」的色彩斑爛的各種文字現象「大文學」現象需要的是更廣闊的史料，是爲「大史料」。如何才能發現「文學」之「大」，進而擴充我們的「史料」範圍呢？這就需要還原現代文學的歷史現場，在客觀的「民國」空間中容納各種現代、非現代的文學現象，這就叫做「在民國史料中重新發現攜帶文學」。

但是這樣一個結論卻可能讓人疑竇重重：文獻史料是一切學術工作的基礎，無論什麼時代、無論什麼國度，都理當如此。如果這是一個簡單的常識，那麼，我們這個判斷可能就有點奇怪了：爲什麼要如此強調「在民國史料中發現」呢？其實，在這裡我們想強調的是：文獻史料的發掘、整理並不像表面上看去那麼簡單，並不是只需要冷靜、耐性和客觀就能夠獲得，它依然承受了意識形態的種種印記，文獻史料的發掘、運用同時也是一件具有特殊思想意味的工作。

對於現代文學學科而言，系統的文獻史料工作開始於 1980 年代以後，即所謂的「新時期」。沒有當時思想領域的撥亂反正，就不會有對大量現代文學現象的重新評價，就不會有對胡適等自由主義作家的「平反」，甚至也不會有對 1930 年代左翼文學的重新認識，中國社科院主持的「文學史史料彙編」工程更不復存在。而且，這樣的文獻史料的發掘整理也依然存在一個逐步展開的過程，其展開的速度、程度都取決於思想開放的速度和程度。例如在一開始，我們對文學史的思想認識和歷史描述中出現了「主流」說——當然是將左翼文學的發生發展視作不容置疑的「主流」，這樣一來至少比認定文學史只存在一種聲音要好：有「主流」就有「支流」，甚至還可以有「逆流」。這些「主」「次」之分無論多麼簡陋和經不起推敲，也都在事實上爲多種文學現象的出場（即便是羞羞答答的出場）打開了通道。

即便如此，在二三十年前，要更充分地、更自由地呈現現代文學的史料也還是阻力重重。因爲，更大的歷史認知框架首先規定了那個時代的社會性質：民國不是歷史進程的客觀時段，而是包含著鮮明的意識形態判斷的對象，更常見的稱謂是「舊中國」「舊社會」。在這樣一種認知框架下，百年來的中國文學發展史常常被描繪爲一部你死我活的 「階級鬥爭史」，是「新中國」戰勝「民國」的歷史，也是「黨的」「人民的」「正義」的力量不斷戰勝「封建的」「反動的」「腐朽的」力量的歷史。

這樣的歷史認知框架產生了 1980 年代的「三流」文學——「主流」「支流」和「逆流」。當然，我們能夠讀到的主要是「主流」的史料，能夠理所當然進入討論話題的也屬於「主流文學現象」——就是在今天，也依然通過對「歷史進步方向」「新文學主潮」的種種認定不斷圈定了文獻史料的發現領域，影響著我們文獻整理的態度和視野。例如因爲確立了「五四」新文學的「方向」，一切偏離這一方向的文學走向和文化傾向都飽受質疑，在很長一段時期中難以獲得足夠充分的重視：接近國民黨官方的文學潮流如此，保守主義的文學如此，市民通俗文學如此，舊體詩詞更是如此。甚至對一些文體發展史的描述也遵循這一模式。例如我們的認知框架一旦認定從《嘗試集》到《女神》再到「新月派」「現代派」以及「中國新詩派」就是現代新詩的發展軌跡，那麼，游離於這一線索之外的可能數量更多的新詩文本包括詩人本身就可能遭遇被忽視、被淹沒的命運，無法進入文獻研究的視野，例如稍稍晚於《嘗試集》的葉伯和的《詩歌集》，以及創作數量眾多卻被小說家身份所遮蔽的詩人徐舒。再比如小說史領域，因爲我們將魯迅的《狂人日記》判定爲「現代第一篇白話小說」，就根本不再顧及四川作家李劼人早在 1918 年之前就發表過白話小說的事實。

同樣的情況也出現在文學思潮的認定框架中。過去的文學史研究是將抗戰文學的中心與主流定位於抗日救亡，這樣，出現在當時的許多豐富而複雜的文學現象就只有備受冷落了。長期以來，我們重視的就僅僅是抗戰歌謠、「歷史劇」等等，描述的中心也是重慶的「進步作家」。西南聯大位居抗戰「邊緣」的昆明，自然就不受重視。即便是抗戰陪都的重慶，也僅僅以「文協」或接近中國共產黨的作家爲中心。近年來，隨著這些抗戰文學認知的逐步更新，西南聯大的文學活動才引起了相當的關注，而重慶文壇在抗戰歷史劇之外的、處於「邊緣」的如北碚復旦大學等的文學活動也開始成爲碩士甚至博士論文的選題。這無疑得益於學術界在觀念上的重大變化：從「一切爲了抗戰」到「抗戰爲了人」的重大變化。文學作爲關注人類精神生活的重要方式，最有價值的恰恰是它能夠記錄和展示人在不同生存境遇中的心靈變化。

在我看來，能夠引起文學史認知框架重要突破的原因就在於我們的現代文學史觀正越來越回到對國家歷史情態的尊重，同時解構過去那種以政黨爲中心的歷史評價體系。而推動這種觀念革新的，就是現代文學研究的「民國視野」的出現。中國現代文學發生於民國，與民國的體制有關，與民國的社會環境有關，與民國的精神氛圍有關，也與民國本身的歷史命運有關。這本來是個簡單的事實，但是對於習慣於二元對立鬥爭邏輯的我們來說，卻意味著一種歷史框架的大解構和大重建——只有當作爲歷史概念的「民國」能夠「祛除」意識形態色彩、成爲歷史描述的時間定位與背景呈現之時，現代歷史（包括文學史）最豐富多彩的景象才眞正凸顯了出來。

最近 10 來年，現代文學研究出現了對「民國」的重視，「民國文學史」「民國史視角」「民國機制」「民國性」等研究方法漸次提出，有力地推動了學術的發展。正是在這樣的新的思想方法的啓迪下，我們才眞正突破了新中國／舊中國的對立認知，發現了現代文學的廣闊天地：中國文學的歷史性巨變出現在清末民初，此時的中國開始步入了「現代」，一個全新的歷史空間得以打開。在這個新的歷史空間中，伴隨著文化交融、體制變革以及近代知識分子的艱苦求索，中國文學的樣式、構成和格局都發生了巨大的變化。具體而言，就是在「民國」之中發生著前所未有的嬗變——雖然錢基博說當時的某些前朝遺民不認「民國」，自己在無奈中啓用了文學的「現代」之名，但事實上，視「民國乃敵國」的文化人畢竟稀少——中國的「現代」之路就是因爲有了「民國」的旗幟才光明正大地開闢出來。大多數的「現代」作家還是願意將自己的夢想寄託在這樣一個「人民之國」——民國，並且在如此的「新中國」中積累自己的「現代」經驗。中國的「現代經驗」孕育於「民國」，或者說「民國」開啓了中國人眞正的「現代」經驗「新中國」與「民國」原本不是對立的意義，自清末以降，如何建構起一個「人民之國」的「新中國」就是幾代民族先賢與新知識階層的強烈願望。可惜的是，在現實的「新中國」建立之後，爲了清算歷史的舊賬，在批判民國腐朽政權的同時，我們來不及爲曾經光榮的「民國理想」留下一席之地。久而久之「民國」就等同於「民國政府」，「民國」的記憶幾乎完全被北洋軍閥、國民黨反動派所淤塞，恰恰其中最值得珍惜的部分——民國文化被一再排除。殊不知，後者也包含了中國共產黨及許多進步文化力量的努力和奮鬥。當「民國文化」不能獲得必要的尊重，現代中國文學（文化）的遺產實際上也就被大大簡化了。

民國時期的中國文學也是民國文化當然的組成部分，當文化的記憶被簡化甚至刪除，那麼其中的文學的史料與文獻也就屈指可數了。在今天，在今後，現代文學文獻史料的進一步發掘整理，就有必要正視民國歷史的豐富與複雜，在袪除意識形態干擾的前提下將歷史交還給歷史自己。

嚴格說來，我們也是這些民國文獻搜集整理的見證人。民國文獻，是中華民族自古代轉向現代的精神歷程的最重要的記錄。但是，歲月流逝，政治變動，都一再使這些珍貴的文獻面臨散失、淹沒的命運，如何更及時地搜集、整理、出版這些珍貴的財富，越來越顯得刻不容緩！十五年前，我在重慶張天授老先生家讀到大量的民國珍品，張先生是重慶復旦大學的畢業生，收藏多種抗戰時期文學期刊和文學出版物。十五年之後，張老先生已經不在人世，大量珍品不知所終。三年前，我和張堂錡教授一起拜訪了臺灣政治大學的名譽教授尉天聰先生，在他家翻閱整套的《赤光》雜誌。《赤光》是中國共產黨旅法支部的機關刊物，由周恩來與當時的領導人任卓宣負責，鄧小平親自刻印鋼板，這幾位參與者的大名已經足以說明《赤光》的歷史價值了。三年後的今天，激情四溢的尉先生已經因爲車禍失去行動能力，再也不能親臨研討現場爲大家展示他的珍藏了。作爲歷史文物的見證人，更悲哀的可能還在於，我們或許同時也會成爲這些歷史即將消失的見證人！如果我們這一代人還不能爲這些文獻的保存、出版做出切實的努力，那麼，這段文化歷史的文獻就可能最後消失。爲了搜求、保存現代文學文獻，還有許許多多的學人節衣縮食，竭盡所能，將自己原本狹小的蝸居改造成了歷史的檔案館，文獻史料在客廳、臥室甚至過道堆積如山。中國社科院文學所的劉福春教授可謂中國新詩收藏第一人，這「第一人」的位置卻凝聚了他無數的付出，其中充滿了一位歷史保存人的種種辛酸：他每天都不得不在文獻的過道中側身穿行，他的家人從大人到小孩每一位都被書砸傷劃傷過！民國歷史文獻不僅銘記在我們的思想中，也直接在我們的身體上留下了斑斑印痕！

由此一來，好像更是證明了這些民國文獻的珍貴性，證明了這些文獻收藏的特殊意義。在我們看來，其中所包含的還是一代代文學的創造者、一代代文獻的收藏人的誠摯和理想。在一個理想不斷喪失的時代，我們如果能夠小心地呵護這些歷史記憶，並將這樣的記憶轉化成我們自己的記憶，那就是文學之福音，也是歷史之福音。

民國時期的中國文學是色彩、品種、形態都無比豐富的 「大文學」。「大文學」就理所當然地需要「大史料」——無限廣闊的史料範圍，沒有禁區的文獻收藏，堅持不懈的研究整理。這既需要觀念的更新，也需要來自社會多個階層——學術界、出版界、讀書界、收藏界——的共同的理想和情懷。

2018 年 6 月 28 日於成都

目次

前　言

目前對王平陵的研究處於起步階段，學界對他的瞭解也多是從政治立場出發而得出評價，將其簡單地定位爲御用文人、文化特務、「民族主義文藝運動」的鼓吹者和主要參與者等，而忽略了王平陵創作的文學作品和所參與的文學活動的價值和意義。這既不利於學界對包括王平陵在內的一批國民黨作家的瞭解，又導致我們因爲對作爲「右翼」的國民黨文藝思想和文藝政策缺乏深入的認識和細緻的瞭解，進而影響到對左翼文藝的認識和評價。

作爲經歷了中國現代文學發生、發展過程的國民黨作家，王平陵對文藝的理解，一方面既要體現出配合國民黨政權統制意識形態的需要，另一方面也在一定程度上表現出他個人對文藝自由的推崇。這不僅表現在王平陵的文藝創作中，也表現在他所編輯的黨報副刊、文藝刊物上，還對他以文化官員的身份參與的文藝活動造成了影響，進而對國民黨文藝政策的實踐和推進產生了間接的影響。因此，本書從作家、編輯、文化官員三種不同社會身份的角度，從文學活動入手，以文學文本爲基礎，對王平陵的文學創作和人生道路選擇進行全面、深入的剖析，分析他在這三種身份之間進行角色轉換的心路歷程，探討民國時期以王平陵爲典型的右翼文人，在作家、編輯、文化官員等多重社會身份的糾結中，在面對國民黨政權逐漸加強對文化的統制與「五四」新文化運動對文藝獨立性的強調、激進政治思潮與文化保守傾向、黑暗的政治和社會現實與理想的政治願景等因素的對立、衝突中的掙扎與轉換，並由此切入王平陵的文藝思想與民族主義文藝之間的勾連與差異，探索國民黨文藝內部的複雜性。

緒　論

一、本課題的選題緣由、研究目的和意義

在中國現代作家群中，王平陵是長期被忽略的一位，學界對於他的生平經歷、從事的文學創作、參加的文藝活動都語焉不詳、知之甚少。大陸學界對於他的認識，也長期地停留在蔣介石的嫡系御用文人、受「中統」控制的文化特務、臭名昭著的「民族主義文藝運動」的倡導者與鼓吹者這樣一個非常粗淺的層面上。與此相對應的是，在臺灣學界，王平陵則被認爲是「反共行列裏的堅強鬥士，文藝戰線上永不凋謝的老兵」〔註 1〕，早在 1930 年代初就在葉楚傖的領導下發起「民族主義」的文藝運動，與左翼文藝進行堅決的鬥爭〔註 2〕。在特殊的歷史時期，雖然臺海兩岸對同一個作家的評價是看似如此截然相反、勢同水火，但是這兩種評價背後隱藏的思維方式和判斷標準卻是高度相似：雙方都是從政治而非文學的標準對作家進行評價，作家的政治立場、政治態度也就成爲解釋文學現象、評價作家作品非常重要、甚至是唯一的標準，而作家及其作品本身在文學史上的價值和意義則被遮蔽、忽略了。隨著臺海兩岸關係的緩和、中國現代文學研究的不斷深入，我們不難發現原先從政治立場來講述文學史存在著很多的問題。這主要就表現在文學自身的本體性特點不能得到充分的彰顯，文學史對文學的審美特質也缺乏應有的重視。雖然中國現代文學從誕生伊始就與中國的政治、經濟、軍事、外交、文化等因素之間存在著千絲萬縷的複雜聯繫，完全剝離這些因素談純文學無疑

〔註 1〕《中國文藝協會公祭王理事平陵先生文》，王平陵先生遺著編輯委員會編輯《王平陵先生紀念集》，臺北：正中書局，1975 年，第 4 頁。

〔註 2〕此種說法參見王集叢《王平陵精神》一文，王平陵先生遺著編輯委員會編輯《王平陵先生紀念集》，臺北：正中書局，1975 年，第 56 頁。

也難以對紛繁複雜的文學現象做出合理、有效的解釋，但是，文學現象本身的複雜性、多樣性也絕非以上諸種外在因素影響之必然結果。如果僅僅憑藉外在因素就對文學現象進行判斷與評價的話，那麼這種評價標準本身整齊劃一的規定性、指向明確的目的性就將導致文學評價非此即彼、非黑即白的結果，這實際上是忽略了文學現象本身所蘊含的審美意味的豐富性和闡示資源的多樣性，而這種豐富性與多樣性，正是文學之所以成爲文學的關鍵特質。具體到王平陵這樣一位現代作家，他在現代文學史上的地位應該是以他創作出的文學作品和他所從事、參與的文學、文化活動爲基礎來進行考察。在此基礎之上，我們才可能對王平陵在中國現代文學史上的地位和意義做出客觀、公允的評價。但是，目前學界對他的認識與評價，並非建立在對他的文學作品和文學活動有較爲清楚的瞭解的基礎上，而依然按照特殊歷史階段中非文學的思維模式進行。這不僅不利於我們更好地認識包括王平陵在內的一批國民黨作家，如張道藩〔註3〕、黃震遐〔註4〕、趙友培〔註5〕、王集叢〔註6〕、王進珊〔註7〕、徐蔚南〔註8〕等，還容易導致我們對民國時期作爲「右翼」的

〔註3〕張道藩（1897～1968），貴州盤縣人。先後就讀於倫敦大學美術部、巴黎最高美術專門學校，歷任國民黨中央組織部副部長、中國文藝社理事、中央電影事業委員會委員、中央文化事業計劃委員會副主委、內政部常務次長、教育部常務次長、國民黨中央宣傳部長、中央文化運動委員會委員長等職。著有話劇劇本《自救》、《自誤》、《最後關頭》、《殺敵報國》，電影劇本《密電碼》等，發行《文藝先鋒》、《文化先鋒》等刊。

〔註4〕黃震遐（1907～1974），廣東南海縣人。曾任上海《大晚報》戰地記者、《新疆日報》社社長。著有小說《隴海線上》、《大上海的毀滅》，詩劇《黃人之血》。

〔註5〕趙友培（1913～1999），江蘇揚中人。歷任重慶市立圖書館館長、重慶民眾教育館館長、中央文化運動委員會委員及秘書、中央政治學校訓導及副教授。著有《三民主義文藝創作論》、《藝術之創造與欣賞》等書，主編《文藝先鋒》月刊。

〔註6〕王集叢（1906～1990），本名王義林，四川南充人，畢業於中華藝術大學。著有《三民主義文學論》、《三民主義與文藝》、《王集叢自選集》等、編著《三民主義文學論文選》，主編《文藝建設》、《大路月刊》等刊物。

〔註7〕王進珊（1907～1999），江蘇南通人，畢業於中央黨務學校。歷任中國文藝社秘書、國民黨中央宣傳部編審、中央政治學校教授，著有戲劇《晚香玉》、《雙照樓》、《柳暗花明》、《日月爭光》、《漁樵耕讀》，散文集《山居小品》等，主編《文藝月刊》、《文藝先鋒》等刊物。

〔註8〕徐蔚南（1900～1952），筆名徐澤人，江蘇吳江人。先後畢業於上海震旦大學和東京帝國大學，歷任國民黨中央宣傳部主任秘書、世界書局總編輯、國民參政會秘書、中央圖書雜誌審查委員會秘書。著有《現代工藝美術》、《奔波》、《龍山夢痕》（與人合著）、自傳《從上海到重慶》，譯有《她的一生》、《時代的智慧》、《女優泰倚思》，主編《出版界》等。

國民黨文藝政策、文藝思想認識晦暗不明，同時對與之相對的左翼文藝的認識也就流於表象，成爲意識形態的簡單敷衍，缺乏應有的深度和力量，最終影響我們對民國文學的認識與理解。

基於上述思考，我們對王平陵的認識和理解就有了新的起點，並對目前學界對他的認識提出質疑：將王平陵定位於爲當時執政的國民黨政權搖旗吶喊的御用文人這一說法是否妥當？如果說王平陵是所謂的御用文人，那爲何他在「五四」新文化運動時期就登上文壇，卻沒有在專門人才嚴重缺乏的國民黨政權文藝、宣傳系統中擔任過重要官職？如果說王平陵是一名文化特務，那他具體從事了什麼「特務」活動，爲何從未見與之打過交道的左翼作家們提及，相反，他在「文協」中與老舍、胡風、陽翰笙、馮乃超等作家合作密切，重慶文藝界的不少作家、地下黨員還與之私交甚篤？如果說他是「民族主義文藝運動」的倡導者與鼓吹者，那他是如何提倡、支持、參與「民族主義文藝運動」的卻爲何始終模糊不清，況且「民族主義文藝運動」的興起有沒有其歷史必然性？再比如，從 1930 年代初至 1940 年代末，國民黨發起的文藝運動究竟有哪些，其背後的深層次原因是否就只是爲了與左翼文藝鬥爭、達到反共的目的？而作爲一名國民黨的作家，王平陵是如何參與這些文藝運動、是如何起到的「鬥士」的作用的，他與其他國民黨作家有何異同？要對這些問題作出令人信服的解釋，我們必須回到民國時期的歷史語境中去考察，而不能簡單地以過去那種的意識形態先行的僵化模式去解釋，才可能做出客觀而中肯的評判。

回顧王平陵的人生軌跡，我們便不難發現，作爲國民黨中才華較爲突出、成名較早、成就較高的一位作家，王平陵經歷了中國現代文學、文化發展的全過程。青年時期在浙江省立第一師範學校讀書時，王平陵就接受了「五四」新文化運動的洗禮，1920 年代初期開始在上海《時事新報》的副刊《學燈》上嶄露頭角，發表小說和劇本，並先後寫作、編譯了《心理學論叢》、《中國婦女的戀愛觀》、《西洋哲學概論》等著作，之後又在多所學校擔任過教職，是一個典型的以辦刊、寫作、譯著、教學等爲職業的新式文化人。而在 1928 年之後，王平陵辭去了在上海暨南大學的教職，成爲國民黨中央宣傳部文藝科的一名職員，負責主編《中央日報》的副刊《大道》和《青白》，其社會身份，也開始由一名自由文化人向執政黨的文化官員轉變。他對文藝的理解和實踐，一方面既要體現出配合國民黨政權統制意識形態的需要，另一方面也難免在一定程度上表現出他個人對文藝自由的推崇。那麼，他對文藝的這種理解，究竟是如何體現在他的文藝創作中，是如何影響了他編輯的黨報副刊、文藝雜誌、學術期刊的，又是如何影響了他的社會活動和人生選擇的，換言之，作爲執政黨的國民黨政權的文藝思想、文藝政策是如何具體作用到王平陵這樣一個深受「五四」新文化運動影響的文藝官員身上，究竟發生過哪些融合與碰撞，他是如何在執政黨的文藝統制與自己的文學理想之間進行選擇與取捨的，這些都是非常值得探討的問題。對於這些問題的梳理與分析，呈現出的不僅僅是王平陵這個民國文人的文藝創作與人生軌跡，更是民國時期和王平陵一樣生存在國民黨政權內部的一大批知識分子的生存狀態和精神面貌，而這種「生存狀態」和「精神面貌」，又給中國現代文學研究提供了新的研究視角和闡釋空間。

在過去很長一段時間裏，中國現代文學研究經歷了從新民主主義革命論到現代性理論的轉向。無論是以革命歷程作爲劃分歷史依據的新民主主義觀點，還是作爲「啓蒙理性和科學的產物」〔註 9〕的現代性理論，都自有其適用範圍與合理性。但是，這兩種研究思路隱含著同樣的危險：將中國現代文學的發生和發展置於某一個預設好的宏大歷史框架下進行，文學史本身的豐富性和多面性也將被擠壓甚至是扭曲，必然呈現出單薄、粗疏的狀態，中國現代文學研究也就成爲敘述這一歷史框架的文本注腳，失去了發現歷史和探索未來的勇氣與力量。也正因爲如此，民國時期國民黨文藝被簡化、窄化：因爲國民黨政權的腐朽、黑暗，所以國民黨文藝也是反動、沒落的，國民黨文人也是諂媚、邪惡的。經過這樣的弱化、窄化之後，國民黨文藝、國民黨文人在不少人的思維框架裏自然也就沒有研究的必要和價值。但是，如果克服預設的立場和態度，返回更複雜的民國文學現場和民國文人個案，我們就會發現民國文學史的脈絡遠比我們預設、想像的複雜得多。以孫中山的三民主義學說爲理論淵源的國民黨文藝，並非誕生於文學自身的發展邏輯，相反還帶有非常強烈的統制意識形態、爲現實政治服務的目的。而孫中山的三民主義學說，雖然被認爲是人類思想之結晶、古今中外思想之集大成，「有因襲吾國固有之思想者，有歸撫歐洲之學說事蹟者，有吾所獨見而創獲者」〔註 10〕，

〔註 9〕〔英〕艾倫·斯溫伍德：《現代性與文化》，吳志傑譯，周憲主編：《文化現代性精粹讀本》，北京：中國人民大學出版社，2006 年，第 57 頁。

〔註 10〕中山大學歷史系孫中山研究室等合編：《孫中山全集》第 8 卷，北京：中華書局，1986 年，第 572 頁。

是「一個很高的藝術品」、是完全正確的「建國的最高原則，精神動員的最高原則」，「是科學底科學，思想底思想」〔註 11〕，在社會中具有絕對的支配作用，但本質上卻是英美式的自由民主思想、中國傳統道德文化和蘇聯式的革命專政思想的拼接與雜糅，內在價值體系之間充滿了矛盾與衝突，缺乏作爲意識形態所必備的嚴密的理論性、強大的邏輯性、高度的整合性。因此，以正統的三民主義繼承者自居的國民黨各派系，都可以根據自己派系利益的需要或現實政治形勢的改變，對三民主義進行重新闡釋，並作爲某一階段文藝政策的重點。這就導致不同歷史時期的國民黨文藝，並非鐵板一塊，而是表現出不同的歷史特點。而不同的國民黨文人，也在政治與文藝的糾纏中，做出了各自不同的選擇。以某種預設的立場和態度對民國時期國民黨文藝進行整齊劃一的區隔與劃分，顯然是無視民國文學複雜歷史脈絡之間的扭結與纏繞，必將弱化我們對民國文學的理解和認識。以王平陵這樣一位見證國民黨文藝誕生、發展全過程的國民黨作家爲研究對象，對我們從具體個案上考察國民黨文藝的多重面貌也具有重要意義。

同樣值得我們注意的是，作爲左翼文學的對立面，當時國民黨政權的所提倡的右翼文藝與共產黨提倡左翼文藝實際上面對的是同一個社會、文化語境。雖然它們對中國國情以及發展道路做出了截然不同的判斷，但是二者之間並不是完全對立、水火不容的，相反，對峙的國共兩黨在對文藝的理解、對文藝工具性的重視、推行文藝政策的方法與手段等方面有諸多相似之處的。因此，如果我們對國民黨文藝研究不足、認識不充分，這顯然不利於深化對左翼文藝的研究。正如有學者一針見血地指出那樣：「國共兩黨的文藝思想和文藝政策，本是同一棵樹上的兩個果子，其內容上的相同相異，及其淵源和影響，是一個頗爲耐人尋味的話題。說不清國民黨與現代文學的關係，一部現代文學史就永遠是殘缺不全的。」〔註 12〕因此，從王平陵個案研究出發，進而推進到國民黨文藝思想、文藝政策的研究，這對研究左翼文藝和民國時期文藝思想也具有重要意義。

二、研究現狀及其存在問題

到目前爲止，學界關於有關王平陵的認識，主要由以下三個方面的材料

〔註 11〕葉青：《三民主義之完美》，重慶：中國文化服務社，1941 年，第 7 頁。
〔註 12〕馬俊山：《走出現代文學的「神話」》，北京：社會科學出版社，2002 年，第 8 頁。

構成：第一，是王平陵親友故舊所寫的關於他生平事蹟的回憶性文章。這一類回憶性的文章對王平陵的生平經歷、家庭情況進行了大致描述，爲我們瞭解王平陵的基本情況提供了最基礎的材料，爲進一步深入對王平陵的研究提供了線索。第二種是個別研究者對王平陵的生平經歷的整理和對王平陵部分作品的解讀。第三種是一些研究國民黨文藝政策、文藝運動的文章，其中有涉及到王平陵的部分或章節。這些文章大致是從某一特定的視角展開對國民黨文藝政策、文藝運動的研究，王平陵並非其研究的重點，而多是作爲支撐其論點的材料出現。正是這三方面的材料構成了目前學界對王平陵認識的基礎，因此本書將對這些材料進行逐一梳理。

第一種回憶性材料，主要集中於由王平陵先生遺著編輯委員會編輯、臺北正中書局 1975 年 8 月出版的《王平陵先生紀念集》一書中。王平陵 1949 年自重慶赴臺後，生活窘迫，無以爲生。爲了養家糊口，湊足子女的學費，他應友人之邀，不顧年老體弱遠赴南洋從事文化工作，之後又因難以適應南洋的氣候而返臺，靠在多個學校兼課、爲多家報刊寫稿維持生計，終因積勞成疾於 1964 年 1 月 12 日突發腦淤血病逝。王平陵逝世後，其家境更爲淒慘，連住院期間的醫藥費都全靠舊日文友、學生募捐才勉強湊齊，這在當時的臺灣文壇上引起不小的震動。遷臺作家們從王平陵的境遇中預感到自己的命運，「寫得越多，越窮；蝸居一隅，衣食不周，窮愁潦倒以生，窮愁潦倒以死。社會始終未發現其價值，未重視其地位與生活」〔註 13〕，認爲王平陵的命運代表的正是「文人的悲哀，也是時代的悲哀」〔註 14〕，紛紛撰文紀念，藉此表達對來臺後生活境遇的不滿與擔憂。因此，這一書中的文章多偏重於來臺後生活瑣事的點滴記錄，爲讀者瞭解王平陵晚年生活情況提供了較爲豐富的資料。但同時也要注意的是，由於不少文章借悼念王平陵來表達作家們對來臺後生活境遇的不滿，因此，在敘述王平陵生平事蹟的時候難免有美化、拔高之嫌，以便與他貧病無人管、逝世無人殮的晚景形成鮮明對比，表達對國民黨當局遷臺後漠視文化和文藝的不滿。這也就導致這些文章中對王平陵生平事蹟的描述不一定完全符合實際情況。

〔註 13〕端木：《作家之窮》，王平陵先生遺著編輯委員會編輯《王平陵先生紀念集》，臺北：正中書局，1975 年，第 21 頁。

〔註 14〕寒爵：《悼王平陵先生》，王平陵先生遺著編輯委員會編輯《王平陵先生紀念集》，臺北：正中書局，1975 年，第 21 頁。

比如，子瑞所著的《誠正和易仰平陵》一文，首次了提及了王平陵在浙江省立第一師範學校畢業後赴奉天任教的情況。「平陵兄畢業大學，翩翩年少，即毅然出關就奉天第一師範教席，以一個江南人，素爲諳白山黑水雪地冰天，而爲本黨暗中宣傳主義，浩然出關，在當時軍閥統治之下，他可能是江南全黨文化人士赴前線的第一人。在奉天一年很得青年學生的愛戴，換言之，他確爲三民主義文化播了種；後來因爲別有任務，才回到南方。」〔註 15〕這段敘述在展現王平陵赴奉天任教這一事件細節的時候，也出現了失實的問題：第一，王平陵畢業的浙江省立第一師範，是一所爲培養小學教師而設立的中等師範學校，而非大學；第二，王平陵在奉天任教一年，並非「爲本黨暗中宣傳主義」，而是出於浙江省立第一師範對畢業生就業去向的規定（有關這一點的詳細情況將在後面的章節進行論述），因此更談不上「爲三民主義文化播了種」。雖然王平陵與子瑞二人以兄弟相稱，但是王平陵的年齡較子瑞長十幾歲，子瑞對王平陵早年經歷的瞭解顯然是間接得知的，認爲王平陵赴奉天是「爲本黨暗中宣傳主義」這種說法難免難免有失客觀。

江石江所寫的《哀悼王平陵先生》、王集叢所著的《王平陵精神》和李德安的《高風亮節爲文藝鞠躬盡瘁——爲名作家王平陵先生逝世一週年而寫》這三篇文章對王平陵生平經歷進行了回顧。江石江認爲，王平陵是「提倡民族文藝的中流砥柱，抗戰時受葉楚傖氏之命，負責聯絡團結全國文藝界，向左翼匪幫作家作殊死戰。就憑這種功績，亦可以稱爲國民黨文藝界最忠實寫作的鬥士。」〔註 16〕王集叢則認爲，「共匪正在上海租界力搞『普羅文學』，進而組織『左聯』。凡是在文藝方面有點表現的人，幾乎都被拉進了所謂『左翼』陣營」；尙能堅定自己立場，保持獨立人格的文藝作家，始終很少很少，平老是其中之一，而且是最突出的一位。他不僅不和『左翼作家』同流合污，而且高舉『民族文藝』的大旗，與之對抗。因此，共匪恨透了他，發動『左翼陣營』打擊他，諷刺他。也因此，他在另一文藝戰線，就是民族文藝戰線的聲譽日高，而爲眞愛文藝和國家民族者所敬佩。」〔註 17〕江石江在 1930 年

〔註 15〕子瑞：《誠正和易仰平陵》，王平陵先生遺著編輯委員會編輯《王平陵先生紀念集》，臺北：正中書局，1975 年，第 41 頁。

〔註 16〕江石江：《哀悼王平陵先生》，王平陵先生遺著編輯委員會編輯《王平陵先生紀念集》，臺北：正中書局，1975 年，第 53 頁。

〔註 17〕王集叢：《王平陵精神》，王平陵先生遺著編輯委員會編輯《王平陵先生紀念集》，臺北：正中書局，1975 年，第 56 頁。

代起就在國民黨中央組織部工作，而王集叢更是著名的右翼作家，他們自然都是站在國民黨的黨派立場上來回顧王平陵一生的功績，與左翼文藝對王平陵的評價形成鮮明的對比，而特定的黨派立場也勢必影響到評價的客觀性與可信性。江石江認爲「文協」是王平陵在葉楚傖的指揮下成立的，其主要作用是「向左翼匪幫作家作殊死戰」，這顯然與「文協」的實際情況不符〔註18〕。王集叢則把王平陵視爲不被「左翼」陣營拉攏，保持獨立人格、高舉「民族文藝」大旗的第一人。這種說法顯然是用當時臺海對峙、國共對抗的政治思維來理解文藝，難免有失客觀。1930 年代的文壇，並非只有左翼文藝與右翼文藝旗幟鮮明的兩軍對壘，除了「力搞『普羅文學』」的「左翼」陣營和「高舉『民族文藝』」大旗的民族文藝戰線，還有一大批非左翼也非右翼的自由作家及其文藝，而王平陵的創作本身，是否與所謂的「民族文藝」步調完全一致，也是一個值得探討的問題。王集叢將 1930 年代的文藝，簡化爲左翼與右翼之間的鬥爭，顯然是以政治思維來看待文藝，降低了其文章的可信度。李德江的文章同樣記敘了「文藝鬥士」王平陵發揮「超人智力」和「超人勇氣」，成爲民族文藝中流砥柱的一生，將其生前寂寞與死後哀榮的境遇形成鮮明的對照，同時寫到王平陵逝世一週年後，追思他的人除了生前的個別好友外，「眞是寂寥無幾」，懷疑他「世人遺忘了」，感歎「社會待他，竟是如此地冷漠，似乎有愧於王先生對於社會國家的貢獻」〔註19〕，流露出對當時臺灣社會漠視文化與文人，沉溺於享樂而不關心「國難」的不滿。

類似於上述幾篇文章的回憶性文字，在《王平陵先生紀念集》一書中還有很多，另外在大陸近年來也出現了由王平陵的孫輩所寫的紀念文章。作爲一種私人的文學回憶錄來看，這些文章的感情的眞實性是不容置疑的，但是這些文章的私人情緒往往偏於過於強烈、且受意識形態影響較強，因此必須加以進一步的考證、辨別，否則不能直接當作構成文學史的可信資料加以使用。

第二種整理王平陵的生平經歷或介紹王平陵創作情況的文章，主要有古遠清的《爲右翼文運鞠躬盡瘁的王平陵——從南京到重慶的文藝鬥士》〔註20〕、

〔註18〕參見段從學：《文協與抗戰時期的文藝運動》，北京大學博士學位論文，2006 年。

〔註19〕李德安：《高風亮節爲文藝鞠躬盡瘁——爲名作家王平陵先生逝世一週年而寫》，王平陵先生遺著編輯委員會編輯《王平陵先生紀念集》，臺北：正中書局，1975 年，第 132 頁。

〔註20〕載於《涪陵師範學院學報》第 18 卷第 4 期，2002 年 7 月。

常賀敏的《王平陵作品研究》〔註21〕、黃智的《抗戰時期王平陵的文藝觀》〔註22〕、王美花的《〈文藝月刊·戰時特刊〉研究》〔註23〕等。這些文章雖然立意在研究，但相較之下，是以對相關資料的收集和整理見長，顯然研究者們是在閱讀了不少相關的原始材料之後，對王平陵的生平經歷和文學創作情況進行了搜集和梳理，爲後來的研究者進行王平陵研究提供了基本資料。

古遠清的《爲右翼文運鞠躬盡瘁的王平陵——從南京到重慶的文藝鬥士》是國內學界第一篇全面介紹王平陵生平經歷的文章。不同於之前研究中把王平陵簡單貼上「反動文人」、「御用作家」標簽的做法，這篇文章著重記敘的是王平陵參與「民族主義文藝運動」、廣泛團結作家並組織成立「文協」、赴臺後晚景淒涼的一面，突出了他「右翼文人」、「抗日愛國作家」與「清貧文士」交織的複雜面貌，爲學界全面瞭解王平陵的生平經歷提供了基本材料。但是值得注意的是，這篇文章依據的材料，多數來自《王平陵先生紀念集》一書中的文章。前文已經指出，這些文章由於寫作背景的特殊，寫作者個人的私人情緒往往過於強烈、且受意識形態影響較強，不能直接當作構成文學史的可信資料加以使用。因此，《爲右翼文運鞠躬盡瘁的王平陵——從南京到重慶的文藝鬥士》中呈現出的有關王平陵的基本情況，就有可能因爲對史實缺乏必要的考證與思辨而出現偏差甚至是錯誤。綜合以上的分析，可以說這篇文章最主要的意義和價值就在於爲學界進行王平陵研究提供了線索和思路，而並非可以信賴的結論。

常賀敏的《王平陵作品研究》是學界第一篇較爲全面、系統地研究王平陵作品的論文。與之前的研究把王平陵定位爲右翼作家、反動文人而完全忽視其文學創作的實際情況不同，《王平陵作品研究》一文則從民族主義文藝運動的矛盾性出發，對王平陵的部分作品做出了較細緻的解讀。該論文認爲，王平陵是民族主義文藝運動的發動者和參與者，其作品必然反映出這一派別的文學主張和政治主張，其作品除了表現抗戰之外，主要傾向就是爲國民黨的獨裁和不抵抗政策辯護，爲國民黨的統治服務。隨著抗戰的爆發，國民黨在一定程度上也表現出積極抗戰的一面，王平陵的作品雖然也揭露了日本帝國主義的罪行和賣國賊的醜行，對國統區的不良現象也有所反映，但是由於

〔註21〕北京師範大學碩士學位論文，2002年。
〔註22〕重慶師範大學碩士學位論文，2005年。
〔註23〕重慶師範大學碩士學位論文，2010年。

政治立場的局限，其作品的藝術成就從總體上看並不高。不囿於文學史研究中的既有觀點，堅持從文本出發，對作家作品進行細緻解讀，是這篇文章的優點，但是文章同時又陷入另外一種誤區：認爲作家作品與作家所屬的派別之間存在著一一對應的關係。也就是說，常賀敏的文章傾向於認爲，某一派別的作家作品必定是這一派別文學觀念和政治觀點的具體體現，某一派別的文學觀念和政治態度也一定在這個派別作家的作品中一一展現。不可否認，某一文學流派作家的文學觀念和政治觀點存在著一定的相似性甚至是趨同性，但是同時也應該看到，作家創作是一種非常私人化的活動，具有高度個性化特點，政治態度對作家的影響也存在著層面和深度的差異，簡單將作家作品與文學派別之間畫上等號，就有可能遮蔽文學文本的豐富意蘊。因此，《王平陵作品研究》的意義就在於：一方面跳出了以往的文學史忽略王平陵創作價值的局面，有助於學界瞭解王平陵等國民黨作家創作的實際情況，深化對民國文學的研究，但是，同時文章又將王平陵作品的價值和意義局限在「民族主義文藝運動」的框架之中，可能對王平陵作品的多樣性和豐富性造成遮蔽。

黃智的《抗戰時期王平陵的文藝觀》和王美花的《〈文藝月刊．戰時特刊〉研究》兩篇論文分別概括了抗戰時期王平陵的文藝觀念和他編輯《文藝月刊．戰時特刊》的基本情況，對於我們瞭解王平陵在抗戰時期的文藝活動有一定的參考和幫助。但是這兩篇論文都偏重於羅列相關文獻資料，將王平陵抗戰時期的文藝觀念和文藝活動彙集起來，缺乏對文獻資料的必要分析和對研究對象的獨立思考，起到了更多是資料收集、整理的作用。

第三種是自 1980 年代以來出現的「重寫文學史」的思潮中，有關王平陵的重新評價也開始進入了研究者的視野。這一種文章又可以具體地爲兩類情況：一是跳出了長期以來一元化的政治意識形態思維模式的束縛，重新審視民國時期國民黨的文藝政策和文化運動，而王平陵作爲國民黨作家中一個不可忽略的人物而開始被研究者關注；二是懸置王平陵的「右翼文人」的標簽，從啓蒙主義的角度來展現王平陵小說中出現的愛國主義、抨擊黑暗社會現實、同情底層民眾、批判國民劣根性等因素。前一類以周雲鵬的《「民族主義文學」（1930～1937 年）論》、牟澤雄的《（1927～1937）國民黨的文藝統制》、趙麗華的《民國官營體制與話語空間——〈中央日報〉副刊研究（1928～1949）》爲代表，後一類則以李鈞的《生態文化學與 30 年代小說主題研究》爲典型。

在很長一段時期，由於非文學因素對中國現代文學研究的影響，1930 年代的文學被簡化爲進步的左翼文藝與反動的國民黨文藝之間的鬥爭過程，作爲失敗者的國民黨文藝則在中國現代文學研究中被有意無意地忽略掉了。這就造成長期以來大陸學界對國民黨文藝和國民黨文人缺乏足夠的認識和瞭解，對王平陵的研究也不例外。1980 年代之後，大陸學界對國民黨文藝及其文人的研究才逐步打破僵局，王平陵研究也在這個學術基點上得以展開。1982 年，蔣洛平的文章《關於「民族文學」——一個備忘的提綱》率先把從 1930 年代到 1940 年代的國民黨文藝視爲一個整體，而非孤立的文藝現象。「從三十年代到四十年代，『民族文學』鬧騰過三次：一次在『左聯』成立、左翼文藝運動獲得了重大發展的一九三〇年；一次在文藝界抗日救亡運動和抗日民族統一戰線運動蓬勃開展起來的一九三七年初，再一次在一九四二年前後的反共高潮中，……把這看作『民族文學』『發展』曲線上的三個波峰，比把這看作彼此無關的三個孤立的文藝現象，可能更接近眞實」〔註 24〕，並進一步指出，「它首先是或主要是政治現象。它是國民黨蔣介石集團的政治——也即『國策』在文藝上的直接伸延」。〔註 25〕這就爲後來的國民黨文藝研究打開了思路：國民黨文藝不僅是一種文藝現象，更是一種政治現象，研究國民黨作家和作品，也要找出現象背後的深層次原因，不僅僅看作家寫了什麼、還要看他如何寫、爲什麼這樣寫。此後，學界對國民黨文藝的研究取得了重要進展，秦家琪的《關於開展「國統區右翼文學」研究的若干問題的思考》〔註 26〕、朱曉進的《從〈前鋒月刊〉看前期『民族主義文藝運動』》〔註 27〕、唐紀如的《國民黨 1934 年〈文藝宣傳會議錄〉評述》〔註 28〕、倪偉的《「民族」想像與國家統制——1928～1948 年南京政府的文藝政策及文學運動》〔註 29〕、錢振綱的《民族主義文藝運動研究》〔註 30〕等文章是其中的代表作品，從不同角度對國民黨的文藝政策和文化運動進行了紮實而富有創建的研究。由於研

〔註 24〕蔣洛平：《關於「民族文學」——一個備忘的提綱》，《重慶師範學院學報》（哲學社會科學版），1982 年第 4 期。

〔註 25〕蔣洛平：《關於「民族文學」——一個備忘的提綱》，《重慶師範學院學報》（哲學社會科學版），1982 年第 4 期。

〔註 26〕《南京師大學報》1986 年第 3 期。

〔註 27〕《南京師大學報》1986 年第 3 期。

〔註 28〕《南京師大學報》1986 年第 3 期。

〔註 29〕上海教育出版社 2003 年出版。

〔註 30〕北京師範大學 2001 年博士學位論文。

究角度的原因，以上文章中涉及到王平陵的筆墨不多，多把王平陵歸爲國民黨文人而未加以更一步深入的拓展。

在研究國民黨文藝政策、文化運動的文章中，第一次以專門的章節對王平陵的創作進行了研究的是《「民族主義文學」（1930～1937 年）論》〔註 31〕。在這篇博士學位論文的引言部分，作者參照左翼文學的範疇界定，引入了「右翼文學」這一概念，認爲「右翼文學」是「國民黨成爲執政黨以後，爲了達到政治上獨裁、文化上統制的目的，打著『三民主義』或『民族主義』的旗幟而進行、發生或發動的文學運動、文學思潮和文學創作」〔註 32〕，文學上的「左翼」與「右翼」之分，主要涉及的是創作主體的政治身份認同標準，而非文學自身的審美形態。「右翼文學」不僅包括直接受國民黨策劃、操縱的文學運動、文學思潮和文學創造，還包括在政治立場、思想傾向等方面與國民黨的政治訴求與文藝政策一致或相近的文學〔註 33〕。在這種思路之下，1930 年代廣義的民族主義文學就成爲了右翼文學最重要的組成部分，不僅包括部分右翼的國民黨文人，也包括受民族主義影響的、在政治上持中立態度的作家。因此，較之於右翼文學，民族主義文學具有黨派性相對較弱、文學獨立性相對較強的特點。在此理論基礎之上，作者將王平陵的創作歸爲民族主義文學的範疇，但是作者同時也發現，王平陵 1930 年代的詩集《獅子吼》和小說集《期待》，在表現對侵略者的仇恨、對國土淪喪的憂憤、暴露社會黑暗現象的同時，又透露出對當時南京政府的不滿，表現出作家的社會良知。因此，作者認爲，對於王平陵這樣和國民黨關係密切的作家，不能因爲其政治身份而做出簡單的否定，應該充分發現其作品中的進步意義。周雲鵬的這篇博士學位論文，對「民族主義文學」和「右翼文學」這兩個概念進行了辨析，從理論分析、作品解讀兩個層面對 1930 年代的民族主義文學現象進行了描述，這就使文章的視角跳出黨派性的局限，對包括王平陵創作在內的民族主義文學作品進行重新的發現，並作出較爲中肯的評價。但是，文章視角的選取往往可能讓文章在特定範圍有獨到的發現，也會在一定程度上限制文章思維的展開。在《「民族主義文學」（1930～1937 年）論》中，作者發現了王平陵創

〔註 31〕復旦大學 2005 年博士學位論文。

〔註 32〕周雲鵬：《「民族主義文學」（1930～1937 年）論》，復旦大學 2005 年博士學位論文，第 9 頁。

〔註 33〕參見周雲鵬：《「民族主義文學」（1930～1937 年）論》，復旦大學 2005 年博士學位論文，第 9 頁。

作中表現出的民族主義話語和思想，實際上與「民族主義文藝運動」的觀點之間存在著微妙的距離，但是囿於視角與篇幅的限制，作者並沒有對產生這種現象的原因作出進一步的剖析，也不能將王平陵相對於其他的民族主義文學作家的獨特性呈現出來。

牟澤雄的《(1927～1937) 國民黨的文藝統制》〔註 34〕也是近年來研究國民黨文藝統制的一部力作。論文認為南京國民政府將民族主義作為執政的理念與策略，並使之作為意識形態成為國家文藝統制的一部分，因此，國民黨的文藝統制從思想基礎、體制建設、社團組織、期刊傳媒、審查制度等幾個方面都呈現出極為複雜的面貌。論文圍繞這一中心論點，對 1927 年至 1937 年國民黨的文藝統制進行了較為細緻的史料鉤沉和學理辨析，從不同的側面展現出這一時期國民黨文藝統制的整體風貌。其中，社團組織、期刊傳媒等章節中有不少內容與王平陵主持中國文藝社、編輯《大道》、《青白》、《文藝月刊》等刊物密切相關，我們可以從中瞭解到王平陵這一時期從事文藝活動的大致狀況。但是，由於《(1927～1937) 國民黨的文藝統制》這篇論文是從不同的方面展現這一時期南京國民政府的文藝統制，就容易導致展開面廣，而對涉及的歷時性的發展演變過程把握不足。比如，論文認為南京國民政府是以「三民主義」為思想框架，以民族主義為訴求，「樹立一個思想文化領域大一統的話語標準」〔註 35〕，但是卻忽視了國民黨政府的文藝政策在不同歷史時期，隨著政治、經濟、軍事、文化形勢的變化而有所調整與偏重，經歷了三民主義文藝、民族主義文藝運動、三民主義文化運動這幾個不同的發展階段。另外，文章偏重於對這一時期國民黨文藝統制的整體性介紹，而對於這種文藝統制是如何具體地影響、制約、改變了作家的創作及其文藝活動卻著墨不足。這也就是說，文藝統制的影響不僅僅在於執政者試圖思想、文化領域進行何種規約，更在於這種規約是如何影響了作家的文藝創作和人生選擇。因此，論文雖然涉及到王平陵在這一時期的文藝創作和文藝活動情況，但是多限於史料的呈現和現象的說明，缺乏縱深的挖掘與對比。

北京大學博士趙麗華在其博士學位論文基礎上修改而成的《民國官營體制與話語空間——〈中央日報〉副刊研究（1928～1949）》一書，跳出了副刊

〔註 34〕華東師範大學 2010 年博士學位論文。

〔註 35〕牟澤雄：《(1927～1937) 國民黨的文藝統制》，華東師範大學 2010 年博士學位論文，第 33 頁。

研究通常採取線性描述的窠臼，緊緊圍繞「官營體制下的話語空間」這一主題，分別從「戲劇運動」、「民族話語」、「黨外編者」、「國都書寫」這幾大專題，對這一時期《中央日報》副刊進行了全面梳理和生動描述，探討了活躍於民國時期《中央日報》副刊上的左翼、右翼、自由主義、保守主義等政治觀念不盡相同的幾類的知識分子在民國官營體制下的話語選擇與心路變遷，由點帶面地展現出了文藝與意識形態、官營體制之間的多重扭結與張力。其中的《副刊與國都南京的戲劇運動》一章探討的主要內容就是王平陵在 1920 年代末到 1930 年代初編輯《中央日報》副刊——《大道》、《青白》的情況。文章指出，王平陵編輯《青白》、《大道》之時，恰逢南京國民政府建立之初，南京面臨著統治根基脆弱和文化地位尷尬的局面。為了與普羅文學爭奪話語權，爭取民眾，王平陵編輯的《青白》、《大道》等刊物大力倡導文藝是眞實人性的自然表現純文學，這實際上是「一種以退為進，對抗普羅文學的策略，是試圖以藝術的名義，聚攏一批普羅文藝之外的中間派作家」〔註 36〕。這不僅吸引了南國社這樣追求藝術至上、充滿叛逆精神的藝術團體，也吸引了包括沈從文、陳夢家、巴金、靳以、梁實秋、卞之琳、戴望舒、施蟄存等一大批中間作家。對個人王平陵而言，這種方式除了籠絡人心的策略性因素之外，也不乏編者個人深受五四新文化運動影響、眞誠探索藝術本體性的成分。同時文章也指出，總體上看，包括王平陵在內的一批國民黨黨內作家，「在文藝與民族國家建構之間，未能尋到一個合適的、可廣為接受的路徑，在與當時具有理論強勢的普羅階級話語的抗衡中，顯得較為被動。」〔註 37〕同時，文章還進一步地指出，王平陵提倡「安心做藝術」的口號，「與階級敘事的強勢號召力比，還是顯得蒼白無力，它擋不住階級敘事中呈現出的『不可抗拒』的歷史潮流，也擋不住藝術運動中有著自省精神的知識分子把握時代的努力，以及對歷史潮流的領悟與追趕」〔註 38〕，因此，王平陵的努力注定是不會成功的。這在中國現代文學研究中，是第一次跳出了黨派紛爭的藩籬，以歷史的眼光對王平陵編輯《青白》、《大道》時所持有的「純文學」的觀點進

〔註 36〕趙麗華：《民國官營體制與話語空間——〈中央日報〉副刊研究（1928～1949）》，北京：中國傳媒大學出版社，2011 年，第 69 頁。

〔註 37〕趙麗華：《民國官營體制與話語空間——〈中央日報〉副刊研究（1928～1949）》，北京：中國傳媒大學出版社，2011 年，第 52 頁。

〔註 38〕趙麗華：《民國官營體制與話語空間——〈中央日報〉副刊研究（1928～1949）》，北京：中國傳媒大學出版社，2011 年，第 75 頁。

行了客觀公正的評價：一方面肯定了王平陵作爲一個在「五四」新文化運動中成長起來的作家對文藝本體性的眞誠追求，另一方面也頗具洞見地指出，這種追求在當時的社會文化背景下，與南京國民政府通過提倡「純藝術的方式」與左翼文藝爭奪話語權、爭取民眾的目的實質上是殊途同歸。在此基礎之上，我們也就不難發現以王平陵爲代表的一批國民黨文人的尷尬：在內憂外患日趨嚴重的現代中國，眞正的「純藝術」沒有立足之地的，無論何人何派，以所謂的「純藝術」作爲自我的標榜時，都會在有意無意之中充當粉飾太平的幫兇，與心懷家國的文學傳統拉開距離，表現出他們缺乏把握歷史脈搏的能力。由於選題原因，王平陵研究並非該論文的重點，但是文章從王平陵個案出發，由表及裏、由點帶面地對以王平陵爲代表的一批國民黨文人的文學選擇和歷史局限進行了有意義的思考與探索，爲學界今後的研究打開了思路。

而李鈞的《生態文化學與30年代小說主題研究》〔註39〕則是屬於「重寫文學史」思潮中的另外一類。不同於周雲鵬、牟澤雄、趙麗華等研究者在論文中努力發掘王平陵在國民黨作家序列中的意義和價値的研究思路，李鈞的論文則無意對王平陵的「國民黨作家」或「右翼文人」這一身份進行評價，而是將這一問題懸置，轉而從「生態文化學」的角度發掘王平陵作品中的審美因素。在《生態文化學與 30 年代小說主題研究》中，李鈞認爲「『政治意識形態化』是現代中國文學史寫作的主要特徵……強調世界觀的純粹性、階級立場的堅定性以及意識形態的高度統一」〔註 40〕也對文學研究和文學史寫作造成重大影響，導致現代中國文學史敘述模式的僵硬。因此，論文認爲，在現代中國文學史研究中，應該從生態文化學出發，用「平等的眼光看待一切文學現象」〔註 41〕，從中發現其合理性與合法性，從文本中發現人性的豐富與深邃。在此觀點之下，論文認爲「世界性」、「民族性」、「人性」是現代中國文學史研究的三大評判體系，而「民族國家」、「階級革命」、「精英啓蒙」、「市民社會」、「文化中國」是1930年代小說的五大主題，王平陵的《文昌星》、《救國會議》、《期待》等小說則在「人性」與「民族國家」的交匯中找到了

〔註39〕山東師範大學2006年博士學位論文。

〔註40〕李鈞：《生態文化學與30年代小說主題研究》，山東師範大學博士學位論文，2006年，第10頁。

〔註41〕李鈞：《生態文化學與30年代小說主題研究》，山東師範大學博士學位論文，2006年，第9頁。

存在的意義和價值，不能簡單將之歸為「『左聯』批判家定性的『流氓文人』的『流屍文學』」〔註 42〕。對於上述論點，本書認為首先應該肯定，《生態文化學與 30 年代小說主題研究》一文在「重寫文學史」的思潮中具有一定意義：認識到「重寫文學史」從政治意識形態敘述到啓蒙主義敘述的轉變從根本上來說實際上是另外一種意識形態的書寫，因此文章試圖從非意識形態也非啓蒙主義的角度發掘 1930 年代小說的審美意義也就有了自身的價值和意義。但是本書認為，這種思路同時會引發另外一個問題：中國現代文學是否眞正存在既無關意識形態也無關啓蒙主義的發展空間？如果說有的話，那麼論文中支撐這個空間存在的三大評判體系和五大主題，則正是在現代啓蒙思潮中產生和發展的概念。用源自的現代啓蒙思潮體系的概念來構建一個無關意識形態也無關啓蒙主義的審美空間，在邏輯上是否存在自相矛盾之處？而論文中著力構造的三大評判體系和五大主題，實際上用來評判不同歷史時期的中國現代小說都是適用的，這也就意味這樣的論證並不能很好說明 1930 年代小說的獨特性，也不能區分 1930 年代小說與 1920 年代、1940 年代小說相比較的特殊意義來。同樣，在這樣的思路下，我們也有理由質疑：簡單地從「人性」與「民族國家」的交集這樣的定位又是否能夠凸顯王平陵及其創作在中國現代文學史上的意義和價值？

綜合以上三個方面的情況看來，可以認為從總體上看目前中國現代文學研究界對於王平陵的研究尚處於起步階段。學界對於王平陵的創作情況還缺乏基本的瞭解和認識，對他所從事的文學活動更是語焉不詳。因此，相關史料的收集和整理、相關史實的梳理與考辯工作對於目前推進包括王平陵在內的國民黨作家研究來說仍然是一項重要而基礎的工作。在確切掌握基本史實的前提之下，不是簡單地王平陵做出政治定性和判斷，而是將其自身的豐富性和複雜性呈現出來，這才可能對包括王平陵在內的國民黨作家的做出客觀公正的評價。

「重寫文學史」思潮下的王平陵研究相較於之前的研究而言，取得了一定的進展，不再拘泥於一元化意識形態思維的束縛，而努力在政治文化、文藝統制、民族話語等方面對以王平陵為代表的國民黨文人及國民黨文藝政策、文化運動進行研究，為學界重新認識國民黨的文藝政策和文化運動、重新評價王平

〔註 42〕李鈞：《生態文化學與 30 年代小說主題研究》，山東師範大學博士學位論文，2006 年，第 34 頁。

陵等作家具有積極意義。但是我們同時也應該注意：「重寫文學史」的目的是要回到文學史自身，首先針對的是文學史研究在過去較長的歷史時期中過分強調意識形態，而對文學本身的豐富性、多樣性重視不夠的現狀而進行的研究思路的反思與調整，其出發點與歸宿仍然不能脫離「文學史」這個根本，而我們對於「文學史」的態度，也不應該是無視其歷史發展階段中的本來面貌，不應該簡單以今天的立場、觀點和態度對其進行評價。這也就是說，在「重寫文學史」思潮下的王平陵研究，一方面要擺脫過去一元化意識形態思維模式對王平陵等作家的刻意貶低和遮蔽，另一方面，也要正視政治文化、黨派立場對他所造成的影響。刻意淡化他受到的意識形態的影響而極力突顯他的非政治性，不僅會造成不必要的基本史實的缺失、錯誤，同樣也是遮蔽、掩蓋了王平陵等國民黨作家自身的複雜性與矛盾性，這容易導致「重寫文學史」進入另一個誤區，這也是目前國民黨作家作品研究中值得注意和警惕的問題。

另外還值得注意的是，正如本書在上文中指出的那樣，國民黨文藝作為一種民國時期客觀存在的複雜的文藝現象、政治現象，學界目前對其研究還是遠遠不夠的，其中的重要表現就是將國民黨文藝簡化為 1930 年代初期興起的民族主義文藝運動和 1940 年代的「戰國策」派文藝，缺乏對其演變過程的整體的、宏觀的把握。同時，對包括王平陵在內的國民黨作家在他們的文學創作中是如何體現國民黨的文藝政策、他們的文學作品與中國現代文學發生、發展脈絡之間存在何種關係是缺乏細緻的研究的。這也就是說，對於國民黨文藝發生、發展面貌的宏觀、整體的瞭解與對國民黨文藝創作實際的細緻、豐富的把握不夠，在一定程度上限制了對國民黨文藝研究的進一步發展空間。以王平陵這樣一位比較具有代表性的國民黨作家的人生經歷、創作面貌入手，進而推進到對民國時期國民黨文藝的宏觀瞭解與具體創作情況的細緻把握，無疑是較好的切入點與突破口，既能避免對國民黨文藝的空泛的、缺乏血肉的研究，也不會因陷入具體的作家研究無法突破的境地。

三、研究思路

基於以上對王平陵研究現狀及其中存在問題的陳述與分析，本書將以目前已發現、整理出的王平陵創作的文本、已掌握的相關文獻資料為基礎，還原他在民國時期從事的主要文學、文化活動，將其納入原有的歷史軌跡中重新加以認識與闡釋，以重建王平陵在中國現代文學史、文化史上的眞實面貌。

在研究國民黨文藝與國民黨文人的過程中，我們應該注意要跳出目前有限資料和固有研究視角的局限，才可能對國民黨文藝和國民黨文人做出更爲深刻和全面的認識與評價。如果將國民黨文藝理解爲有明確官方背景的作家和接受國民黨津貼甚至是直接受其領導的刊物的話，那麼除了王平陵、張道藩、黃震遐、李贊華等並不十分突出的作家，《文藝月刊》、《前鋒月刊》、《流露月刊》、《橄欖月刊》、《文藝先鋒》、《文化先鋒》等一批雜誌之外，可供研究的國民黨文藝和國民黨作家的範圍和對象自然就非常有限。研究者們一般認爲，1930 年代的文壇基本爲左翼文藝所佔據，執政的國民黨在文藝上重消極的查禁而輕積極的建設，從創作成績、作家隊伍、出版宣傳等方面都並無實績。就連當時的浙江省政府主席魯滌平也認爲：「竊查共產黨宣傳方法，層出不窮，對於文藝政策尤爲注意。數年前，左聯勃興，中國文壇幾全爲普羅作家所佔據，即其明證。」〔註 43〕國民黨中宣部也不得不承認：「本黨有永久之主義一貫之政策，總理全部遺教即本黨宣傳方針，宣傳工作本可順利進行。不幸自遭受共禍以來，主義被其割裂，理論受其雜糅，影響所及，遂致宣傳工作分歧龐雜，效能低減」〔註 44〕，左翼文藝更是在新文學陣營中佔據了絕對的主流，「在這幾年之所謂左翼文藝的活動計劃甚大，在各書鋪中觸目皆是寫新文藝的作品，而一考其內容，無一不是帶有普羅色彩的」，受其影響，「政治社會日趨紊亂」，青年「不是趨於浪漫頹廢，便限於悲觀失望。」〔註 45〕如果將國民黨文藝理解爲民國時期執政的國民黨政府頒佈的一系列有關文藝的政策和條文的規定，來研究王平陵、張道藩、黃震遐等國民黨作家在創作中又是如何貫徹、表現出種種政策與規定的，那麼國民黨文藝與國民黨作家可供學界研究的範圍確實有限，對象也委實不多。但是，如果我們換一種角度就會發現，與其他的新文學作家一樣，王平陵等也是被「五四的潮流所激蕩出來」〔註 46〕、深受五四新文化運動洗禮的作家，參與了新文化運動的發展進程。那麼，他們是如何構建自己的文學世界、如何在黨治文藝與「五四」

〔註 43〕《魯滌平關於挽救電影藝術爲中共宣傳呈（附〈電影藝術與共產黨〉）》，中國第二歷史檔案館編《中華民國史檔案資料彙編》第 5 輯第 1 編文化（1），南京：江蘇古籍出版社，1998 年，第 379 頁。

〔註 44〕《中央宣傳部工作經過（六月份）》，《中央黨務月刊》1929 年第 13 期。

〔註 45〕邵元沖：《最近宣傳事業之推進——二十三年三月二十六日在中央紀念週講》，《中央黨務月刊》1934 年第 68 期。

〔註 46〕王平陵：《南國社的昨日與今日》，《矛盾月刊》1933 年第 1 卷第 5、6 期合刊。

新文學影響之間進行取捨、這種取捨與他們的精神世界之間存在何種關係、他們的精神世界又與民國時期的時代思想之間存在怎樣的扭結、纏繞……從文人與文學文本出發、從文學自身的規律與狀態出發，探尋文人、文學與歷史境遇、時代思想之間的關係，顯然比在文學中尋找意識形態、文藝政策的表現更為立體和生動。

具體到王平陵，這種探討則更有意義和價值。作為國民黨內成名較早、文學成就較高的一位作家，王平陵並未像同輩作家張道藩、鍾天心那樣，從文藝圈轉入政界，在仕途上平步青雲，也不同趙友培、李辰東一般，從文壇進入學界，最終在學術領域取得成就。從王平陵一生所充當的社會角色來看，作家和編輯是他未曾改變的職業選擇，即使是在國民黨中央宣傳部、中國教育電影協會、國民黨中央文化運動委員會等機構任職期間，他仍然堅持主編《文藝月刊》、《讀書顧問》等大型刊物和「大時代文藝叢書」、創作了多部短篇小說集和電影劇本。他堅持認為，文藝並非政治的附庸與點綴，而是「人類的精神的糧食」，政治則是文化的產物，「科學的進步，政治的改革，都須得有文藝復興的力量，做它們的前鋒，做它們惟一的推進機，才有成功的可能」〔註 47〕，一個眞正的作家「就應該站在民眾的立場，作為民眾的代言人的資格，向著昏瞶的庸眾，大聲疾呼了！就該把政治上的黑暗面，揭示給社會，督促當局的注意和反省的。文藝作者假使緊閉著眼睛，不願在社會的黑暗面拼命掃射，對於民眾們由於政治不良所感受的痛苦，視若無睹，盡是躲在象牙之塔，謳歌風花雪月，猶美其名『藝術的至上主義』，藉以逃避現實，保全自己的利祿，這簡直是全無心肝的作家！」〔註 48〕因此，縱觀王平陵的文學創作，少有對現實政權的直接歌頌與讚美，更多的是對現實中種種黑暗現象的暴露與諷刺，比如《文昌星》〔註 49〕、《送禮》〔註 50〕、《浮屍》〔註 51〕、《奈何橋》〔註 52〕、《維他命》〔註 53〕等作品，即使放在整個現代文學作品長廊裏，其揭露與諷刺意味都是比較突出的，文學成就也不容低估。可以說，

〔註 47〕王平陵：《中國文藝往何處去？》，《火炬》第 2 卷第 1 期。
〔註 48〕王平陵：《文藝與政治》，《中國社會》1939 年第 5 卷第 2 期。
〔註 49〕短篇小說，發表於《文藝月刊》1934 年第 5 卷第 2 期。
〔註 50〕中篇小說，發表於《東方雜誌》1937 年第 34 卷第 1 期。
〔註 51〕中篇小說，發表於《東方雜誌》1937 年第 34 卷第 13 期。
〔註 52〕電影小說，發表於《中流》1948 年第 1 卷。
〔註 53〕五幕劇本，青年出版社（重慶）1942 年 5 月初版。

相較於國民黨內的作家或文化官員，王平陵身上更多地體現出文人的氣質，而非國民黨政客或文化官員。但是，相比於同時期的「中間派」作家，王平陵身上的國民黨黨派文人的特點也是顯而易見的。在他看來，「文學家除非在做夢，專門憧憬著理想的未來世界，或者是專心一志從荒遠的古墓裏企圖盜取枯骨的商人，他們才會硬著心肝，逍遙於局外；不然，無論任何人，尤其是文學作者，決沒有法子可以逃避種種毒辣的教訓的」〔註 54〕，而「政治是一切事業的基礎」〔註 55〕，文藝與政治之間存在著互爲因果的關係，一旦脫離了政治，文藝就不可能獨立存在，「文藝必須站在現實生活的立場上，才能發揚文藝的生命」，因此，「文藝家應該常常離開了研究室，把頭伸向窗子的外面，探一探現實社會的眞相，不當把視線專注在書本上」〔註 56〕。他所認爲理想的政治，則是國民黨的「三民主義」政治。這也就是說，在國民黨內部，王平陵認爲自己首先是一個作家，擔負著爲民請命的使命、充當民眾的喉舌，對政治上、社會上的種種黑暗現象進行揭露與批判，但他並非現存政治制度的反對者，而是對國民黨的意識形態採取高度認同的態度。

王平陵對文藝的理解、對現存政治既批判又高度認同的態度，不僅表現在創作中，也影響了他人生道路的選擇。縱觀王平陵的一生，他的社會身份主要由作家、編輯、文化官員構成。雖然他是被「五四的潮流所激蕩出來」的新式文人、求學於被譽爲東南「五四」運動的中心的浙江省立第一師範學校，但是他埋頭讀書、醉心文藝的人生選擇顯然與「挽經運動」時期浙江一師的激進風氣格格不入；在南京編輯國民黨中央黨報《中央日報》的副刊《大道》、《青白》、擔任《文藝月刊》主要編輯者和實際負責人期間，他的編輯理念與當時執政的國民黨政權所需要的文藝宣傳之間也不盡合拍；在初入仕途之時，他以本縣民眾的身份帶頭檢舉揭發了家鄉溧陽的田賦舞弊案，造成溧陽不少官員被免職甚至入獄，在當時的江蘇官場引起了不小的震動；在擔任中國教育電影協會委員、中央劇本審查委員會委員等職務期間，他把大部分精力放在了主編《中國電影年鑒（1934）》、編寫電影劇本上，試圖對當時中國農村的凋敝、農民的破產作出不同於「左翼」作家的解釋……因此，本書從作家、編輯、半文化官員三種不同社會身份的角度，從文學活動入手，以

〔註 54〕王平陵：《戰時文學家的責任》，《民意週刊》1938 年第 4 期。
〔註 55〕王平陵：《文藝與政治》，《中國社會》1939 年第 5 卷第 2 期。
〔註 56〕王平陵：《「自由人」的討論》，《文藝月刊》1933 年第 3 卷第 7 期。

文學文本爲基礎，對王平陵的文學創作和人生道路選擇進行全面、深入的剖析，分析他在這三種身份之間進行角色轉換的心路歷程，探討民國時期以王平陵爲代表的「右翼文人」的三種社會身份在面對國民黨文藝統制與「五四」新文化運動對文藝獨立性的強調、激進政治思潮與文化保守傾向、黑暗的政治和社會現實與理想的政治願景等因素的對立、衝突中的掙扎與轉換，並由此切入王平陵的文藝思想與民族主義文藝之間的勾連與差異，探索國民黨文藝內部的複雜性。

基於上述思考，本著作將在選題對象、研究角度、研究思路等幾方面都有所創新。

首先，從選題對象看，本書以王平陵爲研究對象，本身就具有一定開拓性。正如前文所述，目前學界對王平陵等國民黨文人的專門研究在整體上還處於起步階段，對王平陵的生平經歷、文學創作情況等最基本的資料也缺乏系統的收集與整理，相關的系統研究更是無從談起。本書以王平陵爲研究對象，首先要做的基礎性工作就是對王平陵的生平情況和文學創作實際進行全面、系統的搜集與整理，並以此爲基礎，推進對王平陵進行系統、專門的研究，填補中國現代文學史的空白。

其次，從研究角度看，本書提出王平陵的一生，實際是在作家、編輯、文化官員這三種社會身份之間不斷進行角色適應與角色轉換的過程，這種角色適應於角色轉換對王平陵而言都是其內心文藝理想與政治願景之間相互對立、相互妥協的過程，在此基礎之上進一步深入對王平陵的系統研究，並以點帶面進入到對民國時期右翼知識分子的研究。

再次，從研究思路來看，本書雖然以對王平陵的專門研究對象，但研究的思路並不局限於此。本書試圖突破以往個案研究中就事論事的思路局限，從王平陵研究入手，深入挖掘王平陵個案背後的文學史、文化史意義。

第一章　作家——自我身份的主動選擇

1964 年 1 月 12 日，王平陵因突發腦淤血在臺北逝世。臺灣政界、文藝界發起了大規模的公祭活動，「總統」蔣介石特頒「盡瘁文藝」挽額一幅，「副總統」蔣經國任治喪委員會主任並頒「藝林矜式」挽額一幅，文藝界也成立了「王平陵先生遺著編輯委員會」，專門收集、整理、出版王平陵的著作，之後還編輯成《王平陵先生紀念集》一書出版，以紀念這位「反共行列裏的堅強鬥士，文藝戰線上永不凋謝的老兵」。的確，縱觀王平陵的一生，雖然他做過作家、編輯、翻譯家、教師、文化官員，但是寫作是他一生中從未中斷的事業，直到生命的最後一刻，他還在伏案寫作。可以說，作家這一身份始終是王平陵社會身份的底色，也是他對自我人生選擇的定位，無論他從事何種工作，從文學、文化的角度來觀察、思考人生、社會問題，以文學、文化的方式來解決所面對的人生困境，是他一生的行事方式。正如他曾對一友人回顧自己的一生時所言：「當我能用腦子來考慮什麼的時候，很同情我的父親，他一輩子坐冷板凳，吞粉筆灰，教那些不願意教的書，批改那些生硬乏味，依樣葫蘆的課堂作業，其餘的時間，便是做一點考證古本的死工夫，或爲人家寫那些壽序、碑銘……這類的應酬稿，就這樣白了他的頭，彎曲了他的腰，縮短了他的壽命。我從小看見父親所幹的工作，預存著畏懼心理，希望長大以後，能做一個『自食其力』的大夫，捉住人生怕生病，病人怕死的弱點，可以坐在家裏，靜待人家乖乖地把錢送上門來，不必耗心血絞腦汁，才能勉強塞飽自己的肚子。我沒有料到正是走上了父親走過的舊路。我在一大段消逝的歲月中，常常日出而作，日入而不息，看書、編書、教書，有時還要把寫成的東西，印成一本書，日夜在書堆裏討生活，好像命中注定的羈留在寫作的崗位上，一混就是三十多年，從未能夠移動過一步。……」〔註1〕可以說，以「盡瘁文藝」作爲他一生的寫照也是名副其實。

第一節　別樣的「五四」關注

從 19 世紀中後期開始，隨著中國在與英、法等歐洲強國的國際競爭中失利，中國的知識分子逐漸從「天朝上國」的迷幻中蘇醒過來，認識到中國積貧積弱的現實，開始探索救國、強國之路。從洋務運動到戊戌變法、從清末立憲到辛亥革命，中國的社會現實在歷史車輪的前進中發生了巨大的變化。中國的知識分子逐漸認識到，僅僅從物質層面尋求拯救危局的方案是行不通的，還必須從精神上改變國民萎靡不振的狀態，喚民心、開民智，民族才有復興的希望。郭沫若在《創造十年》中有一段話形象地描述了這一過程：「中國的積弱，在往年的一般人認爲是沒有近代的國家形體，沒有近代的產業，所以在我們的幼年時代，才有變法維新、富國強兵的口號。就在那種口號之下鬧了幾十年，中國在形式上算是形成了新式的共和國，然而產業仍然不能夠振興，國家仍然不能夠富強，而且愈趨愈下，於是大家的解釋又趨向到唯心主義方面，便說是中國民族墮落了，自私自利的心太重，法制觀念、國家觀念太薄弱。拯救的法門也就趨重在這一方面。」〔註2〕魯迅也曾說過：「物質也，眾數也，十九世紀末葉文明之一面或在茲，而論者不以爲有當。蓋今所成就，無一不繩前時之遺跡，則文明必日有其遷流，又或抗往代之大潮，則文明亦不能無偏至。誠若爲今立計，所當稽求既往，相度方來，掊物質而張靈明，任個人而排眾數。人既發揚踔厲矣，則邦國亦以興起。」〔註3〕在當時的知識分子看來，最能喚起民心、開啓民智的手段無疑是大力提倡文學，因爲「文章之於人生，其爲用決不次於衣食、宮室、宗教、道德」〔註4〕，是拯救世道人心、進行文化啓蒙的前提與基礎。這正如李大釗所言：「由來新文明之誕生，必有新文藝之爲先聲，而新文藝之勃興，尤必賴有一二哲人，

〔註1〕羅云：《播種者——敬悼王平陵先生》，王平陵先生遺著編輯委員會編輯《王平陵先生紀念集》，臺北：正中書局，1975 年，第 49～50 頁。

〔註2〕郭沫若：《創造十年》，上海：現代書局，1932 年。

〔註3〕魯迅：《文化偏至論》，《魯迅全集》第 1 卷，北京：人民文學出版社，2005 年，第 47 頁。

〔註4〕魯迅：《摩羅詩力說》，《魯迅全集》第 1 卷，北京：人民文學出版社，2005 年，第 73 頁。

犯當世之不韙，發揮其理想，振其自我之權威，爲自我覺醒之絕叫，而後當時有眾之沉夢，賴以驚破。」〔註 5〕梁啓超的觀點更是激烈：「欲新一國之民，不可不先新一國之小說。故欲新道德，必新小說；欲新宗教，必新小說；欲新政治，必新小說；欲新風俗，必新小說；欲新學藝，必新小說；乃至欲新人心，欲新人格，必新小說。何以故？小說有不可思議之力支配人道故。」〔註 6〕

在這種觀點影響之下，中國的新文學從誕生開始就擔負了太多的非文學使命。在激進的社會思潮中，「五四」時期的知識分子把文學視爲解決中國種種問題的出路，期望通過文學的力量，改造國民性，以達到政治革命的目的。這種思潮從新文化運動的中心擴展開來，影響到地處東南一隅的浙江省立第一師範學校。

一

「師範」一詞在古代漢語中由來已久。西漢揚雄在《揚子法言》中說：「務學不如務求師。師者，人之模範也。模不模，範不範，爲不少矣。」之後的《後漢書》中則說：「學成師範，縉紳歸慕。」而《文心雕龍・才略》中則有「相如好學，師範屈宋」的說法。不過，古漢語中的「師範」一詞的含義與現代漢語並不完全相同，多指的是師法、傚仿的模範與榜樣，後來用以指代教師。現代漢語裏的「師範」一詞則是黃遵憲於 19 世紀 70 年代從日語中翻譯而來，指的是專門培養教師的機構，並經戊戌變法在梁啓超等人的大力介紹下流行起來。

爲了滿足變革的社會現實對各類新式人才的需要，滿清政府於 1905 年正式廢除了延續一千多年的科舉制，開始大力興辦各類新式學堂。其中，作爲培養基礎教育師資的師範學堂也成爲從中央到地方各級政府大力發展的對象。1904 年，清政府頒佈了《奏定學堂章程》，其中明確地規定：「初級師範學堂爲小學教育普及之基，須限定每州縣必設一所。惟此時初辦，可先於省城暫設一所；俟各省城優級師範學堂畢業有人，再於各州縣以次添設。」〔註 7〕

〔註 5〕李大釗：《〈晨鐘〉之使命——青春中華之創造》（一九一六年八月十五日），《李大釗全集》第 2 卷，石家莊：河北教育出版社，1999 年，第 367 頁。

〔註 6〕梁啓超：《論小說與群治之關係》，《新小說》1902 年第 1 卷第 1 期。

〔註 7〕朱有瓛主編：《中國近代學制史料》第二輯下冊，上海：華東師範大學出版社，1989 年，第 222 頁。

而作為培養中學教師的優級師範學堂，則「令初級師範學堂畢業生及普通中學畢業生均入焉，以造就初級師範學堂及中學堂之教員管理員為宗旨……優級師範學堂，京師及各省城宜各設一所…可與省城之初級師範學堂並置一處，俟以後首縣及外州縣全設有初級師範學堂，即將省城初級師範學堂增高其程度，併入於優級師範學堂。」〔註 8〕在此背景下，上海南洋公學師範院、京師大學堂師範齋、湖北武昌師範學堂、直隸保定師範學堂等一批師範學堂紛紛成立，成為培養新式中小學師資的專門機構。

而地處東南沿海地帶的浙江省，在 1905 年選派了百名學生公費留學日本，專門學習師範教育。1906 年，浙江巡撫張曾敭奏請朝廷設立浙江省第一所兩級師範學堂。「浙省地濱江海，風氣早開，自科舉奏停，公私學舍林立，然學科程度之未能合格，實由教員管理員驟難得人，雖高等學堂向亦附設師範，並前經選派百人赴日學習，然卒業期遠，既無旦夕可程之功，且人數無多，亦不足供通省教員之用」〔註 9〕，將原貢院改造為師範學堂，參照日本師表學校模式構建。1908 年 4 月，經過近兩年時間的籌備，浙江兩級師範學堂開始正式招生。作為浙江省大力興辦的一所新式師範學校，按照清政府《奏定初級師範學堂章程》規定，「省城初級師範學堂學生，須選本省內各州縣之貢廩增附監生」，浙江兩級師範學堂以培養本省的中小學師資為目標，生源也主要來自浙江省內各州縣，招生名額的分配則按照州縣大小進行分配，「學生入學由州縣保送以外，仍在省城招考，所取之額，按府分大小縣份均派」〔註 10〕，而學生的學雜費、食宿費、制服費均由浙江省府撥款，這種招生模式一直延續到浙江省立第一師範學校時期。這對於家境清寒、深造困難又有心向學的學生而言，具有相當大的吸引力，導致該校入學競爭相當激烈，有時報考者多至近萬人。

在辦學之初，浙江兩級師範學堂從校舍布置到課程設置參照的都是是日本師表學校模式，教員也多為日本籍人士或留日學生，如馬敘倫、沈尹默、夏丏尊、周樹人、許壽裳、李叔同等人都曾在該校任教，學風嚴謹、踏實。

〔註 8〕朱有瓛主編：《中國近代學制史料》第二輯下冊，上海：華東師範大學出版社，1989 年，第 247 頁。

〔註 9〕朱有瓛主編：《中國近代學制史料》第二輯下冊，上海：華東師範大學出版社，1989 年，第 391 頁。

〔註 10〕朱有瓛主編：《中國近代學制史料》第二輯下冊，上海：華東師範大學出版社，1989 年，第 391 頁。

相比起其他師範學校，浙江兩級師範學堂更偏重於西方近現代科學的傳授，「按照部定分類科章程並有倫理學與經學，國文。但浙師選科未設此等科目」〔註 11〕，而數學科、理化科、博物科等學科組課程所佔的學時也佔據了相當的比重，在客觀上造成了浙江兩級師範學堂厚今薄古的風氣。在當時擔任浙江省教育總會會長、以鼓吹「廉恥教育」而著稱的學督夏震武看來，這種風氣使「師範學堂名譽甚壞，教育總會理應調查，並行整頓」，要求全體教職員和學生陪同拜謁孔子，並以下屬見上司的禮儀參見，又致函教務長許壽裳「責有三罪，一非聖法，一蔑禮，一侵權，令即辭去。」〔註 12〕夏震武在浙江兩級師範學堂擺出理學家的權威與官員的傲慢，激起了該校教職員和學生的極大不滿，最終釀成了清末轟動浙江全省的學潮，這也是魯迅在至許壽裳的信中所言的「木瓜之役，倏忽匝歲……此次風濤，別有由緒，學生之哄，不無可原。」〔註 13〕浙江兩級師範學堂在興辦之時就表現出了激進風氣的苗頭，由此可見一斑。

1912 年，著名教育家經亨頤從日本學成歸國，由原任浙江兩級師範學堂教務長改爲擔任該校校長。次年，該校更名爲浙江省立第一師範學校。作爲浙江教育界的領軍人物，經亨頤素有「小蔡元培」之稱，他認爲「學校決非爲教育者棲身之傳舍」，「教育者也決非同其他職業之徒事生活而已」，而是承擔著「不但維持文化，尤當改造文化，不但傳達文化，尤須增進文化」的重要使命，而要做到對文化的改造與增進，「非明時代之理解不可」〔註 14〕，這樣才能起到「對於國家爲間接之主張，對於社會爲直接之主張」〔註 15〕的作用。因此，從 1915 年開始，經亨頤在浙江省立第一師範學校進行了一系列的改革，包括將文言教授改爲國文教授、推行學生自治化運動、推行教師專任化、實行學科制等舉措，特別是國文教授和學生自治話運動兩項，爲促進「五四」新文化運動在浙江一師的蓬勃發展、使浙江一師成爲與湖南一師齊名的學府打下了堅實的基礎。

〔註 11〕鄭曉滄：《浙江兩級師範和第一師範校史志要》，《杭州大學學報》1959 年第 4 期，第 166 頁。

〔註 12〕《杭州師範學堂解散日記》，《東方雜誌》1910 年第 13 期。

〔註 13〕魯迅：《致許壽裳》，《魯迅全集》第 11 卷，北京：人民文學出版社，2005 年，第 337 頁。

〔註 14〕經亨頤：《動學觀與時代之理解》，《教育潮》1919 年第 1 卷第 1 期。

〔註 15〕經亨頤：《純正教育之意義》，《經亨頤教育論著選》，北京：人民教育出版社，1993 年，第 58 頁。

在經亨頤看來，「中國文學不改革，教育是萬萬不能普及」，要實現「『國文應當為教育所支配，不應當國文支配教育』的宗旨，非提倡國語改文言為白話不可。」〔註 16〕因此，他聘請了思想激進的夏丏尊、陳望道、劉大白、李次九四人為國文教員，大力推行白話、教授注音字母，選擇新出版物中的白話文為教材，並將其中的文章分為人生觀、婦女、勞動、家族問題、貞操問題等 16 大類，引導學生探討。「以如人生最有關係的各種問題為綱，選擇關於一問題的材料（都從雜誌當中採取），印刷分送學生，使學生自己研究，教員隨時指導，並和學生討論。」〔註 17〕這種教學方式改革的最直接影響，表現在學生的習作上，學生學會了用淺近易懂的白話來分析、表達他們所關注的社會熱點問題，此後浙江一師百分之九十以上的學生作文都是用白話文所寫；而從長遠看，對教育的普及起到了重要作用。夏丏尊等浙江一師國文教師「對於初、中級國文教育的熱心一直延續，即便離開浙一師教職後也未熄滅。後來夏丏尊、葉聖陶等人在上海結成開明書店同人群，除出版大量的國文教科書與教學、自習參考書外，還辦有指導語文教學的《國文》、《中學生》等刊物。而他們所親身教授的浙一師學生，亦成為普及國文教育的中堅力量」〔註 18〕。王平陵在 1920 年代也曾與浙江一師時的同學嚴愼予共同編著過指導如何使用白話文寫信的《白話信大全》〔註 19〕一書，也不能不說是受到經亨頤在一師進行國文改革影響的結果。

經亨頤在浙江一師推行的另一項重大改革是學生自治。自經亨頤任校長以來，「校中興革事宜，校長無獨斷之權，皆須由校務會議議辦，惟組織校務會議者為教職員，終未免與學生隔膜」〔註 20〕。為了消除隔膜，也為了鍛鍊學生的自律、自治能力，經亨頤在浙江一師推行學生自治制度，由教職員會議決議學生自治的範圍，自治範圍內的事項由全體學生大會選舉的自治會執行，對於學校的教務、行政事項學生自治會亦可陳述公共意見，以供學校參考。

〔註 16〕 經亨頤：《對教育廳查辦員的談話（節錄）》，中共浙江省委黨史資料徵集研究委員會編《浙江一師風潮》，杭州：浙江大學出版社，1990 年，第 121 頁。

〔註 17〕 《五四運動後之浙江第一師範》，《時事新報》1919 年 12 月 15 日。

〔註 18〕 張直心、王平：《民初文學教育考論——以浙江省立第一師範學校為考察中心》，《文藝爭鳴》2011 年第 9 期。

〔註 19〕 《白話信大全》由嚴愼予、王平陵合著，上海新文化書社 1922 年初版，1934 年再版。

〔註 20〕 《杭州第一師校之新氣象》，《晨報》1920 年 5 月 20 日。

但是，從實際的效果看，除了對學生日常行爲的規範和引導之外，自治制度最大的成果是成立了書報販賣部，極大地促進了學生的自覺和新文化、新思想在浙江一師的傳播。據當時報刊的不完全統計，在一師流傳的書報不僅種類多，而且數量大，——「計《星期評論》180 份，《教育潮》120 份、《民國週刊》120 份、《建設》35 份、《少年中國》50 份、《新青年》50 份、《新潮》80 份、《解放與改造》80 份、《平民教育》90 份、《曙光》20 份、《星期日》30 份」。當時浙江一師在校學生規模不過 382 人，而每一期購買書報的總份數就高達 855 份，人均購買數超過 2 份，「該校學生歡迎新出版物的情形，也可以想見了。」〔註 21〕在浙江省其他同類學校還禁止學生傳閱新書報的時候，「五四」新文化運動的思潮已經在浙江一師廣泛地傳播了。王平陵在《南國社的昨日與今日》中也曾回憶起在浙江一師讀書時在《少年中國》上讀到田漢文章的感受，「我開始知道田先生，比國內任何作家都早……記得在距今十六七年前，忘記了在那一個刊物上，也許是《少年中國》吧！我就讀著他的《俄羅斯文學的一瞥》，……在那時他給我的印象除了佩服以外說不出別的話來。和他同時代的人雖還有許多，如郭沫若，歐陽予倩，洪深之流，但，在劇作的天才上，我覺得都夠不上田先生」。而當時田漢所在的「少年中國學會」，也成爲王平陵極佩服的對象，「在那時代，我以爲中國比較最有希望的學會，除了『少年中國學會』以外，找不出第二個。」〔註 22〕時隔多年，王平陵仍然對當年讀書時的印象記憶猶新，這也可以從一個側面印證經亨頤在浙江一師的改革給學生帶來的巨大影響。

經亨頤的改革帶來了浙江一師風氣的改變。此前，一師雖然重視西學、崇新慕新，但在李叔同、姜丹書等書畫名家的薰陶下，「學生們也喜歡做詩、填詞、刻印、學畫、彈鋼琴（有時也開鋼琴演奏會）、學靜觀等，整個學校形成安靜肅穆、崇高自然的風氣」〔註 23〕，但是在改革後，學校的整個風氣逐漸變得激進。據王平陵的同班同學曹聚仁回憶，雖然當時他並不瞭解五四運動的意義，但仍然明確感覺到，「到了秋涼開學，整個學校的風氣都變換過來了」，演講、辯論、罷課、請願、示威遊行佔據浙江一師學生的大部分時間，

〔註 21〕《五四運動後之浙江第一師範》，《時事新報》1919 年 12 月 15 日。

〔註 22〕王平陵：《南國社的昨日與今日》，《矛盾月刊》1933 年第 5、6 期合刊。

〔註 23〕周伯棣：《「五四」前後在杭州》，中共浙江省委黨史資料徵集研究委員會編：《浙江一師風潮》，杭州：浙江大學出版社，1990 年，第 405 頁。

「從那個秋天起，老是罷課遊行，很少有一星期完整的課上；即算是上課，也只是討論討論人生問題、社會問題，課本上的事，反而擱開了……又有一回，我們罷課罷得實在厭倦了，學生自治會通過了復課的決議；晚間，北大來了一位代表，要我們召集緊急會議，經他一番演講，又全場通過罷課的決議了。」〔註 24〕在這樣一種狂熱的激進風氣中，學生們對待學習的態度、對社會的看法也隨之發生改變，「前三年是埋頭讀書，一意做理學家門徒的時代。後二年，便是束書不觀，（實在沒工夫讀書了。）要把『天下興亡』的責任擔當起來的時期；我們都變成了忙人，天天在十字街頭奔走往來，自以為是了不得的。——我們覺得救國的工作太重要了，讀死書是沒有用的」〔註 25〕。於是，浙江一師學生開始走出校園，用直接的激進方法去改造社會，比如創辦刊物、抵制和燒毀日貨、拒絕參加「丁祭」、反對省議會議員加薪等等。學生運動的中堅力量，如宣中華、徐白民、施統存、俞秀松、楊賢江、周伯棣、沈玄廬、趙平復、汪壽華、梁柏臺、葉天底等，後來也成為名震一時社會運動激進分子，其中有的人還為之獻出了生命。除此之外，學生自治會對校務有了表決權，甚至能決定教員的去留問題。

經亨頤的上述改革在京、滬兩地的報界看來是極為正常的事件，但在管教學生如對待囚犯的浙江省教育界、議會、官廳看來，無疑是一件破天荒地的大事，都「萬目睽睽注意於第一師範」〔註 26〕，「不但是之乎者也專門家的舊國文教師起了飯碗的恐慌，就是旁的校長職教員，也以為該校學生思想改革倘然蔓延開來，各校學生受了傳染，和他們的飯碗也不無影響，所以竟是一律竭力反對。雖然沒有實際的攻擊，可是已經唾罵交加，謠言大作了。到了第二件事實行，大家以為那可不得了了」，連一般的教育者都產生了「經氏不去，我輩不得安的概想」〔註 27〕。改革和保守兩派力量的對立是如此激烈，在一年之後，由施統存在《浙江新潮》上發表尚未寫完的《非孝》一文為導火索，進而引發了轟動全國的「一師風潮」案，也正是兩派衝突的必然結果。

〔註 24〕 曹聚仁：《文壇五十年》，上海：東方出版中心，1997 年，第 117 頁。

〔註 25〕 曹聚仁：《我與我的世界》（下），臺北：龍文出版社股份有限公司，1990 年，第 234 頁。

〔註 26〕 《〈浙江新潮〉被禁之詳情》，《時事新報》1919 年 12 月 4 日。

〔註 27〕 《齊耀珊大興文字獄》，《民國日報》（上海）1919 年 11 月 28 日。

同時，在激進氛圍中，浙江一師的絕大多數學生受到影響，參與到學生運動中去，學生自治會也不再僅僅是一個單純的學生進行自我監督、管理的機構，而逐漸發展成爲一個對學校的行政事務有投票權，能夠發動、組織起全校學生的團體，在一師的教員職員群體和學生群體中都具有相當大的影響力。對於學生自治會或者學生自治會的領袖人物存在意見或者不滿的普通學生，很容易成爲其他學生攻擊的眾矢之的。

當施統存在《浙江新潮》上發表《非孝》一文、引起浙江政界和教育界軒然大波的時候，浙江一師的另外一名學生凌榮寶一個人創辦了《獨見》週刊，對《浙江新潮》上的觀點提出質疑。凌榮寶的「獨見」被認爲「決不是一個人的見解，在他背後，顯然還有一個有力的『校長團』的背景」〔註 28〕，他是「夏敬觀廳長派到一師來的奸細，於是眾怒所歸，看作是我族類」。學生們「爲了發洩積憤，便向學生自治會提出控訴，把凌獨見看作是公敵」〔註 29〕。學生自治會對凌榮寶進行了公開審判，凌榮寶面對諸多控訴，卻是沉著應辯，在審判會場上侃侃而談，毫無畏懼。審判最終是不了了之，但我們不難從中感受到此時浙江一師的激進氛圍。雖然《浙江新潮》的發刊詞中提出了「自由就是我的思想、感情、語言、動作，都要憑著我的自身；我只受我良心的支配，不受我以外的種種羈縛」，是人類能夠達到生活的幸福和進化的必要條件，輿論也諷刺浙江省政府的行爲干涉了學生言論自由、以聲援浙江一師的學潮〔註 30〕，但是在激進的氛圍中，堅持自己的觀點、維護自己的言論自由是一件非常不容易的事。

〔註 28〕 夏衍：《當「五四」浪潮沖到浙江的時候》，中國社會科學院近代史研究所編《五四運動回憶錄》（下），北京：中國社會科學出版社，1979 年。

〔註 29〕 曹聚仁：《我與我的世界》（上），臺北：龍文出版社股份有限公司，1990 年，第 165、166 頁。

〔註 30〕 《民國日報》（上海）1919 年 11 月 28 日刊登的《齊耀山大興文字獄》一文中寫道：「《浙江新潮》上所登的那篇《非孝》，雖然是說學理的地方少，感情意氣的話太多，實在做得不大好。但是一般反對的、查辦的人，實在沒有一個看得懂他這篇文章的，這是腦筋頑固、思想蔽塞、知識淺薄的緣故，那也無足深責了。不過言論自由載在約法，到底是有效的麼？思想言論，無論是非，偶然禁阻他的自由是無害有利的，這話是約翰穆勒的『群己權界論』上頭說得明明白白，他們竟沒有瞧見過麼？」

二

王平陵以優異的成績從江蘇省溧陽縣立第一高等小學畢業後，因家境清寒，無力進一步學習深造。姜丹書是王平陵父親的同鄉、好友，此時正在浙江省立第一師範學校擔任美術教師，得知王平陵升學無門的消息後，就設法讓王平陵赴杭州報考浙江一師。當時該校的招生辦法規定：

> 該校以造就小學校教員爲目的。本年度暑假學年開始，應添招預科新生爲欲入本科第一部者施必需之教育，定八十名分兩班教授。凡身體健全、品行端正、在高等小學畢業、或年在十五歲以上，與有同等學力者，均得投考。在高等小學畢業者，試國文、算術二科；非由高等小學畢業者，試國文、算術、歷史、地理、理科等，以高等小學畢業程度爲標準。凡有志入學者，須由地方行政長官備文保送，限於八月二十日以前，每日上午八時至十二時將公文、文憑及四寸半身新照片，一律呈驗註冊，八月二十一日上午八時起，舉行試驗。無照片者，概不備卷。自九月一日至十日爲錄取新生入學期間。入學時須邀同住居省會妥實保證人二人，連署入學願書，隨繳保證金洋十元，至畢業時給還。除入學時應繳保證金十元外，每年須預繳制服費洋十元，課業用品費五元。並奉巡按使飭知，因本省財政支絀，自本年八月起，所有新招師校學生，一律減給膳費之半數。除上列各項外，應繳納全年膳費之半數，計洋十八元，於每學期開始時繳納六元，分三次繳足。預科生修業一年，升入本科，四年畢業後，應遵章在小學校服務。〔註31〕

民國初年，浙江一師的經費來源和生源分配與清末相比併無大的變化，仍然是省政府撥款、招生比例按照全浙各州縣大小進行分配，加上每年招生名額限定爲80名，學生在畢業之後也容易在各地新式小學謀得教職，因此，報考一師的競爭在浙江省範圍就相當激烈，如果是外省學生就讀，就要自己承擔全部學雜費和膳食費。但是，由於姜丹書的全力運作，非浙江籍的王平陵也享有浙江籍學生同等待遇，這也不免引起一些學生的不滿。曹聚仁在多年後的文章中就寫道：「杭州一師和其他各類師範一樣，都是學宿免費，還津貼一半膳費，這是我們這樣貧寒子弟讀書之地。平陵兄照說是不該占我們

〔註31〕《第一師範學校招生辦法》，《教育週報》1914年第45期。

的便宜，就因爲姜丹書先生照應他，才讓他有在杭州讀書的機會，這是特例」〔註 32〕，其中的不滿情緒仍隱約可見。

雖然浙江一師減免全部學宿費和一半的膳食費，但是每年 18 元的半膳費仍然相當於十餘畝田的收成，加上路費和零用錢，每年至少要花 30 元，這對家境清寒的王平陵來說仍然是筆不小的費用。因此，王平陵在浙江一師學習時非常刻苦，成績優異，是「品行甲等老師中意的學生」〔註 33〕。

經亨頤推行的國文改革，爲浙江一師學生接受新文學奠定了基礎。此時，王平陵對白話文寫作也產生了濃厚興趣，他常常向李叔同請教關於新文學的問題。「在我舊時同學之內，豐子愷跟他學畫；劉質平、吳夢非跟他學琴、學作曲；而我跟他討教的，並不是圖畫與音樂，卻是關於文學戲劇方面的知識。……他勸我不要鑽古紙堆，把桐城派、陽湖派的陳腔濫調，當作範文來揣摩，浪費寶貴的精力和時間；最好是把英文讀本《魯濱孫漂流記》、《雙城記》、《劫後英雄傳》讀熟，再讀通日文，從日文中間接閱讀歐美的名著，這對於文學的創作，自有意想不到的幫助。」〔註 34〕李叔同的這種「日譯西學閱讀法」是如何影響了王平陵的文學創作，目前暫無直接的證據予以證明，但是從實際的創作情況看，王平陵從初登文壇起，就堅持用白話文進行創作，很少寫作古體詩詞或文言文〔註 35〕，其作品的語言風格也比較平實、少用方言土語、歐化性強，是屬於比較典型的學院派語言，與一師時期受到的影響密不可分。

公孟在《評〈送禮〉》一文中就認爲：「在這許多短篇作品中，使人感到最難得的，就是作者能以平凡的文字，描寫許多複雜離奇的故事。讀過作者的文字，可以使人得到一個「平實」的印象。在修辭上，他似乎不大喜歡使用穠豔瑰奇的詞匯，或故意從各種方言中採集好看或好聽的聲調與辭句，而大體都是使用純正的語體文字，至多只用到在學術上通用的術語，或正式用

〔註 32〕曹聚仁：《悼王平陵》，《聽濤室人物譚》，北京：生活·讀書·新知三聯書店，2007 年，第 152 頁。

〔註 33〕曹聚仁：《悼王平陵》，《聽濤室人物譚》，北京：生活·讀書·新知三聯書店，2007 年，第 152 頁。

〔註 34〕王平陵：《追懷弘一大師》，余涉編：《漫憶李叔同》，杭州：浙江文藝出版社，1998 年，第 147 頁。

〔註 35〕到目前爲止，本書發現的王平陵公開發表的用文言文寫作文章只有一篇，是浙江一師時期的習作《蕭何入咸陽收圖籍論》，作者署名王仰嵩，文章發表於《浙江省立第一師範學校校友會志》1918 年第 16 期。

此術語以表達一種更深切的意思，或故意誤用，以引起讀者的幽默感。此種文字技術，造成作者平實的風格，這以外，由每一篇故事所帶予讀者的情緒，則頗不相同。關於這一點，可以說作者很受外國文學的影響，……作者的文學風格，是極學院體派的……可以選作中學作文𣏌本。」〔註 36〕王平陵在後來回顧自己的創作生涯時也曾說：「我寫小說以來最大的苦楚，就是中國的舊書，讀得太多一些，練習些古文辭的時間，似乎太長了，因此，在初下筆時那些文縐縐的『子曰，詩云，』會不自覺地湧在我的筆尖，像吃飽了墨水的派克似地搖筆即來，我極有自知之明。不必等待賢明的批評家來指謫，便在『決不歐化，務求通俗』的信條下，痛下工夫，經過了足足五六年的掙扎，這一個相當嚴重的缺點，漸漸地克服了。」〔註 37〕

除了語言風格之外，浙江一師的文化氛圍對王平陵的最重要的影響表現在引發了王平陵對社會問題的關注和思考，而這種關注和思考又在很大程度影響了他對產生這些問題的社會根源的判斷，進而影響了他的人生選擇。

前文已經說過，經亨頤在浙江一師聘請了夏丏尊、劉大白、陳望道、李次九這四名思想激進的教師爲國文課教員，人稱「四大金剛」。爲「使學生能夠瞭解用現代語或近於現代語……能夠用現代語表現自己的思想情感」、「使學生瞭解人生眞義和社會現象」，「四大金剛」則偏重於「以和人生最有關係的問題爲綱，以新出版各雜誌中關於各問題的文章爲目」〔註 38〕進行教材編選。這樣編選的教材雖然在當時就引起蔡元培「這到底是倫理教材、還是國文教材」的質疑，但是這種方法本身不僅激發了一師學生對白話文寫作的興趣，更引起了學生對這些「倫理」問題的深切關注，這種關注不僅存在於在一師就讀時期，在邁出一師校園後依然持續。

1922 年，剛邁出浙江一師校園不久的王平陵與同學嚴愼予合作編著了《白話信大全》一書。在當時，「五四」新文化運動的高潮剛剛過去，青年學生對白話文的巨大作用有了一定的認識，但是如何運用白話文進行寫作、如何使白話文成爲日常生活中表情達意的交際工具，對許多青年來說仍然成問題。嚴愼予和王平陵認爲，編著這部書的目的，「不單是要使讀者可以明瞭書信底格式和用語；更須藉著這種機會，把現代底思想和學術，使讀者在不自知中

〔註 36〕 公孟：《評〈送禮〉》，《文藝先鋒》1942 年第 1 卷第 2 期。

〔註 37〕 王平陵：《捫虱談雕蟲》，《中國青年》1943 年第 3 期。

〔註 38〕 《浙江學潮底動機》，《星期評論》第 39 期，1920 年 2 月 29 日。

吸收著」〔註 39〕，而「白話信的內容，清而淺，白話信底價值，思想容易達，情節容易濃。白話信底作用，可以互通兩地底款曲，可以暢談彼此底幽思，可以研究問題，可以討論學問，所以我認爲白話信底編輯，確是傳佈文化最好的工具，對於青年最有益的作品」〔註 40〕。從內容上看，《白話信大全》一書所涉及的「道德問題」、「社會改造問題」、「文學改革問題」、「兵式操存廢問題」、「男女平等問題」、「學生自治問題」、「勞工問題」、「書信自由問題」、「婦女解放問題」等話題，更是浙江一師國文課上討論話題的翻版，討論這些問題的「論」、「辯」、「駁」、「答」等方式，也與一師國文課堂上採取的方式如出一轍。

此後，王平陵對社會問題的關注度並未減退，其關注的焦點也從廣泛的社會問題逐步集中到婦女解放、男女平等、婚戀自由、文學改革這幾類問題上。

1915 年，《青年雜誌》的創刊拉開了「五四」新文化運動的序幕。陳獨秀在其發刊詞《敬告青年》中寫道：「世稱近世歐洲歷史爲『解放歷史』。破壞君權，求政治之解放也；否認教權，求宗教之解放也；均產說興，求經濟之解放也；女子參政運動，求男權之解放也。解放云者，脫離夫奴隸之羈絆，以完其自主自由之人格之謂也。我有手足，自謀溫飽；我有口舌，自陳好惡；我有心思，自崇所信，絕不認他人之越俎，亦不應我而奴他人，蓋自認爲獨立自主人格。以上一切操行、一切權利、一切信仰，唯有聽命各自固有之智慧，斷無盲從隸屬他人之理！」〔註 41〕陳獨秀的這番話宣告了「人的意識」的覺醒，也標誌著以陳獨秀爲代表的現代知識分子開始從思想層面思考女性的解放問題。此後，女性在戀愛、婚姻、家庭、倫理道德等方面遇到的困境成爲新文化運動先驅者們思考的問題，並在社會上引起廣泛的關注，成爲當時的報刊、雜誌上討論的熱點話題。正如《婦女雜誌》所言，「婦女問題重要的程度，在今年的中國，正是非常急速的激增」，已經「不是少數一部分人的問題，是關係全國民的大問題」〔註 42〕。特別是 1918 年 6 月《新青年》在第

〔註 39〕嚴刃迂：《白話信大全・序一》，嚴愼予、王平陵：《白話信大全》，上海：新文化書社，1922 年，第 1 頁。

〔註 40〕王病凌：《白話信大全・序二》，嚴愼予、王平陵：《白話信大全》，上海：新文化書社，1922 年，第 3 頁。

〔註 41〕陳獨秀：《敬告青年》，《青年雜誌》第 1 卷第 1 號，第 2 頁。

〔註 42〕《本志第八卷革新預告》，《婦女雜誌》1921 年第 7 卷第 11 號。

4 卷第 6 期推出「易卜生號」、刊登《娜拉》、《國民之敵》、《社會棟樑》和胡適的《易卜生主義》之後，人們對女性解放、男女平等、婚戀自由等問題的關注也從同情女性、追求人格獨立的角度，逐步轉變爲對包括女性在內的無產階級解放的關注。《新青年》雜誌就認爲，「女子居國民之半數，在家庭中，尤負無上之責任，欲謀國家社會之改進，女子問題固未可置諸等閒。而家族制度不良，造成社會不寧之象，非今日之重大問題乎？」〔註 43〕李大釗在《女子問題》一文中，認爲「一戰」後歐洲興起的女性運動，只關乎中產階級婦女的利益，而與無產階級女性無關，不能算是眞正的女性解放運動，因此，「我以爲婦人問題徹底底解決方法，一方面要合婦人全體的力量去打破那男子專斷的社會制度，一方面還要合世界無階級婦人的力量去打破那有產階級（包有男女）專斷的社會制度。」〔註 44〕陳獨秀則認爲，不能簡單地把婦女問題當成單純的教育、職業、交際等方面的問題去思考，只有社會主義才是解決女子問題的唯一方針，「離開了社會主義，女子問題，斷不會解決。〔註 45〕」

1920 年 1 月，王平陵的小詩《冰雪底終局》在《星期評論》第 33 期上發表。作爲王平陵發表的第一篇新文學作品，這首小詩清新淺顯，又有哲理思辨的意味。而在《雷峰塔下》這篇短篇小說中，「神秘的不可思議的」力量、「自然幽秘的妙美」〔註 46〕和愛與欲糾葛構成了小說的唯美主義的傾向。不過，這種青春期的愁緒與悲哀並沒有在王平陵身上持續太久，他很快將關注點轉移到婚姻自由、女性解放等社會問題的探索與思考上去。

1921 年，王平陵的《新婦女的人格問題》在《婦女雜誌》第 7 卷第 10 期上發表。在這篇文章裏，王平陵認爲當時的婦女運動已經取得很大進展，從具體的婦女教育問題、戀愛婚姻問題到婦女經濟獨立問題、社會勞動問題已經被論者廣泛討論，但是這些問題要眞正解決，必須要有一個基本的前提，那就是要確立婦女的人格，「女子解放要從女子自己解放起，自己解放的手續，要從精神解放起，精神解放的順序，以完成人格爲第一義」〔註 47〕。婦女只有確立了自己獨立的人格，才能以積極的姿態面對外界、擺脫依附於男性的生存狀態，婚戀自由、經濟獨立和男女平等才有基礎可言。從「五四」

〔註 43〕《女子問題》，《新青年》1919 年第 6 卷第 4 期。

〔註 44〕李大釗：《戰後之婦人問題》，《新青年》1919 年第 6 卷第 2 期。

〔註 45〕陳獨秀：《婦女問題與社會主義》，《民國日報・覺悟》1921 年第 2 卷第 14 期。

〔註 46〕王平陵：《雷峰塔下》，《時事新報・學燈》1921 年 10 月 9 日。

〔註 47〕王平陵：《新婦女的人格問題》，《婦女雜誌》1921 年第 7 卷第 10 期。

新文化運動以來，隨著人的發現和人的意識的覺醒，個性解放和個性自由也逐漸成爲知識分子追求的目標，而在個體意義和社會範圍內都處於極端受壓抑的婦女的生存狀態，也成爲知識分子的思考內容。一時間，婦女在戀愛、婚姻、家庭、教育、職業、經濟等方面應該擁有與男性同等的地位成爲社會上的熱門話題。 其中，婦女的婚戀自由被眾多青年視爲邁出個性解放和個性自由的第一步，有人甚至提倡：「要謀婦女的自由，必先提倡戀愛的自由；教育、經濟、政治、道德的解放，無非是謀戀愛自由的手段，戀愛眞正自由了，婦女問題也便解決了。」〔註 48〕當時，不少的青年女學生就如同《傷逝》中的子君一般，義無反顧地邁出第一步，追求個人的愛情與自由，還有一些和娜拉一樣，決然地同家庭決裂。在這個背景下，當時報刊雜誌上熱烈討論的戀愛婚姻自由問題實際上暗藏危機：如果婦女解放單純注重所謂的婚戀自由，而所謂的婚戀自由如果沒有堅實的社會基礎，女性必將重新陷入被男性視爲玩物的境地。這也正是魯迅所說的，「一切女子，倘不得到和男子同等的經濟權，我以爲所有的好名目，就都是空話……必須地位同等之後，才會有眞的女人和男人，才會消失了歎息和苦痛。」〔註 49〕而女性要取得與男性同等的經濟權和地位，就要從精神上解放自己，認識到自己有和男性同等的權力和地位，樹立自己健全的人格。因此，從這個意義上說，王平陵較早地認識到婦女解放的基礎在於首先要從精神上解放婦女，樹立健全的人格，具有重要的意義。

此後相當一段時期，王平陵都在關注婦女問題，先後寫作了《戀愛熱與社交公開》〔註 50〕、《戀愛問題的討論》〔註 51〕、《東方婦人在法律上的地位》〔註 52〕、《通信：關於戀愛問題的討論》〔註 53〕、《現代婦女對於審美觀念的誤解》〔註 54〕等文章。在這些文章中，王平陵首先從生理、心理及社會進化的角度剖析了婦女擁有和男性同等的地位，認爲造成中國婦女地位低下的原因除了法律、倫理、經濟等外界因素之外，還有女性自身缺乏獨立健全的人

〔註 48〕章錫琛：《通信：關於戀愛問題的討論》，《婦女雜誌》1922 年第 8 卷第 10 期。
〔註 49〕魯迅：《關於婦女解放》，《魯迅全集》第四卷，北京：人民文學出版社，2005 年，第 615 頁。
〔註 50〕載於《婦女評論》1921 年第 5 期，署名西泠。
〔註 51〕載於《婦女雜誌》1922 年第 8 卷第 9 期。
〔註 52〕載於《婦女雜誌》1922 年第 8 卷第 10 期。
〔註 53〕載於《婦女雜誌》1922 年第 8 卷第 10 期。
〔註 54〕載於《婦女雜誌》1927 年第 13 卷第 7 期。

格、對自己作爲「人」的資格還沒有足夠的認識，「今後婦女們須自覺社會的沉淪，與其說是男子的罪惡，無寧說是婦女們放棄責任沒有瞭解『人的生活』之所致」〔註 55〕。要解決這一問題，婦女就必須「能覺悟到自己地位的墮落，生命上旁皇而無所歸宿的恐怖，立刻向男子揭起堂堂正正的革命之旗，高呼『爭還自由』、『爭還人格』，而後再從實際上做去，把切身的問題，一一都解決完」〔註 56〕。

「五四」新文化運動以後，關於婦女解放的討論越來越熱烈，人們逐步認識到婦女解放決不僅僅是理想狀態中婚戀自由、法律和政策層面的男女平等、平權的問題，更是如何將這種理想在現實中充分實現的問題。對於如何解決這個問題，不同的知識分子給出了不同的回答，比如陳獨秀、李大釗等早期馬克思主義者就認爲要將女子解放與階級解放相聯繫，而胡適則認爲解決女子的生計問題、教育問題比解決女子的政治問題更迫切和重要〔註 57〕。此時的王平陵雖然只是一個剛剛走上文學道路的青年，但是他也積極參加這場討論並給出了自己的答案：實現婦女解放的根源在於樹立婦女獨立健全的人格、實現女性的精神解放，實現婦女解放的力量也來自於女性自身而非外在力量。這種重視從內部而非外界來尋求解決問題的態度似乎在浙江一師讀書期間已經初見端倪。在浙江一師的激進氛圍中，「他雖不像淩獨見那樣鑽牛角尖，卻是反對學生運動的一人。因此我們在自治會中對他就十分不客氣」，因此在「五四運動以後，就黯然無色了。」〔註 58〕

第二節　民國轉型社會中的新舊知識分子形象

王平陵在 1949 年之前，創作了大量的小說和劇本，主要有短篇小說集《期待》（正中書局 1934 年出版）、《東方的坦倫堡》（獨立出版社 1938 年出版）、《送禮》（商務印書館 1942 年出版）、《女優之死》（現實出版社 1943 年出版）、《晚風夕陽裏》（國民圖書出版社 1944 年出版）、《湖濱秋色》（商務印書館 1947

〔註 55〕王平陵：《中國婦女戀愛觀》，上海：光華書局，1927 年，第 71 頁。

〔註 56〕王平陵：《中國婦女戀愛觀》，上海：光華書局，1927 年，第 70 頁。

〔註 57〕參見胡適《女子問題的開端》一文，載於《婦女雜誌》1922 年第 8 卷第 10 期。

〔註 58〕曹聚仁：《悼王平陵》，《聽濤室人物譚》，北京：生活·讀書·新知三聯書店，2007 年，第 152 頁。

年出版），以及劇本《狐群狗黨》（中國戲曲編刊社 1940 年出版）、《維他命》（青年出版社 1942 年出版）、《情盲》（商務印書館 1944 年出版）等。在這些小說和劇本裏，王平陵深刻地描寫了當時社會上的種種醜惡現象，生動刻畫出了民國時期社會各階層的面相：抗日軍隊浴血奮戰、奮勇殺敵，愛國志士爲國捐軀、視死如歸，達官巨賈巧取豪奪、醉生夢死，小公務員溜鬚拍馬、空虛無聊，底層民眾賣兒鬻女、愚昧無知……其中，王平陵用力最深、刻畫得最爲生動的是新舊兩代知識分子在民國轉型社會中的境遇與掙扎。

一

發表於《文藝月刊》1933 年第 3 卷第 9 期的《救國會議》是一篇諷刺「一・二八」事變後社會各界空喊愛國口號，實際各懷鬼胎的小說。小說中的 P 縣因爲靠近火線，受到戰事的影響，「驚恐是免不掉，實際的損失也許是有」，但是，縣城中以士紳爲代表的上層人物更認爲戰爭是使自己陞官發財、沽名釣譽的絕好機會。

小說的一開頭，就點明了 P 縣商會會長姚先生是當地一位比較有名望的人物，他熱心公眾事業，常常都是縣裏賑災、扶貧等義舉的發起人。「一・二八」事變之後，P 縣民眾處處在談論救國，姚先生看準時機，在 P 縣首倡召開「救國會議」並成爲會議主席。會上，姚先生痛陳日本人在中國的獸行、抗日軍隊的苦鬥、以及國家目前所處的危難，希望各界代表踴躍捐款以救國難。參會的各界代表被姚先生的話所吸引，「心都被收進話匣子裏」、「不自覺地抽紅了掌心」，但對姚先生認爲最重要的捐款一事，「大家都同石膏像一樣並沒有發生絲毫的反映」，被「輕輕地忽略過去了」。之後，各界代表陳述各自的救國意見：紙箔業公會代表主張祭祖謝神時用國產紙箔代替日本光紙以救國、醫藥公會代表主張服用秘製的返老還童聖藥以救國、著作家聯合會的代表主張文藝救國，並趁機推銷自己的小說、戲曲鼓詞協會代表主張聽戲救國、跳舞團老闆主張跳舞救國、交際花提出代寫情書救國……一時間，社會各界欲借國難各謀私利的醜態躍然紙上。

正在會場喧鬧不堪時，塾師聯合會的代表韋居士引經據典，大談中國的仁義道德、文物禮教具有揚名四海、同化蠻夷的功效。他認爲，中國面臨國難，就是因爲把從前的道統丟了，任由青年男女胡作非爲，敗壞了社會風氣。因此，要救國，「只有恢復從前的道統，把三跪九叩首，念佛，拜懺，今古文尚書，五言七絕，宮調詞曲，儒釋道三教九流，一律復興起來，中國或許還有一線希望。」

眾代表被韋居士這番聞所未聞的救國偉論折服了，一致同意用仁義道德、文物禮教救國。只有姚先生沒有預料到，耗費不少心機、佔用了兩星期的籌備時間和上百元的花銷，並沒有達到自己收取救國捐的目的，所做的一切不過只是成全了老朽不堪的韋居士的聲名，因此在這猛烈的刺激下而頹廢不堪。

不難看出，王平陵在小說中對社會各色人物滿口抗日救國、實際各謀私利的醜惡嘴臉進行了辛辣的諷刺，這在「一・二八」事變後全國抗日救國氛圍高漲的背景下是非常具有警醒作用的：面對日本人的侮辱，「誰都會機械地捏緊了拳頭，瞪開眼睛，做出種種激烈的姿態，雖然這姿態的停留在他們的拳頭和眼睛裏決不至於延長到抽完半支煙捲的時間」，誰都能激昂陳詞，講出一堆救國的辦法，但是，如果中國人只是空談救國，不能採取眞正的、切實有效的抵抗，「日本人決不因爲我們有的是辦法，稍微節省一些他們的炮彈」。

小說值得特別關注的是其中的姚先生和韋居士這兩個人物形象。姚先生無疑是地方上的頭面人物，通過積極參與賑災、救貧一類的社會公共事務，而在P城獲得了相當的名望。「一・二八」事變發生後，他更是積極奔走，主張召集全縣各界代表開救國會議。從上述種種表現上看，姚先生就是一位積極參與地方社會事務、心繫國家危亡的正派紳商，但實際上，我們不難發現他所謂的義舉與愛國，不過是沽名釣譽、謀取個人私利的手段。災民並沒有因爲他的賑災而避免忍饑挨凍的命運，戰士也沒有因爲他高喊愛國口號而減少一點傷亡——賑災款與救國捐不過是姚先生中飽私囊、攫取個人利益的工具。籌備救國會議的過程，在姚先生等士紳看來，也是一個權力的尋租空間。雖然從表面上看，「到縣商會出席一次救國會議，並不算是光輝門楣的盛舉」，但是通過參加救國會議參與地方社會事務、進而染指地方權力，卻是各界代表的目標所在。因此，「關於救國會議的代表的產生，委實是夠他們麻煩的一件事。那些預備競選的候選人，早幾天就奔走，拉攏，宴客，茶會……凡所以表現『民治精神』的老花樣，都十足地絲毫不肯從儉地表現了出來」。爲了競選成功，甚至出現了拉票、行賄、鬥毆等惡行，「有幾個團體，在選舉場中，被人發覺到選舉票有舞弊的嫌疑，甚至把墨盒拋起來像流星似的擊撞，打壞了票櫃的，監票員，驗票員，吃著選舉人孝敬的禮物的，不計其數。」至此，民國時期地方各界人物通過進入民眾自治團體，進而參與公眾事務、取得一定權力的過程已經形象地躍然紙上。

對於頗有政治手腕的姚先生來說，參與公眾事務、獲取地方權力已經不成問題，他更關注的是如何讓手中的權力變成個人私利，因此，他在會議的演講詞上做足了工夫。他對群眾說話，早已是經過了相當的訓練，一開始就用「十分沉痛的開場白，使聽眾感覺到極度的興奮」，而其說話的姿態，聲音，表情動作，不但能吸引聽眾，還能「使聽眾的心都被收進他的話匣子裏，聚精會神地注意他的說話，不自覺地抽紅了掌心」，如果沒有意外發生，達到其假公濟私、中飽私囊的目的終將水到渠成。

從姚先生這個人物形象上我們可以看到：在民國時期，「士紳」這一社會階層並沒有因爲社會的轉型、國家政體的改變而消亡，還嫻熟地利用現代政治體系中的民選、民治精神，繼續控制地方社會事務，以謀取個人私利。

小說中另一個值得注意的人物是塾師聯合會的代表韋居士。不同於利用政治手段大發國難財的姚先生的貪婪與虛僞，韋居士則是以道統的代表自居，是學紳的代表。民國建立之後，以教授傳統文化爲業的塾師顯然已經不能適應時代的發展需要，韋居士們「感覺到自己的地位將要動搖的危險」，於是打出擁護至聖先師、維持道統、復興國粹的標語旗號，到縣衙門前請願示威，因此得到了 P 城民眾眾望所歸的擁護。在他看來，中國文化到山窮水盡之時也有起死回生的魔力，「把中國逼迫得無路可走的時候，神仙的神帚終有一天會出現的，那時候，天上自然有什麼星宿降下來，搭救中國人的災難」，外來民族終將被博大精深的中華文化所訓導、所同化。因此，要救國，根本用不著學洋鬼子，只需把《大學》、《中庸》、《論語》等四書五經拿出來念念，外國的新發明、新學說就都在其中，中國也不戰而勝了。

韋居士的形象與同時期茅盾小說《子夜》中的吳老太爺的形象十分類似，抱殘守缺、迷戀傳統文化，以道統的維護者自居，對現代文明、文化採取完全排斥的態度，是舊派學紳的典型。雖然歷史的車輪已經駛入 1930 年代，但是韋居士等人對世界的認識仍然停留在幾個世紀之前。在他看來，從前的讀書人都是溫文爾雅，循規蹈矩，講求仁義道德的，從前那種周而復始的泡茶館、抹紙牌、逛窯子、吸大煙、娶姨太太的日子，就是理想中的人間至樂。但是，與茅盾在《子夜》中一開場就讓吳老太爺受到大上海光怪陸離的現代生活的刺激而亡的處理方式不同，王平陵卻讓韋居士這位滿口仁義道德、實際淫亂腐朽的道學家以其奇特的救國宏論在救國會議上力挫眾議、大出風頭。這兩種處理態度也似乎顯示出不同的作家對舊派士紳的不同態度：身爲左翼作家的茅盾堅信在社會進步的洪流中，像吳老太爺這樣僵屍般的人物必將消亡，而國民黨作家王平陵則認爲，韋居士這樣的道學家，雖然對現代社會失去了在傳統社會中的判斷力，但其言論在別有用心的人那裡還有利用價值，在一定時期內還將保持僵而不死的狀態。

雖然王平陵在小說中對以姚先生、韋居士爲代表的舊派士紳的種種醜行進行了辛辣的嘲諷，但是從總體上看，這兩個人物雖然假公濟私、淫亂腐朽，但是在表面上仍然以正人君子爲自我標榜，使用權謀之時也不忘冠之以愛國救國的名目，因此，這兩個人基本上可以歸於正紳的一類。到了中篇小說《浮屍》中，當士紳階層面臨選舉「國民代表」的誘惑時，乾脆就扯掉了自我標榜的面紗，人性中最邪惡的那一部分在「國民代表」的爭奪戰中被充分暴露出來。

發表於《東方雜誌》1937 年第 34 卷第 13 號的《浮屍》是一篇以 1936 年國民大會代表選舉爲素材的小說。1936 年，國民大會代表即將開始選舉，認爲「政治機構的充實與改變又是直接受著文化的影響而來」，堅信人格與學識俱優的學者倘若「爲著整個的人民的福利而投身仕途，正是我們人民的公意」〔註 59〕的王平陵專程回到家鄉溧陽參加競選。在耗費了相當的時間、精力和金錢之後，最終他只獲得了初選代表的提名。雖然競選未能成功，但是這段經歷讓他對選舉的複雜性和鄉村士紳的眞正面貌有了深入的瞭解，回到南京後就寫出了《浮屍》這篇小說。

在小說中，王平陵寫到，當得知鄭家村具有推選區域代表候選人資格的消息後，縣城裏有意參加選舉的士紳，紛紛派人來到這個位於太湖邊的偏遠貧窮小村拉選票。他們中間，有縣立初級中學的校長、有官宦世家的少爺、有留日歸來的縣商會會長之子、在外經商的富豪，還有早年畢業於法政學堂的上海名律師。這些人爲了得到鄭家村的推舉，採取各種手段對全鄉的鄉紳許以豐厚回報。鄭家村的鄉紳們懷疑這些豐厚的回報背後隱藏著爲自己所不知道的更多利益，就決定派鄭鄉長作爲全鄉士紳的代表，親赴縣城與各參選人面談，再來決定本鄉要推舉出的代表。

〔註 59〕王平陵：《論學而優則仕》，《自由評論》1936 年第 9 期。

鄭鄉長進城以後，受到了全縣參選人的極力拉攏與招待。爲了避免鄭鄉長的選票被其他參選人拉走，先期下鄉的參選人把鄭鄉長藏到了縣城一個有名的暗娼家中，使鄭鄉長沉迷於女色，與外界完全失去了聯繫。眼看鄭家村的選票已經被人奪走，其他的參選人惱羞成怒，便四處宣稱鄭鄉長出賣了鄭家村，用手中的選票換取了個人利益，嚴重破壞了國選，理應嚴加懲辦。眼看鄭鄉長的「劣行」在全縣引起的事態越來越嚴重，爲了避免引火上身，已與鄭鄉長達成合作協議的各參選人紛紛表示不認識鄭鄉長、對他的所作所爲更是完全不知情。此時，還在返鄉路上的鄭鄉長對外界發生的變化毫無察覺，完全沒有預料到迎接自己的是全村人因沒能得到預期的好處和利益而盛滿憤怒與仇恨的拳頭。在慌亂之中，鄭鄉長不慎落水而亡，最後成爲河裏的一具浮屍。

1924 年 1 月 23 日，在國民黨第一次全國代表大會上，孫中山起草並提交了《國民政府建國大綱》，爲今後國民革命的發展勾畫了藍圖。在《國民政府建國大綱》的二十五項條款中，孫中山在第一條就規定「國民政府本革命之三民主義、五權憲法，以建設中華民國」，並設計了先軍政、後訓政、再實現憲政三個階段的建國程序。南京國民政府建立之後，按照孫中山的設計，就應該結束訓政，還政於民，實行憲政。經反覆修改，南京國民政府於 1936 年 5 月 5 日發布命令，公佈了《中華民國憲法草案》〔註 60〕，同時決定召開國民大會。按照相關的《國民大會組織法》、《國民大會代表選舉法》和《國民大會代表選舉法施行細則》等法律文件規定，國民大會代表按照區域、職業、特種等三種區分方式直接選舉產生。此時，「中華民族正處在一個空前危急的時期，國內國外的政治形勢也瞬息萬變，全體國民的希望是要國民大會馬上來決定中華民族的整個命運：是生還是死？是戰還是降？……今後國民大會卻全是全體國民自己了，決定生死也是由自己選擇了」〔註 61〕。用民選的辦法選舉出對國家和民族肩負重要使命的國民代表在長期沿襲專制傳統的中國還是破天荒的第一次。因此，當作爲鄭家村知識界領袖的保長、助理員、有名望的地方士紳等聽聞國民代表這一名稱時，「大家都是茫茫然，考究不出它的出典」，認爲這可能不過是前清末年預備立憲的變形：不過是「把鎮上一家

〔註 60〕即「五五憲草」。

〔註 61〕朱楚辛：《關於國民大會：我們對於國民大會的希望》，《新學識》1937 年第 1 卷第 7 期。

地點適中的茶館，改名爲諮議局；後來，民國元二年間又改稱爲鄉議會，在其中出出進進的人物，也隨著時代的更變，改換了許多不同的名稱」，就提出推選鄭鄉長爲代表。但是鄭鄉長清楚自己當年在縣立初級中學上學時，因爲成績太差留級三次，最終還是被開除學籍，當鄉小學的國文教師都沒有資格，只有做最基層的鄉長這種「只有義務可盡，毫沒有權利可享的苦差」，對縣裏的官員和士紳都不熟悉，以自己的資歷還當不上代表，加上縣立初級中學的孟校長來信允諾將補發給自己夢寐以求的中學畢業文憑，鄭鄉長就決定推選孟校長爲代表。

雖然「民主政治的精神，就在交政於民，以民力鞏固國體，以民力爭取國家的生存……國民大會和憲法的重要性，是在集中全國人民的一切力量，進行抗敵的民族解放運動」〔註 62〕，雖然召集國民代表大會是實行憲政的體現，是要使「全國優秀國民愛國志士來參加中央政治共圖救亡」，國民大會將要決定的是與每一個國民息息相關的「最重要的憲法草案」〔註 63〕，但是在孟校長、鄭鄉長等士紳看來，國民大會不過是結黨營私、瓜分權力、平步青雲的絕好機會——只要競選成功，所有有功之臣都可以跟隨代表上南京，哪怕是當個聽差，「四時八節的賞錢，就足抵鄉長一年的薪俸了」，國民代表應當肩負的爲民請命、造福桑梓、推行憲政、履行公民權的職責，在這些參選的士紳眼裏，自然是無足輕重的。至於明白了國民大會代表所擁有的權力的選民，自然「相信『國民代表』的頭銜，一定是世界上最貴重的寶貝……掌握在他們手心裏的票權，死也不肯輕易放鬆，他們都以爲是必中的發財票——有航空券那麼高的價格，而比航空券還要穩當一千倍的發財票。」由此可見，在中國歷史上具有里程碑式意義的第一次國民大會代表選舉，在基層的實施過程中，卻成爲了士紳階層權錢交易的一出醜劇。這正如當時的評論家所言，「國選時期，營私舞弊的事情，時有所聞，可見官僚政客還在鑽營選舉，作爲陞官發財的階梯，眞正的民選，恐怕還占少數。」〔註 64〕

這些因利益而結盟的士紳們其實是互不信任、各懷鬼胎：作爲選民的鄉村士紳一心是要用選票換發財券，如果僅僅用選票換得與參選者的交情，他

〔註 62〕陳勤：《關於國民大會：我們對於國民大會的希望》，《新學識》1937 年第 1 卷第 7 期。

〔註 63〕張道藩：《國民對於國民大會應有之認識》，《中央週報》1936 年第 426 期。

〔註 64〕陳勤：《關於國民大會：我們對於國民大會的希望》，《新學識》1937 年第 1 卷第 7 期。

們深知，這種交情極不可靠，那還不如推選自己，「至少，還可以留作自己的以及子子孫孫今後的出路」；而競選士紳們爲殷勤伺候鄭鄉長，心裏早已是憤恨不堪，發誓「選舉完了，一個一個抽你們的筋，剝你們的皮」，一旦發生利益的改化，這種鬆散的利益同盟也必將瓦解。因此，在小說的後半部中，鄭鄉長被出賣，最後死於非命的結局是早已注定。

在中國傳統的鄉村結構裏，士紳是「社會普遍認同的權勢階層」〔註65〕，在社會性、文化性上承擔著溝通官府與百姓、主持地方公共事務、傳承道統等責任。到了民國時期，士紳階層發生了分化，大量士紳通過進入新式學堂接受現代教育、在新式政府部門任職、在大都市從事新興職業以及外出經商等方式離開了鄉村社會，比如《浮屍》中的留日學生、省議會的書記官、上海的名律師、西北經商的大商人就分別是這些人的代表。他們與鄉村社會的聯繫紐帶早已割裂，不再是溝通官府與百姓、爲民請命的社會與文化權威，鄉村對於他們而言也只是撈取個人利益之地。對於留在鄉村的士紳而言，留守只是缺乏新式教育背景、無法進入現代都市的無奈之舉，並非對傳統士紳道義的自覺承擔，獲取現實的利益才是最大的實惠。因此，不擇手段撈取個人利益是這些士紳的共同特徵，國家存亡與民族安危、公民權利與憲政理想，在他們看來都是可以公開進行利益交換的資本。在《救國會議》中姚先生、韋居士們「救國」、「道統」的遮羞布，到了《浮屍》中的鄭鄉長、孟校長們那裡是蕩然無存。由此可見，在王平陵的筆下，舊式知識分子完成了從士紳到劣紳的轉變。

王平陵在其作品中還創造出了一系列的士紳形象，比如，《房客太太》〔註66〕中的劉先生、《舊世紀的化石》〔註67〕中的謝長壽、《情盲》〔註68〕中的曾懷仁、《送禮》〔註69〕中的趙希廉、《新貴人》〔註70〕中的潘毓貴等等。這些脫胎於舊時代的人物或在政府部門中任職、或在戰亂中大發橫財、或投靠日本侵略者、或魚肉鄉里欺壓百姓，無論其居於城市或者鄉間，本質上都

〔註65〕王先明：《士紳構成要素的變異與鄉村權力——以20世紀三四十年代的晉西北、晉中爲例》，《近代史研究》2005年第2期。

〔註66〕發表於《文藝月刊》1935年第7卷第5期。

〔註67〕連載於《時代精神》1939年第1卷第3期、第4期。

〔註68〕四幕劇，商務印書館1943年初版。

〔註69〕發表於《東方雜誌》1937年第34卷第1期。

〔註70〕發表於《東方雜誌》1938年第35卷第11期。

是唯利是圖、冷酷殘暴、荒淫無恥、背信棄義之徒，都是屬於劣紳一類。王平陵在作品中對他們的醜行也進行了深入的揭露與批判，認爲他們的劣行是造成社會黑暗、民生凋敝、政治墮落、物價飛漲、道德淪喪等等社會問題的根源，對這一類人物形象持完全否定的態度。

二

王平陵在其作品中還創造出了一系列的新式知識分子。不同於上文中所論及的劣跡斑斑、卻有在現實中飛黃騰達的舊式文人，王平陵筆下的新式知識分子雖然接受了現代的新式教育，懷有爲事業、爲國家民族而獻身的理想，但在現實中往往四處碰壁，不能施展其理想與抱負，其精神世界逐漸萎縮，最終成爲灰暗失意的小人物。

發表於《東方雜誌》1939 年第 36 卷第 20 號的《在收容所裏》是一篇描寫新式知識分子在戰爭中的境遇的優秀短篇小說。抗戰期間，畢業於某某大學教育系的縣立中學校長陳廣漢爲躲避戰亂孤身一人逃至武漢，住進了難民收容所。他自認爲是「大時代所需要的一塊有用的材料，無論如何不至於排斥在大時代的圈外的」，相信不久之後就能通過在省政府擔任科長的同鄉的幫助，實現自己的抱負。在一次拜訪同鄉的途中，陳廣漢遇到一個號稱是賽半仙的算命先生，找他算命的「並非俗客，都是聲稱破除迷信，自命爲極端現代化的男女青年」，陳廣漢頗爲心動，也找賽半仙算卦問前程。在被告知下個月 15 號之前將遇見貴人之後，陳廣漢喜不自勝，堅信自己將得到同鄉黃浩生的大力推薦，前程無憂。可是黃浩生對推薦陳廣漢求職一事卻漠不關心，用五元法幣將他打發出門。回到難民收容所，陳廣漢受到難民收容所所長的公開侮辱，但他這時已經沒有早上離開收容所時躊躇滿志、鬥志昂揚的心態了，明白了金錢和勢力才是這個世界的生存法則，「自己既來到難民收容所，就同一般的難民毫沒有區別……你如果有神通，那麼，很顯然的，你就不至於流落到難民收容所裏來」，如果自己敢挑戰這個法則，社會「總是同情於權威者的施行權威，常常是合法的；那麼，對於自己今後的活動，直接間接就是一種極大的障礙。」

在偶然得到所長剋扣難民口糧、貪污公款的消息後，陳廣漢決定發動難民起來反抗所長的暴行，可是很快被所長發現。所長最初以公安局文書一職來誘惑陳廣漢，希望他能對此事守口如瓶，但遭到陳廣漢的拒絕，陳廣漢隨後被所長關進了拘留所。初進拘留所的陳廣漢「覺得完全是爲了伸張公道所遭遇的不幸，身體雖不免感覺痛苦，但在良心上是非常安適的。」可在小說的結尾，王平陵寫到，在拘留所關了一個星期之後，陳廣漢感受到了「陰森可怕的鬼氣」，有了「由光明蹈入地獄的強烈預感」，記起了賽半仙關於 15 號之前必遇見貴人的話，「『貴人！我們的分公安局局長！是你？我以爲是黃浩生呢！』他忠厚軟弱如同女性一般地自語著。」

《在收容所裏》充分暴露出抗戰初期後方的各級官吏貪污公款、盤剝難民、官官相護的醜態。這在當時以「全國各刊物與夫一切宣傳事項，均係說明爲何而抗戰……信仰三民主義，服從領袖命令，爲抗戰必勝之最大力量」，宣傳要點要集中於「由抗戰而進於建國，由統一意志而進於集中力量，由主義的信仰進於領袖的服從」，「全國人均自動的趨於一致的立場『國家至上，民族至上』『軍事第一，勝利第一』，『意志集中，力量集中』」〔註 71〕爲宣傳中心的大背景下，作爲一個國民黨作家寫出反映國統區黑暗面的文章，是非常需要勇氣的。正如藍海在《中國抗戰文藝史》中寫到的那樣：「抗戰產生了新時代的英雄，另一方面，也有『新的人民欺騙者，新的抗戰官僚，新的國難財的主戰派，新的賣狗皮膏藥的宣傳家。』抗戰的勝利要求政治的進步，不合理的黑暗，我們要求他消滅，我們可以坦白地承認自己的弱點，要對自己的弱點無所知覺，才是可悲的事。指出這一點，作家們是有功績的。王平陵的《在收容所裏》，張天翼的《華威先生》，指出了應改革的黑暗面，描繪了舊時代的渣滓的醜態。」〔註 72〕

但是，本書認爲，王平陵在這篇文章中寫得更加精彩的是陳廣漢這個人物形象。他從最開始的躊躇滿志、到最後的屈服於公安分局局長的權威的過程，無疑就是現代知識分子在現實生存法則面前精神世界逐漸蛻變、崩塌的過程。雖然陳廣漢接受過現代高等教育，獲得了某大學教育系的學士學位，還曾在縣立中學擔任校長，自詡爲並非俗客、極端現代化的知識分子，但是現代知識分子必備的獨立的精神人格顯然並沒有在他心裏紮下根。在小說的最開始，他「拼命擠上去，伸出手來，撚了兩個字」、請賽半仙算命，表明他對自己接受的高等教育知識體系並不是眞正的相信，看到圍觀的青年對自己來算命「面頰上並沒有異樣的表情」，也就變得泰然自若。在拜見黃浩生過程

〔註 71〕葉楚傖：《抗戰以來宣傳工作之概觀》，《中央週刊》1939 年第 2 卷第 1～2 期。
〔註 72〕藍海：《中國抗戰文藝史》，上海：現代出版社，1947 年，第 113 頁。

中，他的整個精力都放在與之拉關係、攀交情上，極力討好，希望能謀得一職。在受到收容所所長的無端訓斥、又得到所長貪污腐化的線索之後，他覺得自己應該反戈一擊、成爲收容所裏主持正義的英雄。可是，當英雄的激情過去之後，他感受到的是生存的威脅、死亡的恐懼，甚至希望黑暗社會的施暴者能夠成爲改變自己處境的「貴人」，這也就意味著看似躊躇滿志、以精英和正義化身自居的現代知識分子陳廣漢在現實環境面前徹底投降、甚至是同流合污，最終成爲被環境吞沒的灰色小人物。

如果說《在收容所裏》的陳廣漢是在戰爭初期就被黑暗現實吞沒的灰色知識分子的話，那麼《重慶的一角》〔註 73〕則爲我們展現出經受了戰爭考驗的知識分子在戰後的出路問題。在《重慶的一角》裏，吳翔和沈鴻才在戰前原都是上海某電影公司的編導，輾轉到了大後方之後，吳翔繼續堅持文藝創作，「一天到晚埋頭於抗戰八股的寫作」，而沈鴻才則「跑到抗戰的另一個角落裏去，探探消息」，做起了投機商。到了戰爭結束，大家即將返鄉之時，吳翔還在堅持寫《中國文藝復興史》，生活仍然是困頓不堪，返鄉的路費也沒有著落；而此時的沈鴻才已經成了住別墅、開舞會、捧舞星的大書商。沈鴻才在一次舞會後偶然拜訪吳翔，在醉酒的情況下答應爲吳翔出版《中國文藝復興史》，可第二天清醒之後就後悔了。不知情的吳翔帶著無限的期望找到書店，可見到的卻是低俗讀物暢銷，經典著作無人問津、甚至被付之一炬的景象。吳翔的出書夢想落空，只能在小茶館裏沉沉睡去。

如果把陳廣漢和吳翔這兩個人物形象聯繫起來進行解讀，我們不難發現，吳翔在戰爭後的境遇就是陳廣漢命運的另外一個版本。吳翔在戰爭中一直堅持至知識分子的良知，認爲中國的抗戰「全靠一般有良心的作家、新聞記者，以及各部門的文化工作者，耗盡心血，發揚我們的民族精神，鼓勵廣大的老百姓把血肉和敵人死拼到底的」。可是吳翔這樣堅持文化抗戰、文化救國的知識分子，在沈鴻才等識時務者的眼中，「開口愛國，閉口愛民族，固然要緊，可是，連自己最起碼的生活都無法維持，那就是最無用的廢料」。雖然全民族經歷了長達八年的艱苦抗戰，但是戰爭並沒有把民族精神凝聚起來，相反，隨著時間的推移，貪污腐化、拉幫結派成風，各派之前利益的爭奪也越來越嚴重，在大後方已經養成了「利用戰爭，歪曲良心，醉生夢死，多忘記了自己的本性和今後的責任，迷惘地趕著熱鬧，因此思想行爲，失去了本

〔註 73〕發表於《新中國月刊》1945 年第 8 期。

然的青白和純潔，養成了一種自私自利，苟且偷懶，因循敷衍，搶奪欺騙的衰世風氣！」〔註 74〕在這樣的環境裏，像吳翔這樣堅持良知與擔當的優秀知識分子，並沒有得到社會的認可與尊重，反而成為大多數人眼中不識時務的傻瓜，而沈鴻才這樣投機鑽營，大量出版迎合低級趣味的刊物的書局老闆，卻趁著戰爭的時機大發國難財，也是不足為奇的事了。這正如王平陵所說的，「我們不否認這一個冷酷的現實，能使作家們由於生活的艱苦和不安定，勒斃寫作的興趣，銳減寫作的勇氣，為了支持最低限度的生活，也要被迫著浪費寶貴的時間與精力，沉沒到人生的海底，撈捕賴以活命的資源」，一般的知識分子「就業無門，求生乏術，除了奔走權門，成群結黨，企圖在亂紛紛的政治漩渦中，混水摸魚之外，即找不到第二條活路。」〔註 75〕王平陵的《重慶的一角》也就寫出了戰後知識分子的悲哀：隨著戰爭的結束，文學、文化失去了凝聚人心、激發全民族抗戰建國勇氣的作用，人們需要的也不是真正的文學與文化，而是能夠麻醉戰後心靈空虛的精神鴉片，知識分子階層也從整體上失去了民國以來在社會中的精英地位。他們要麼和沈鴻才一樣，徹底丟棄知識分子的氣節和良知，拜倒在金錢和權勢腳下，成為亂世中的強者，要麼和吳翔一般，苦苦掙扎在人生的底層，隨時面臨險象環生的處境。

殘酷的戰爭改變了現代知識分子的生存狀態。在巨大的生存壓力和社會壓力面前，王平陵筆下陳廣漢、沈鴻才一類的知識分子最終選擇了逃避與妥協，成為被黑暗吞沒繼而又製造黑暗的一員。他們精神狀態的萎靡、灰暗，似乎存在著可以理解和同情的一面。但是，王平陵筆下還描寫了一群非戰爭狀態下的現代知識分子，他們的精神世界同樣也處於萎靡、灰暗的狀態。

發表於《婦女雜誌》1929 年第 15 卷第 5 號的滑稽獨幕劇《回國以後》講述的是一個現代女性關於愛情選擇的故事。上海女性林秋萍嫁給了大資本家之子沈家駒，過著衣食無憂的富足生活，但是她並不滿意自己的生活狀態，認為「最苦痛的，是神經錯亂，靈魂帶著傷痕」，每天靠讀冰心的小詩來消憂解悶。一天，舊時同學、追求者、留美歸來的哲學博士陳明道來拜訪林秋萍，訴說離別數年的相思之苦。林秋萍在半推半就之間接受陳明道的奉承與恭維，又不時暗示自己不能接受陳明道的追求。陳明道百思不解其故，直到沈家駒出現，他才明白原來林秋萍早已結婚。陳明道感覺受到了秋萍的欺騙和

〔註 74〕張淵揚：《泛論轉移風氣》，《文化先鋒》1944 年第 3 卷第 13 期。
〔註 75〕王平陵：《今天我們寫些什麼？》，《現實與理想》1947 年第 1 卷第 3 期。

沈家駒的侮辱，就用剛剛到手的博士學位和未來大學教授的地位、靠辦報罵人出名的發財機會來引誘林秋萍，斥責沈家駒是靠「專門剝削勞工的脂膏，掠奪平民的血汗，造成許多銅臭的罪惡，誘惑好人去作惡」而發財的。沈家駒則一針見血地指出：陳明道的理由看似冠冕堂皇，實際和自己並無本質的差別：自己是靠金錢來博取林秋萍的歡心，而陳明道則不過是用鍍金的洋文憑、以及洋文憑可能換來的金錢來誘惑林秋萍，同樣是墮落。

陳明道顯然是王平陵筆下的另外一種知識分子的典型。雖然接受了高等教育，還在美國取得了博士學位，但是對學術他顯然並不熱心，對他而言，學術不過是趕時髦、湊熱鬧的一種手段，以及追求女性的一種籌碼而已。「國內的新思潮蓬蓬勃勃的時代，舉國的青年們，都好比發瘋一般地販運歐美的主義，今天一篇馬克司，明天一篇牛克思，眞熱鬧極了！我也少不得要去研究幾個主義。……後來我在外國住了一二年，也知道那些不三不四的主義，已經過時了。那時候我看見國內的新式出版物裏，一般青年作家，正忙著趕造那些『杜威說，羅素說』的刻板文章，我便立刻改習哲學了。」取得了學位之後，他也並不想立足於學術本身，而是要將學術「拿去賣錢的」，換得名望、洋房、汽車、美女。在他看來，這樣優厚的條件，是完全夠得上追求林秋萍了。因此，陳明道雖然接受的是現代教育，但是其本質上仍然是以讀書作爲取得個人利益的工具，他的精神世界同樣也是灰暗的。

除了以上人物之外，王平陵的小說中還有其他同樣灰暗、萎靡的現代知識分子，比如，《文昌星》〔註 76〕中的李兆榮、《煙》〔註 77〕中的陸福和、《進城》〔註 78〕裏的李嘉賓等等。現代教育留給他們的只是都市生活的浮華、虛榮、淺薄、無聊，以及追求個人利益時的冷酷與自私。他們是「在痛苦的實生活中生活的年青人，只知道一面詛咒，而一面卻無力與之決鬥，反而硬著心腸拋棄了一切的責任，寄情於風花雪月，消極玩世」，或者是在大時代中，「目光僅僅注射在手邊的一塊麵包屑，死命地搶奪到黑暗的角落裏去獨自去吞食」〔註 79〕，他們顯然也並不是王平陵理想中能夠迎頭趕上大時代、拯救國家與民族危亡、擔當民族復興大任的人。

〔註 76〕發表於《文藝月刊》1934 年第 5 卷第 2 期。
〔註 77〕發表於《文藝月刊》1934 年第 5 卷第 1 期。
〔註 78〕發表於《文藝先鋒》1942 年第 1 卷第 3 期。
〔註 79〕王平陵：《前言》，《讀書顧問》1934 年第 1 期。

第三節　在歷史小說中探求理想之路

王平陵在作品中對當時新舊兩代知識分子的形象進行了整體刻畫，創造出一個個具有一定典型意義的知識分子形象。不難看出，王平陵從這些知識分子身上看到的是傳統文化因循守舊造成的不合時宜，人性中的自私、貪婪與虛僞，以及在種種壓力之下的退縮與怯弱等弱點，他們也並非王平陵心目中的英雄形象。因此，王平陵對新舊兩代知識分子在整體上是持否定、批判的態度。面對 1930 年代起日益深重的民族危機、抗戰中各種政治力量的爭權奪利、國共內戰時國民黨軍隊的節節退敗，王平陵開始把更多的創作精力放在歷史小說的創作上，希望能從對歷史事件的重新敘述、對歷史人物的重新解讀中，發現在中國歷史進程中能夠挽救民族危難、凝聚世道人心的文化精神，使之在危機四伏的當下繼續發揮價值。

一

中國有歷史悠久的史傳文學傳統。在《尚書》、《春秋》、《國語》、《左傳》等先秦時期的儒家經典著作裏，可以發現小說的最初萌芽。而被譽爲「史家之絕唱，無韻之離騷」《史記》，則是將文學性與歷史性完美結合的典範。不同於史傳文學力求對歷史事件的眞實再現，歷史小說則是從歷史事件中敷衍而成的，被認爲是「蓋出於稗官，街談巷語，道聽途說者之所造也。……閭里小知者之所及，亦使綴而不忘。如或一言可採，此亦芻蕘狂夫之議也」〔註 80〕，難登大雅之堂。但是從 19 世紀中後期開始，「三千年未有之變局」的困境，使人們很難從中國幾千年的歷史中找到近似的例子來解釋。西方文學史詩傳統的虛構性敘事特徵，也隨著西方文化、文學在中國的廣泛傳播而逐漸被人們所接受。

梁啓超在《新民叢報》1902 年第 14 期爲被稱爲是「中國唯一之文學報」的《新小說》雜誌刊登的廣告中首次提到了「歷史小說」這一概念。他認爲，歷史小說是「專以歷史上事實爲材料，而用演義體敘述之。蓋讀正史則易生厭，讀演義則易生感，征諸陳壽之《三國志》與坊間通行之《三國演義》，其比較釐然矣。故本社同志寧注精力於演義，以恢奇俶詭之筆，代莊嚴典重之

〔註 80〕（漢）班固著，（唐）顏師古注，《漢書・藝文志》，北京：商務印書館，1955 年，第 39 頁。

文」〔註81〕，並將之與政治小說、軍事小說、哲理科學小說等小說種類並置。在梁啓超看來，小說的教化功能遠大於審美功能，小說的目的就在於「本專在借小說家言以發起國民政治思想，激勵其愛國精神，一切淫猥鄙野之言，有傷德育者，在所必擯。」〔註82〕不難看出，梁啓超雖然提出了「歷史小說」這一概念，但這一概念和中國傳統史傳文學中的歷史演義相似，在保留歷史事件基本眞實性的同時注入作者的情感、意願、價值取向和道德評判。與梁啓超的觀點相似，吳趼人在《歷史小說總序》中寫到：「年來吾國上下，競言變法，百度維新，教授之術，亦採法列強教科之書，日新月異，歷史實居其一」，「蓋小說家言，興味濃厚，易於引人入勝也……編纂曆史小說，使今日讀小說者，明日讀正史如見故人，昨日讀正史而不得入者，今日讀小說而如身親其境。小說附正史以馳乎，正史借小說爲先導乎？」〔註83〕由此可見，借歷史小說開民智、振民氣，注重小說的教化功能，是梁啓超、吳趼人等人的共同觀點。

在新文學作家眼裏，「歷史小說」重在小說，而非歷史，文學功能大於其教化功能。魯迅認爲，「對於歷史小說，則以博考文獻，言必有據，縱使人譏爲『教授小說』，其實是很難組織之作，至於只取一點因由，隨意點染，鋪成一篇，倒無需怎樣的手腕」〔註84〕。胡適則說：「凡做『歷史小說』，不可全用歷史上的事實，卻又不可違背歷史上的事實。全用歷史的事實，便成了『演義』體，如《三國演義》和《東周列國志》，沒有眞正『小說』的價値……若違背了歷史的事實……雖可使一班愚人快意，卻又不成『歷史的』小說了。最後是能於歷史事實之外，造成一些『似歷史又非歷史』的事實，寫到結果卻又不違背歷史的事實。」〔註85〕郁達夫在《歷史小說論》中也曾說過：「小說家在現實生活裏，得到了暗示，若把這題材率直的寫出來，反覺實感不深，或有種種不便的時候，就把這中心思想，藏在心頭，向歷史上去找出與此相像的事實來，使它可以如實地表現出這一個實感，同時又可免掉種種現實的

〔註81〕新小說報社：《中國唯一之文學報〈新小說〉》，《新民叢報》1902年第14期。
〔註82〕新小說報社：《中國唯一之文學報〈新小說〉》，《新民叢報》1902年第14期。
〔註83〕吳趼人：《歷史小說總序》，《月月小說》第1卷第1期。
〔註84〕魯迅：《故事新編·序言》，《魯迅全集》第2卷，北京：人民文學出版社，2005年，第354頁。
〔註85〕胡適：《論短小說》，《新青年》1918年第4卷第5號。

不便的方法。」〔註 86〕「歷史小說，既然取材於歷史，小說家當創作的時候，自然是不能完全脫離歷史的束縛的。然而歷史是歷史，小說是小說，小說家也沒有太拘守史實的必要。……小說家當寫歷史小說的時候，在不至使讀者感到幻滅的範圍以內，就是在不十分違反歷史常識的範圍以內，他的空想，是完全可以自由的……歷史小說的好處，就在小說家可以不被史實所拒拘，而可以利用歷史。」〔註 87〕譚正璧則認爲，「在舊的驅殼中寓以新的靈魂，這在作品本身不過把現實小說的性質，借歷史故事的形式來表現，只要寫得好，能夠獲得同樣的效果，那就不能說是離了現實……一個作者只要不是專門偏於一方面寫，那麼就不能說是現實的逃避者，或者說他是專門坐在象牙塔裏的人。」〔註 88〕

不難看出，在新文學作家們看來，「只去一點因由，隨意點燃，鋪成一篇」的歷史小說，因爲能「取古代的事實，注進新的生命去，便於現代人生出干係來」〔註 89〕，在「隨意點燃」之間包容巨大的信息容量，帶上了敘述者自身強烈的意識形態取向、價值判斷和情感色彩，也在一定程度上能避免因直接的現實指向性而遭到被當局查禁的後果。因此，在現代文學中，歷史小說改變了道聽途書、街談巷語、芻蕘狂夫之議的地位，成爲諸多現代作家較爲偏愛的小說類型。比如，魯迅、郁達夫、馮至、譚正璧、張愛玲、何其芳、施蟄存、廢名、李劼人等作家都創作了爲數不少的歷史小說，郭沫若等作家也曾創作了大量歷史劇。

二

作爲一個新文學作家，王平陵也偏愛從歷史題材發掘創作資源，特別是1940 年代中期以後，歷史小說作在王平陵的創作中佔據了相當的分量。比如，這一時期他創作了《不死藥》（1943 年）、《新亭淚》（1944 年）、《蕭何追韓信》（1947 年）、《李闖王》（1947 年）、《明末的周奎》（1948 年）、《深宮長恨》（1948年）、《長孫無忌》（1948 年）等多篇歷史小說，另外，在 1930 年代他還創作

〔註 86〕郁達夫：《歷史小說論》，《創造月刊》1926 年第 1 卷第 2 期。
〔註 87〕郁達夫：《歷史小說論》，《創造月刊》1926 年第 1 卷第 2 期。
〔註 88〕譚正璧：《長恨歌・自序》，《長恨歌》，上海：雜誌社，1945 年，第 2 頁。
〔註 89〕魯迅：《〈羅生門〉譯者附記》，《魯迅全集》第 10 卷，北京：人民文學出版社，2005 年，第 252 頁。

了的小說《阿房宮的夜讌》（1936年）和電影劇本《孤城落日》（1936年，與王夢鷗合著）。到了臺灣以後不久，王平陵還把在大陸時期創作的歷史小說結集爲《殘酷的愛》〔註90〕出版，可見他對歷史小說的看重。

在《殘酷的愛》的序言中，王平陵寫到：「歷史是人生的記錄，文藝是人生的反應，現實的人生，到反映在文藝家的筆尖時，就變成歷史了；那麼，作家們把記錄在歷史上的人生，作爲文藝的題材，自然是可以的。中國有幾位歷史家……善於運用歷史的技巧，編寫前代的歷史……把歷史上的人物和故事，當作小說、戲劇的題材，有時候不免失卻眞實性；但必爲廣大的讀者所愛好。……《殘酷的愛》，是我運用歷史故事寫成的小說集。這些故事，幾乎使人疑心都是今天發生的，是不是歷史的車輪又在循環呢？」〔註91〕歷史小說是文藝與歷史的結合，在滿足歷史基本事實的前提下，更需要有文藝的審美性，這樣才能爲「廣大的讀者所愛好」；作家在對歷史事件的還原、歷史人物的塑造中，可以採用虛構的敘述策略，對歷史事件進行重新的編碼與解讀，賦予歷史人物以象徵性的意義，寄託作家對現實的關切，從而使歷史小說具有當下感和現實感，「幾乎使人疑心都是今天發生的」，在閱讀過程中啓發讀者對現實的思考，「是不是歷史的車輪又在循環」。

從小說敘述的時間上看，王平陵歷史小說發生的時代集中在秦漢之交、唐朝由盛轉衰時和明朝末年這三個時間段。這三個時間段在中國歷史上都是屬於政權結構長期極度混亂、戰爭延綿不斷、中華文化遭到毀滅性打擊，「人道、國家、民族、文化存亡絕續之秋，人命懸於呼吸之際」〔註92〕的關鍵時代，這與20世紀三四十年代的中國有諸多相似之處。王平陵將自己在所生活的時代中的感受投射到歷史的某一時間段中，在主觀選擇的時間中建構出自己對歷史的理解與闡釋。他認爲，「歷史上所記載的，都是治亂興亡的事蹟，可以垂戒後代政治家千萬不要再蹈前任的覆轍，並且積極鼓勵他們施以善政，爲廣大的民眾謀幸福」〔註93〕。因此，表現歷史上統治者的暴政給國家和百姓帶來的深重災難，告誡當時的執政者不要重蹈覆轍也就成爲王平陵歷史小說的一大主題。

〔註90〕小說集《殘酷的愛》由臺北正中書局1951年發行第一版。

〔註91〕王平陵：《殘酷的愛·短序》，《殘酷的愛》，臺北：正中書局，1973年第3版，第1、2頁。

〔註92〕唐君毅：《中國文化之精神價值》，南京：江蘇教育出版社，2006年，第271頁。

〔註93〕王平陵：《怎樣讀歷史》，重慶：文風書局股份有限公司，1944年，第6頁。

《阿旁宮的夜讌》〔註 94〕是一篇描寫秦始皇統一六國之後權傾天下、暴虐荒淫的小說。在小說中，王平陵將歷史上的徐福出海、始皇興建阿旁宮和民間故事中的孟姜女哭長城等素材巧妙地融合在一起，敘述了因徐福出海尋仙藥不得，始皇爲求長生不老，一方面大建阿旁宮以追求人生極樂，另一方面遍尋世間美女以求延年益壽的故事。秦始皇「活著的時候太快樂了」，不但「統御著美麗的河山」、還有「無量數的臣妾奴隸，天天在設法滿足他的需要」，但是在他眼裏，這些東西「簡直都同糞土一般」，爲了達到個人目的都是可以捨棄的。因此，小說中的秦始皇完全置國家的安危、百姓的生死於不顧，不惜一切代價追求個人私欲的滿足，給百姓的生活帶來無盡的苦難，「有多少從老遠的地帶遷徙來的老百姓，都在這裡撒著血汗，熬著艱苦，掘土，挖泥，一寸寸地爲秦皇建築萬世的帝王的基礎，邊塞的夕陽，映照著黃土堆迭起來的城垣，現出豬肝般的色澤，像灑滿了無量數的老百姓的血。」在《博浪沙》中，秦始皇爲了顯示自己「有權柄任意殺戮活在嬴秦氏統治下的子民，而無人敢來爭天奪地」的權力，不僅「永不准留下思想的種子」，焚盡了文化典籍，還用殘酷的手段殺死了「愛自由，愛批評」，「與皇朝極端不利」讀書人。除此之外，他還覺得六國的百姓也是不利於新王朝的禍水，於是採用修築長城的辦法來消滅六國的壯丁，使他們「在冰封積雪中飢寒交侵，死亡枕藉」，達到「每年減少數百萬的生命」的目的。秦始皇接二連三的暴政使六國的百姓忍無可忍，他們「時時刻刻想揭竿而起，推翻嬴秦氏的暴虐統治」，反正都是活不下去，乾脆就「和那暴虐的秦帝拼個你死我活，在水深火熱中爭取自己的活路。」

在王平陵看來，權力集團內部的傾軋和鬥爭、貪官污吏橫征暴斂、部分軍隊將領的貪生怕死，是造成政局不穩、民不聊生的主要原因。小說《李闖王》中，明王朝在李闖王軍隊的圍攻下已經危在旦夕，此時雖然崇禎皇帝認爲祖宗的基業將斷送在自己的手裏是奇恥大辱，「堅決要竭盡所有的力量，挽回嚴重的厄運」，但是身爲百官之首的國丈還在剋扣軍糧，文武大臣也不願爲挽救危局略盡綿薄之力，以致軍隊羸弱不堪，士兵餓倒在皇宮之中，根本無法打仗。正是因爲權貴集團認爲「家是我的，國是大家的，我又不是傻子，何必先毀了自己的家，來救大家的國」，大敵當前卻不捨私利，最終，明王朝

〔註 94〕載於《東方雜誌》1936 年第 33 卷第 13 期。

也毀滅於這群冷漠自私的權貴手中。在電影劇本《孤城落日》〔註 95〕中，唐將張巡帶領 6000 士兵爲守住睢陽孤城不惜拼死支撐，可是城內早已無糧草和武器，城外又有安祿山的十數萬叛軍包圍，不得已只得向臨淮守將賀蘭進明求助。雖然睢陽城與臨淮城唇齒相依，睢陽如不保，臨淮必將成爲叛軍進攻的下一個目標，但是賀蘭進明更擔心的卻是一旦出兵救睢陽，必將造成臨淮城內守備空虛和糧草人馬的消耗，自己將面臨實力削減、地盤不穩的局面，因此斷然拒絕了張巡的求助。張巡最終因兵盡糧絕，被安祿山的叛軍所殺，睢陽城也被攻破。

如此的小說主題具有較明顯的現實指向性。長期以來，「派系紛爭堪稱是國民黨的一大頗具特色的政治文化」〔註 96〕，而「以軍隊、地盤爲憑藉的地方實力派」〔註 97〕爲了擴充自己的實力而明爭暗鬥、爭權奪利、各自爲政則是國民黨派系鬥爭的一大類型，不管是在國難當頭的抗戰時期，還是「當日本投降，大家歡喜得發狂，憧憬著個人、國體、國家的遠景，無不璀璨光明」〔註 98〕的抗戰結束後，國民黨內部的派系鬥爭、軍隊之間的爭權奪利也從未停息。這不僅僅嚴重影響了軍隊的戰鬥力，也加劇了國民黨內部的分裂和國民黨與民眾之間分離。這正如當時國民黨內有人痛悟到那樣：「今天本黨的病症已到了嚴重危急的關頭。環顧國內，有不少貪官污吏、土豪劣紳、官僚奸商種種反革命的橫行無忌，官僚主義、派系主義、財閥主義幾乎隱晦了三民主義，人民陷入了水深火熱的十八層地獄」〔註 99〕，整個的社會「險象環生，民不聊生」，「有如一大油鍋，很多人在被煎熬中。只有極少數敲髓吮血之輩，顯得得心應手，躊躇滿志。」〔註 100〕這樣的混亂政局引起了國民黨作家的擔憂，王平陵就感歎道，抗戰時期作家們「都在『國存與存，國亡與忘』的前提下，拋棄一切的成見和偏見，盡可能地維持團結的情緒，絕對站在國家民族的利益下而寫作……以視今之分崩離析，零落蕭條殊令人與隔世之感。……

〔註 95〕與王夢鷗合著，載於《文藝月刊》1936 年第 2 期，1937 年當選爲江蘇省教育廳第三次徵求電影劇本第二名，獲獎金 200 元。

〔註 96〕王奇生：《黨員、黨權和黨爭——1924～1949 年中國國民黨的組織形態》，上海：上海書店出版社，2003 年，第 213 頁。

〔註 97〕王奇生：《黨員、黨權和黨爭——1924～1949 年中國國民黨的組織形態》，上海：上海書店出版社，2003 年，第 215 頁。

〔註 98〕孫科：《親美乎？親蘇乎？》，《中央日報週刊》1947 年第 1 卷第 1 期。

〔註 99〕陳建夫：《革新的基本願望》，《革新週刊》創刊號，1946 年。

〔註 100〕《社論：拿出辦法來！》，《中央週刊》1946 年第 8 卷第 21 期。

勝利以後，足使作家們灰心喪志的因素，實還是舉世騷擾不寧，險象環生，連帶地使國內的政治、經濟、文化……等等的推進，受到嚴重的阻礙；而在國民的心理上頓覺希望幻滅，同時籠罩著一層濃厚的陰影。」〔註 101〕

在這樣的環境之下，以歷史小說隱晦地表達對現實的擔憂與焦慮，通過對歷史事件的改編和對歷史人物的重塑，在虛構的文學世界中把當時的社會現實反映出來，以求得到執政黨的注意、反省與改造，就成爲王平陵寫作歷史小說的目的。他認爲，作家「不能不以人民的代言人的資格，密切關注政治的實施，留意各個黨的黨綱政策及其作風，大公無私地督促政治的進步；而把自己所能透視的得失、利弊，運用熱練的文藝技術，徹底告訴民眾，使各黨派的執政者在民眾的嚴密監視下，只能絕對遵循有利於國家民族的方面，儘量表現工作的成績，來鞏固黨的信譽，博得人民的熱議，不敢違背國家民族的利益，自毀政治生命，以便其私」，只有這樣，作家才配得上稱爲「國家的衛星、政黨的諍友、人民的導師。」〔註 102〕

也正因爲王平陵以「國家的衛星、政黨的諍友、人民的導師」自居，而非執政黨的批判者、反對者，因此他秉持「見義勇爲，嫉惡如仇」的「藝術良心」，「搜尋現實，反映現實，揭示現實的秘密」，在面對社會上的種種黑暗面時，「不失望也不悲觀，常是抱著積極的革命態度，宗教家的信心與熱忱，力求消除黑暗的因素」，以求「改造黑暗的現實，放射眞理的光輝，增進人生的幸福」〔註 103〕。在這種信仰模式和思維方式下，王平陵的歷史小說往往在暴露黑暗、批判現實的同時還塑造出一個個意志堅定、忍辱負重、堅強不屈、挽救危局、眼光遠大、公而忘私、人格高尚、廉潔奉公的理想人物形象。比如《長孫無忌》中不戀高位、主動讓賢、睿智愛民的長孫無忌，《孤城落日》中不畏勁敵、舍生取義的張巡和南霽雲，《楊貴妃之恨》中藐視權貴、高蹈脫俗的李白，《阿房宮的夜讌》中堅貞不屈、爲追求愛情而超越生死的孟姜女和萬杞良，《博浪沙》中反抗暴秦、視死如歸的張子房……這些人物形象身上投射出的正是王平陵理想中的政治家的品格——「高尚純潔，光明磊落，爲國爲民，敢作敢爲」，「以人民的利益爲前提，把國家民族的利益，放在個人及黨團之上」，「握持黨的樞紐，以身作則，感化和教育最大多數的構成分子，

〔註 101〕王平陵：《完成新時代的一切》，《中流》1948 年第 5、6 期合刊。
〔註 102〕王平陵：《文藝與政治》，《申報・春秋》1947 年 7 月 23 日。
〔註 103〕王平陵：《科學的文藝論》，《申報・春秋》1947 年 1 月 6 日。

都變成健全的細胞，無不願犧牲一切，效忠於黨的主義及政策的具體實現，使廣大的人民感受切實的福利，從而感化和教育廣大的人民。」〔註 104〕也正是通過這些理想人物形象的塑造，王平陵的歷史小說在影射現實黑暗的同時還透出樂觀的態度。但是，當他把這種對民族獨立、政治民主、吏治清明、人民安樂的期望寄託在某一獨裁、專制的政黨、甚至是其黨魁身上時，這種期望往往會落空，自己也會失去作爲獨立作家、知識分子應有的立場和態度。

第四節　戰後關於知識分子命運的思考

1945 年 9 月 15 日，王平陵的第一部長篇小說《歸舟返舊京》在重慶《掃蕩報》副刊上開始連載。作爲國民政府軍事委員會政治部部長張治中麾下的報紙，從抗戰時期開始，重慶版的《掃蕩報》在社長黃少谷的《掃蕩報》領導下，堅持掃蕩敵寇、鼓舞士氣的目標，在宣傳上大力提倡三民主義，避免與《新華日報》直接對立，因此在大後方具有相當的影響力，在日軍空襲重慶期間還與國民黨中央黨報《中央日報》合併出版。《掃蕩報》的副刊《掃蕩副刊》也比較有特色，陸晶清、劉以鬯等著名作家在 1940 年代中期都曾擔任該報的副刊主任，在《掃蕩副刊》上大量登載大後方的文藝動態及名家新作。比如， 1943 年 9 月 15 日至 1944 年 11 月 5 日，徐訏的著名長篇小說《風蕭蕭》就分 253 節連載在《掃蕩副刊》上。《風蕭蕭》連載完畢 5 天之後，老舍的名著《四世同堂》也開始在《掃蕩副刊》上分 179 節連載，直至 1945 年 9 月 2 日連載完畢。

在老舍的《四世同堂》之後，王平陵的長篇小說《歸舟返舊京》於 1945 年 9 月 15 日開始在《掃蕩副刊》上分 233 節連載。這時距日本正式宣佈投降僅僅過去一個月。作爲抗戰勝利後《掃蕩副刊》連載的第一部長篇小說，《歸舟返舊京》的廣告詞是這樣寫的：

王平陵氏新作

歸舟返舊京

即將在本刊逐日發表

作者借用老杜的名句，爲這個中篇的命名，分八章來描寫抗戰勝利以後的陪都官場，會場，商場，舞場，文場，以及都會活生生

〔註 104〕王平陵：《政治家的品格》，《曙光》1947 年第 1 卷第 8 期。

的動態。第一章，笑聲淚影；第二章，歸歟？歸歟？第三章，得夙氣之先；第四章，望江興歎；第五章，最後的留戀；第六章，各奔前程；第七章，何日君再來；第八章，歸舟返舊京。作者以新穎純熟的技術，辛酸幽默的情調，憂時愛國的熱忱，在又一個大時代開始時，寫下一篇最忠實的記錄。不日即將在本刊逐日發表，希讀者注意。〔註 105〕

正如廣告詞中提到的，王平陵在《歸舟返舊京》中非常敏銳地捕捉到陪都官場、會場、商場、舞場、文場等各界人士面對抗戰勝利這一重大歷史事件的微妙心理和複雜變化，並用細緻生動的語言將這種變化及作者對未來的擔憂和判斷寫了出來。因此，被戰火燒毀原稿的《歸舟返舊京》被認爲是王平陵最重要的作品，王平陵對這部小說也是十分看重，「《歸舟返舊京》是抗戰時的作品，也是他自己認爲最得意的佳構，曾在《掃蕩報》連載，全書五十多萬字，描寫抗戰八年，獲勝返鄉的歡樂心境。」〔註 106〕

小說從 1945 年 8 月 15 日日本宣佈無條件投降這一天開始寫起。這天下午，剛剛從美國學成歸國的水利工程博士李遠生來到重慶一座新落成的豪宅「達廬」前，發現「達廬」裏正在舉辦一場盛大的舞會。這是「達廬」的主人、李遠生的二哥李達生爲慶祝豪宅的建成而舉辦的。參加舞會的，都是李達生在生意場上的好朋友：芝加哥大學畢業的原土壤學專家、政府大員刁汝亮和達官顯貴之女黃梅魂夫婦，原會計學教授、投機家陳鴻基和交際花姚美莉夫婦，李達生的情人、前清重臣後裔薛素瑛，以及一大批的投機家、律師、銀行家。剛剛從美國回來的李遠生被認爲是對美國最瞭解、最能把握時局的人士，眾人都忙著向他打聽美國關於戰局的態度及中國各地的物價情況。當埋頭於讀書的李遠生在眾人的追問中被迫隨口答道抗戰還要持續半年才能勝利結束時，眾人歡欣鼓舞，覺得在這半年裏他們將有更多的發財機會，李達生、陳鴻基、刁汝亮等人更是當即買入價值上千萬法幣的緊俏戰備物資——桐油。正在這時，李達生的同鄉、詩人何景明也來到了「達廬」，並帶來天大的好消息：日本剛剛宣佈無條件投降！出人意料的是，一聽到這個消息，舞

〔註 105〕《王平陵氏新作〈歸舟返舊京〉即將在本刊逐日發表》，《掃蕩報．掃蕩副刊》1945 年 9 月 6 日。

〔註 106〕朱小燕：《春秋文章大手筆——悼念文壇老兵王平陵先生》，王平陵先生遺著編輯委員會編輯《王平陵先生紀念集》，臺北：正中書局，1975 年，第 11 頁。

會的氣氛一下子降到冰點，李達生、陳鴻基、刁汝亮等人爲戰爭過早結束，他們投機倒賣的戰備物資就失去了原先估計的價値而憤恨不已。

爲了挽回損失、再發一筆接收財，李達生、陳鴻基決定再次籌集大量法幣，馬上趕赴剛剛光復的上海，趁著日僞人員急於撤離、政局不穩、法幣升値的時機，大量囤積上海市場所稀缺的物資，以謀取暴利。誰知，他們乘坐的木船在去上海的途中被日軍留下的炸彈擊沉，陳鴻基被炸身亡，李達生身受重傷，隨身攜帶的大量法幣、珠寶也沉入長江。陳、李二人遇難後，之前的發財大計自然是無從實現，原先稱兄道弟、情同手足的合夥人、入股人瞬間翻臉。爲把自己的損失降低到最低限度，這些人還把李、陳二人在重慶的所有財產瓜分掉，將二人的妻兒趕出原住所，同時派人去宜昌找正在養傷的李達生追討欠款。

李遠生、何景明在處理陳鴻基、李達生債務問題的過程中深刻地感受到世態炎涼、人心涼薄：刁汝亮見陳、李二人遭遇變故，把之前合夥買入的桐油全部據爲己有，並靠投機取巧、溜鬚拍馬當上了國民政府的接收大員，同時在重慶網羅心腹，準備去南京大發一筆接收財；陳、李二人與生意夥伴之間原本存在大量的三角債，不幸發生後，生意夥伴們合謀將他們完全變成債務人，原有債權及證據被銷毀。陳、李兩家頓時陷入絕境。

姚美莉爲了生存，不得不重操舊業，去舞廳當了舞女。李遠生從美國學成歸來，在亟需重建的戰後中國，在有大量水利資源可以開發利用的四川，卻找不到一份學以致用的工作。何景明爲了鼓勵民眾堅持抗戰，寫了八年的「抗戰八股」，靠著瘦弱的妻子當幫工，年幼兒子給人擦皮鞋艱難維持生計，家中早已是一貧如洗。抗戰剛剛勝利結束，長年積勞成疾的妻子就因患肺結核去世，何景明卻無錢將她安葬，被迫去舞廳當了文書。薛素瑛懺悔自己抗戰時在大後方的生活糜爛奢華，還當了早已有妻室的李達生的情人，想興辦教育、用自己大學時期學的教育學知識來幫助陪都的流浪兒童，卻苦於沒有門路。

在經歷生死考驗、目睹了世態炎涼之後，李達生也對自己在抗戰時期放縱私欲、投機倒把、哄抬物價的行爲深感後悔。爲了彌補自己的罪惡，他決定回到故鄉興辦農場、發展農業，重建被日本侵略者踐踏的故土；姚美莉與何景明在偶然中相戀，也決定離開充滿欲望與罪惡的陪都，回到故鄉開始新生活；薛素瑛在與李遠生同遊了奇偉險峻的峨眉山之後，感受到大自然的神奇與偉大、人類的渺小，進一步滌除了心中的虛榮，和李遠生走到一起；李遠生懷著專家建國的夢想回到太湖邊的故鄉，和李遠生一起興水利、開農場、辦學校，重建故鄉……

正如廣告詞中所說，《歸舟返舊京》「以新穎純熟的技術，辛酸幽默的情調，憂時愛國的熱忱」寫出了「抗戰勝利以後的陪都官場，會場，商場，舞場，文場，以及都會活生生的動態」，是「又一個大時代開始時」的一篇「最忠實的記錄」。在抗戰剛剛勝利結束的關頭，歷經八年長期抗戰的中國民眾還沉浸在戰爭勝利結束的喜悅當中，王平陵已經預感到戰爭的勝利並非意味著新的時代開始，抗戰時期在大後方存在的黑暗現象還將繼續存在。「發國難財的商人，連累一般寫文章的人，度日如年，在飢餓線上掙扎的，不過，在八年來的愛國戰爭中，這些國難商人，比較更多，更酷辣罷了！」〔註107〕在小說中，李達生、陳鴻基、刁汝亮等人就是這些國難商人的典型，在抗戰時期不擇手段地囤積居奇，哄抬物價，積累了大量財富，過著驕奢淫逸的生活，卻造成了陪都的文人、公教人員、普通民眾入不敷出，苦苦掙扎；戰爭結束後，本該是舉國同慶的時刻，他們卻爲戰爭結束不能再發國難財而懊惱萬分；爲了繼續謀取暴利，他們又野心勃勃地計劃著要發一筆「接收財」。對他們而言，「每一個錢，都是把良心，人格，生命，當作資本以外的資本，冒險換來的，萬一，遭遇意外的失敗，蝕了本，垮了臺，你還能在茫茫的人海中，得到一點同情嗎？所以，他需要享受，需要快樂，爲了放縱慾望而花錢，是捨得的。任何堂皇的名義，愛國，愛民族，慰勞傷病和抗屬，就是捐一個錢，總是莫大的損失。」〔註108〕他們堅信的是，「在中國這樣的社會裏生活著，你將是一隻溫柔的小羊羔，整個兒被吃掉。……陞官，發財，攬女人，弄點不勞而獲的虛名……只要不是白癡，誰都想攬到使自己能夠稱心如意的程度的，你如果稍存忠厚，你就什麼都沒有。……必須不擇手段，不擇手段是不行的，要選擇最壞的手段」〔註109〕。就是這樣自私自利、爲了個人私利可以犧牲民族利益、置民眾生死於不顧的一群人，卻在民族危難的時刻，大發横財，爲抗戰奉獻一切的李遠生、何景明們，卻在戰時和戰後都無立足之地，這不能不說是時代的悲哀。曾同王平陵一起主持過中國文藝社的華林，在面

〔註107〕王平陵：《我爲什麼寫〈歸舟返舊京〉？》，《和平日報》1946年1月1日。
〔註108〕王平陵：《歸舟返舊京》（14），《掃蕩報》1945年9月29日。
〔註109〕王平陵：《歸舟返舊京》（41），《掃蕩報》1945年10月26日。

對抗戰時期大後方的種種黑暗時也曾沉痛地寫道：「過去的官僚主義，上詔下驕，欺瞞長上，所謂民爲貴，民爲邦本的古聖遺訓，被那些貪官污吏，用以欺世盜名的工具！今不同了！民主國家，人民才是主人！可憐這些主人翁，窮苦潦倒，簡直是非人的生活，做人民的公僕的，捫心自問，如何對得起主人呢？」〔註 110〕

王平陵寫《歸舟返舊京》的目的是「供給歷史學家當作參考的資料，使遠在異地的讀者們，透視八年來的陪都的全貌」，並「趁機會把擺在前面的問題，例如：復員，貪污，拍馬屁，混水摸魚，趁火打劫，特別是關於婦女，青年，科學……等等問題，不輕不重觸一觸，願意注意的，歡迎！不願關心的，聽便。」〔註 111〕雖然他對這些問題及產生問題的根源有一定的認識，但顯然，他更多的是將部分問題表現出來，「不輕不重觸一觸」，引起一些人的注意，而不是對產生社會的根源徹底暴露出來，引發人們的思考，達到徹底根除的目的。在他看來，「作家應該把現實社會當作是一座病院，無量數生活在大千世界的諸色人等，是病夫，而他自己則是負責清掃病院，療治病夫的醫生。作家們只能追求光明和熱忱，渴慕幸福的善心，凝視眼前的病院，變成地上的樂園，讓每一個害病的人，都是樂園中康健的工作者，他們吸收著陽光，增加自己的體力，運用自己的體力，支持自己的生活，無憎無恨，各得其所。當理想未實現時，就只能責備自己義務之未盡，只有愈益抱著革命的態度，堅決前進。作家們無論遭遇怎樣惡劣的環境，淒慘的命運，是決不悲觀呢，決不消極的。」〔註 112〕這種「無憎無恨」、對「革命」始終保持樂觀向前的態度，往往會因爲將「革命」的領導力量限定爲具體的某一政黨及其主義而失去了「革命」自身應該具有的徹底批判和反抗力量，只能在作品中表現出廉價的樂觀和膚淺的抒情。因此，他在《歸舟返舊京》中對戰後國民黨政權面臨的諸多問題都有所表現，但是往往只能輕描淡寫，或者一筆帶過，這就大大降低了《歸舟返舊京》表現內容應有的力度和深度。加上因爲整個大後方「遭遇到不必的阻礙，還沒有回到舊京去過年」，小說「本來只預備了一個中篇的材料，現在只好拉成長篇了」〔註 113〕，因此在材料的組織、小說

〔註 110〕華林：《舉國的朝氣》，《掃蕩報》1945 年 10 月 13 日。
〔註 111〕王平陵：《我爲什麼寫〈歸舟返舊京〉？》，《和平日報》1946 年 1 月 1 日。
〔註 112〕王平陵：《作家的生活與修養》，《掃蕩報》1941 年 2 月 6 日。
〔註 113〕王平陵：《我爲什麼寫〈歸舟返舊京〉？》，《和平日報》1946 年 1 月 1 日。

的結構和人物的表現上，《歸舟返舊京》都有頭重腳輕、後半部分內容冗長、人物不夠生動形象等缺陷。這既是《歸舟返舊京》的遺憾，也是王平陵的遺憾。

從上述論述中可以看出，王平陵筆下的民國時期知識分子形象有一個明顯的變遷過程。在其 1930 年代到 1940 年代初期的小說中的知識分子，既有虛僞自私、玩弄權術、貪婪冷漠的舊式士紳甚至劣紳，也有精神世界灰暗萎靡、攀附權勢、淺薄無聊、接受了現代教育的新式知識分子，這兩類人物都並非王平陵心目中理想的知識分子類型。然而，他在 1940 年代中期面對戰時和戰後陪都的種種黑暗現實時，只能通過歷史小說創作，映像出他對種種黑暗現實的不滿和批判，同時又塑造出一個個衝破黑暗、堅持理想的人物形象，大大削弱了其小說可能達到的深度。隨著政治局勢的變化，王平陵筆下《歸舟返舊京》中的知識分子開始遠離政治糾紛，把自己的專業知識落實到具體的行動當中，直接承擔起改變現狀、造福民眾的重任。因此本書認爲，王平陵筆下知識分子形象變遷的過程，也是他在文士與鬥士之間不斷進行抉擇的過程。在王平陵看來，眞正的知識分子「有獨立不倚的人格」、「孤高不屈的個性」，是「民眾的代言人，具有敏銳的感覺和眞摯的同情，他們的行動，是絕對利他的」，是知識和正義的化身，但同時是「革命者的夥伴，也是大時代最勇敢的戰士」臣服於「惟一的革命領袖」之下，「希望有惟一的革命領袖，能夠犧牲個人的一切，保衛國家，造福民眾，實在比任何人還要急切」，「絕對不會和忠摯的革命領袖背道而馳，走向不同的極端。」〔註 114〕因此，王平陵一方面能寫出不少反映社會黑暗面、揭示政治弊端的作品，對這些黑暗面和弊端予以批判或諷刺，但是他又把改變這種狀態的希望寄託在專政的執政黨甚至是其「惟一的革命領袖」身上，「絕對不會和忠摯的革命領袖背道而馳」，不僅大大削弱了其作品可能達到的深度和廣度，而且在某種意義上也背離了現代知識分子應有的標準和立場。

〔註 114〕王平陵：《戰時文學論》，漢口：上海雜誌社，1938 年，第 74～77 頁。

第二章　「黨官」的立場與作家的趣味——王平陵的編輯生涯

作爲一個被「五四的潮流所激蕩出來」〔註1〕、在接受了「五四」新文化運動洗禮之後走上文學道路的作家，王平陵的一生都是在「日出而作，日入而不息，看書、編書、教書」〔註2〕中度過，編輯各類文學期刊、雜誌也成爲王平陵文學生涯的重要組成部分。在「作家」、「編輯」、「國民黨文藝的宣傳者」這三種被人認定的社會角色中，「編輯」與「作家」一道，成爲得到王平陵自我認同、肯定的職業。在王平陵的一生中，他先後擔任過《時事新報》副刊《學燈》（1924），《中央日報》副刊《大道》、《青白》和《文藝週刊》（1929～1931），《文藝月刊》（1930～1942），《讀書顧問》（1934～1935），《中外春秋》（1943～1945）、《和平日報》（重慶）副刊（1945～1947）等刊物的編輯。從性質上看，這些刊物多有國民黨官方背景，雖然一般情況下黨報副刊相較於黨報正張具有相對的獨立性，但是副刊編輯者的文學追求、政治態度，以及讀者群體的閱讀口味都會對黨報副刊的編輯方向產生不小的影響。王平陵作爲這些刊物的編輯者和把關者，一方面在稿件的徵集、採用、編輯的過程中體現出自己作爲一個在新文學影響下成長起來的現代作家的文學趣味，另一方面，國民黨黨員的政治身份和國民黨黨報的政治背景又不可避免地對王平陵的編輯活動產生規訓作用，從而使其編輯活動在知識分子立場和意識形態控制之間呈現出一種曖昧不清的特點。

〔註1〕王平陵：《南國社的昨日與今日》，《矛盾月刊》1933年第5、6期合刊，第538頁。

〔註2〕羅云：《播種者——敬悼王平陵先生》，王平陵先生遺著編輯委員會編輯：《王平陵先生紀念集》，臺北：正中書局，1973年，第50頁。

第一節　黨治文藝與「純文藝」的短暫交集——王平陵編輯的《大道》和《青白》

一

1927 年 11 月 1 日，在葉楚傖、桂崇基的提議下，國民黨中央特別委員會宣傳委員會派潘宜之、彭學沛赴上海，籌備創辦《中央日報》相關事宜。1927 年 12 月 1 日，《中央日報》在上海四馬路望平街口的前《商報》舊址創刊，潘宜之爲社長、彭學沛爲總編輯、周炳琳編輯國內要聞、許孝炎編輯黨務、田漢等編輯副刊《摩登》。作爲南京國民政府成立後創辦的第一份中央直屬機關黨報，《中央日報》自籌辦之日起就定位爲「代表中央意志之純粹言論機關」〔註 3〕，以期起到「黨國宣傳，有此寄託，我人言論，有所取則」〔註 4〕的重要作用。1928 年 6 月 21 日，在國民黨中央召開的第 148 次常務會議上，《設置黨報條例》和《指導黨報條例》獲得同時通過，明確地指出設置黨報是「爲發揚本黨主義，使民眾瞭解政策政綱及領導輿論起見」〔註 5〕，必須做到「以本黨主義及政策爲最高原則」，「除紀載眞實消息外，並須利用各項事實闡揚本黨主義及政策」、「用理論的事實的藝術的方法宣傳本黨主張及政策」、「根據本黨主義及政策，用理論的、事實的、藝術的方法剷除糾正一切反動謬誤的主義及其政策」、「宣傳本黨及政府所有法律制度、建設計劃等以利推行」、「介紹實現本黨主義政策有裨益之理論政策、制度、設施等以資參考」〔註 6〕。

雖然從政權建立開始國民黨中央就對包括《中央日報》在內的黨報的辦報目的和指導方針做出了嚴格的規定與限制，但是由於此時的南京國民政府尚處於初建階段，要解決一系列的政治、軍事、外交、經濟等方面的問題，對於輿論引導、黨義宣傳的實施細則和執行力度明顯不足，因此，這一時期包括《中央日報》在內的國民黨黨報、黨刊系統在與共產黨的意識形態爭奪戰中實際上是處於下風的。國民黨中央宣傳部就不得不承認，「新近普羅文藝

〔註 3〕郡興：《特別委員會成立後之〈中央日報〉》，《上海週報》1933 年第 1 卷第 10 期。

〔註 4〕何應欽：《本報的責任》，《中央日報》1928 年 2 月 1 日。

〔註 5〕《設置黨報條例——十七年六月廿一日中央第一四八次常務會議通過》，《中央黨務月刊》1928 年第 3 期。

〔註 6〕《指導黨報條例——十七年六月廿一日中央第一四八次常務會議通過》，《中央黨務月刊》1928 年第 3 期。

運動，形勢又爲轉變，而側重於時下極爲風行之社會科學方面。因之直接間接影響於我國意志薄弱游移不定之青年，在思想上予以極大之刺激與麻醉。蓋共產黨徒之文藝宣傳，淆亂本黨理論良非淺鮮，深望本黨同志，了然於蘇俄文藝煽動政策之可恨，努力於本黨三民主義之文藝宣傳與通俗宣傳以喚醒全國青年，萬勿再受其蠱惑」。而國民黨雖然有「永久之主義、一貫之政策，總理全部遺教即本黨宣傳方針。宣傳工作本可順利進行，不幸自遭受共禍以來，主義被其割裂，理論受其雜糅，影響所及，遂致宣傳工作分歧龐雜，效能低下」〔註 7〕。福建省黨部宣傳部在給國民黨中央宣傳部的工作彙報中也曾針對國民黨中央的黨報黨刊不能很好地起到輿論引導和黨義宣傳的現象，「建議中央多辦雜誌、刊物，發揚本黨理論、文藝滿足青年求知欲望，以期根本消滅反動思想」〔註 8〕。

在這種背景下，長期被人們認爲是「報屁股」、具有相對獨立性的副刊在國民黨黨報系統中相較於報紙正張，實際上就有了更大的靈活性，也更能體現副刊主編的個人辦刊思路和特色，「只要不超越政治遊戲規則設定的『度』的邊限，副刊在某種意義上還是不失爲知識分子批判話語馳騁的空間」〔註 9〕。因此，上海時期〔註 10〕的《中央日報》下設的《摩登》〔註 11〕、《藝術運動》〔註 12〕、《文藝思想特刊》〔註 13〕、《文藝戰線》〔註 14〕、《海嘯》〔註 15〕、《紅與黑》〔註 16〕等文藝類副刊，雖然聲稱「吾人今日所享受者莫不

〔註 7〕《中央宣傳部工作經過（六月份）》，《中央黨務月刊》1929 年第 13 期。

〔註 8〕《中央宣傳部工作經過（六月份）》，《中央黨務月刊》1929 年第 13 期。

〔註 9〕雷世文：《文藝副刊與文學生產》，北京：中國文史出版社，2004 年。

〔註 10〕1927 年 12 月 1 日至 1928 年 10 月 31 日，《中央日報》的出版地爲上海，1928 年 11 月至 1929 年 1 月暫時停刊，1929 年 2 月在南京復刊。

〔註 11〕《摩登》出刊時間爲 1928 年 2 月 2 日至 1928 年 3 月 13 日，每日一期，共 24 期。

〔註 12〕《藝術運動》出刊時間爲 1928 年 2 月 19 日至 1928 年 10 月 29 日，每週一期，共 38 期。

〔註 13〕《文藝思想特刊》出刊時間爲 1928 年 3 月 23 日至 1928 年 7 月 12 日，每週一期，共 31 期。

〔註 14〕《文藝戰線》出刊時間爲 1928 年 4 月 24 日至 1928 年 7 月 24 日，每週一期，共 14 期。

〔註 15〕《海嘯》出刊時間爲 1928 年 5 月 5 日至 1928 年 8 月 11 日，每週一期，共 15 期。

〔註 16〕《紅與黑》出刊時間爲 1928 年 7 月 19 日至 1928 年 10 月 31 日，起初逢週二、週四出版，後改爲逢週三、週四出版，共 49 期。

爲摩登的產物……居摩登之世而摩登者無不昌，無摩登者無不亡……中國國民黨者，摩登國民運動、摩登革命精神之產物也。國民黨之存亡亦觀之能摩登與否爲斷。勵精圖治眞能以國民之痛癢爲痛癢，所謂摩登之國民黨也。反此則謂之『不摩登』，或謂之腐化惡化，自速其亡耳」〔註17〕，試圖將國民黨的「革命精神」與「摩登」的時代潮流相聯繫，以達到宣傳國民黨黨義的目的，但是實際上這些副刊上更多體現的是「摩登精神者自由的懷疑的批判的精神」，與《中央日報》作爲國民黨中央直屬黨報所應承擔的宣傳任務存在不小的差距。

田漢的長篇革命史劇《黃花崗》從《摩登》第 2 期開始連載。黃花崗七十二烈士的壯舉使「草木爲之含悲，風雲因而變色，全國久蟄之人心乃大興奮」，「其價值且可驚天地泣鬼神，與武昌之役並壽」〔註18〕，無疑是值得國民黨政權深度挖掘的革命宣傳資源。但是田漢在《黃花崗》中，表現的並非是黃花崗起義的重大革命歷史意義，而是起義者們明知起義會是預定的失敗，仍然知其不可爲而爲之的精神。在田漢看來，這種精神是「人性底珠玉」，「使人不能不爲之歌泣興起而已，非獨作者爲然，任何作家的藝術不曾因爲僅僅的宣傳品而成功，成功的藝術都些的是永遠的人性。」除此之外，《摩登》刊載的作品主要有沈從文的《爹爹》、李金髮的《婦人日記》、嚴仲達的《葛翠》、左天錫的《虛驚》、歐陽予倩的《傷兵的夢》等小說，及田漢的一些小詩和散文，這些作品更爲關注的也是「永遠的人性」，基本上與黨報所要求的「用理論的事實的藝術的方法宣傳本黨主張及政策」、「根據本黨主義及政策，用理論的、事實的、藝術的方法剷除糾正一切反動謬誤的主義及其政策」無關，也與當時文壇上如火如荼的普羅文藝保持距離，在政治立場保持中立的態度。

《文藝思想特刊》延續了《摩登》的辦刊風格，並更加強調文學的個人性，認爲「眞的文學，是運用藝術的方法，和自然的本質，再加上眞摯的個性。文學是文學家的人格的化身，是自我的表現，是主觀的態度的寫眞。」〔註19〕除了繼續連載《摩登》上未能連載完的作品之外，《文藝思想特刊》還

〔註17〕 記者：《摩登宣言》，《中央日報・摩登》第1號，1928年2月2日。

〔註18〕 田漢：《黃花崗》，《中央日報・摩登》第2號，1928年2月4日。

〔註19〕 孫俊甫：《文學上的個性》，《中央日報・文藝思想特刊》第16號，1928年4月3日。

譯介了不少西方文藝作品，如波德萊爾的《惡之花》、法朗士的《紅蛋》、契訶夫的《醫生》，以及屠格涅夫的散文詩等。而稍後出刊的《文藝戰線》雖然有意反駁普羅文藝的觀點，先後刊登了鄭今日的《階級與藝術》，毛一波的《文藝工具說》、《檢討藝術品的價值》和《藝術與社會生活之一考察》，尹若的《藝術與宣傳》等文章，但這些文章都是站在文藝具有獨立性、個人性這樣的角度來批判文藝的階級論和工具論的，並沒有意識到執政的國民黨黨報所需要的文藝和對立的普羅文藝本質上是出於相同的目的，並遵循同一個邏輯的，只是二者的服務對象不同而已。這種風格到了沈從文、丁玲、胡也頻合編的《紅與黑》中仍在延續。沈從文等在《一個觀念》中宣稱，「凡能把時代脈搏，位置在藝術上，同時忘不了藝術的極致，是眞，美，善，是眞實，自由，平等的擁護，是可以達到超乎政治形式以上更完美的東西，看不出勢力，階級，以及其他駭世騙人工具的理由，有了這樣感覺而在無望無助中獨自努力者，我們是同道」〔註 20〕，強調文藝是「超乎政治形式以上」的獨立性，對當時文壇上的普羅文學和國民黨黨治文藝均採取疏離的態度。

由此可見，在南京國民黨政府成立初期，雖然國民黨中央的宣傳部門對宣傳工作的重要性有明確的認識，對黨報、黨刊的設置與指導有初步的思路，但對其具體運作缺乏有力的監督和指導。上海時期的《中央日報》文學副刊先後在王禮錫、田漢、沈從文、丁玲等人的主持和編輯下，更多地呈現出重視人性和文學獨立性的特點，與黨報所應具備的「宣傳本黨主張及政策」、「剷除糾正一切反動謬誤的主義及其政策」的特點並不符合。這也從側面反映出國民黨宣傳系統在與普羅文藝話語權的爭奪中處於非常尷尬的被動地位。難怪普羅作家自豪地宣稱：「因爲《太陽》的發行，引起了許多的作家轉換了方向；因爲《太陽》的發行，許多的讀者發現了新生的道路；因爲《太陽》的發行，使從來混沌的文壇思想有了很明顯的分野，蒙昧的意識完全被摧毀了，每種刊物的階意識都是旗幟鮮明。」〔註 21〕也無怪難怪有人諷刺說：「近來中國出版界，確乎日趨『反動化』了。普羅，蘇俄，爲當今天下之大忌，而一班文學之士，偏偏要來提倡普羅文藝，介紹新俄小說，書店老闆又大登其廣告，爭相以此爲營利之階。這，在『思想統一』了的我們貴國，是應該怎樣

〔註 20〕《一個觀念》，《中央日報·紅與黑》第 7 號，1928 年 8 月 14 日。
〔註 21〕《停刊宣言》，《太陽月刊》1928 年停刊號。

地引為遺憾……在這世界出版界『反動』『思想自由』抬頭的時候，我們的『正動』的文藝，反好像不能自由地確立。」〔註 22〕

二

1929 年 2 月 1 日，《中央日報》在南京恢復辦刊，社址在珍珠橋 42 號，社長由時任國民黨中宣部部長的葉楚傖兼任，王平陵在浙江一師時的同窗好友嚴慎予被任命為該報總編輯。正是受到嚴慎予的邀請，王平陵也從上海來到南京，任《中央日報》副刊部主任。不同於上海時期《中央日報》正刊對副刊缺乏有效的管理和監控的局面，復刊之後創辦的《青白》和《大道》兩種副刊明顯強化了對國民黨黨義的宣傳，其刊名也分別出自「青天白日」和「大道之行，天下為公」，具有強烈的象徵意義〔註 23〕。

《大道》自 1929 年 2 月 1 日創刊，至 1931 年年底終刊，出版了約 600 期〔註 24〕，主要編輯者是王平陵，葛建時〔註 25〕等人也曾任該刊編輯。為配合國民黨在不同時期宣傳工作的需要，還出版有《文學週刊》〔註 26〕、《社會科學運動》〔註 27〕、《合作運動》〔註 28〕、《合作特刊》〔註 29〕、《造林運動特

〔註 22〕 徵農：《關於國內文壇》，《幽默》1929 年第 3 期。

〔註 23〕 國民黨的黨旗為青天白日旗，中華民國國旗為青天白日滿地紅旗。「大道」出自《禮記・禮運》，原文為：「大道之行也，天下為公。選賢與能，講信修睦，故人不獨親其親，不獨子其子，使老有所終，壯有所用，幼有所長，矜寡孤獨廢疾者，皆有所養。男有分，女有歸。貨惡其棄於地也，不必藏於己；力惡其不出於身也，不必為己。是故謀閉而不興，盜竊亂賊而不作，故外户而不閉，是謂大同。」一般認為這段話寫出了孫中山的理想世界，他也多次題寫「天下為公」這幾個字。在《大道》創刊的前三個月，這段話還一直作為刊頭使用。

〔註 24〕 此處的約 600 期是一個估算值，也並不包括《大道》的幾種特刊在內。因編輯更換、校對出錯等原因，《大道》的刊號數常常出現錯標、漏標的現象，這種現象在《青白》中也同樣存在。

〔註 25〕 葛建時（1896～1981），上海寶山人，時任《中央日報・大道》編輯、江蘇民眾戲劇社社長，後任國民黨江蘇省黨部宣傳部長、國民黨江蘇省黨部主任委員、青年遠征軍 208 師政治部主任等職，1949 年之後赴臺。編有《留日指南》（商務印書館 1935 年出版）、《日本地方教育》（商務印書館 1937 年出版）、《臺灣詩選》（臺灣商務印書館 1973 年出版），譯有《新兵器之知識》（正中書局 1936 年出版）。

〔註 26〕 《文學週刊》由普羅迷修斯青年文學社撰稿，共出版 5 期。

〔註 27〕 《社會科學運動》由中國社會科學會撰稿。共出版 89 期。

〔註 28〕 《合作運動》由中國合作學社撰稿，共出版 6 期。

〔註 29〕 《合作特刊》由首都合作運動宣傳委員會編，共出版 4 期。

刊》、《雙十特刊》等多種特刊。因這些特刊、週刊的稿件來源與編稿方法都由其他的學會、社團決定，與編輯《大道》的大道社無關，因此，本書討論的對象並未將這些特刊、週刊包括在內。

作爲《中央日報》的副刊，《大道》創刊初期的定位就是從理論上探討與宣傳黨義，刊登的文章「暫分爲評論、研究、譯述、社會狀況、談話、書報批評、文藝、遊記，通訊、隨感錄數種」，「文體以白話爲主」〔註 30〕。在實際的發稿中，由於王平陵依然保持著從浙江一師時期以來對社會問題的關注。《大道》雖然宣稱「介紹世界思潮，黨義宣傳，以及社會實際問題的討論」〔註 31〕，但是關於「社會實際問題的討論」文章所佔的篇幅，實際上多於對世界思潮的介紹和對黨義的宣傳。比如，浙江一師時期曾引起王平陵強烈關注的婦女解放問題、教育問題、土地問題、勞工問題等，都曾在《大道》中以較大篇幅進行過討論。對於一個面對百廢待興局面的政權來說，這些問題被「認爲不十分重要的」，並非它關注的首要問題，對這些問題進行熱情討論的，也大多是南京、上海的「學有專長之士」〔註 32〕，而非國民政府的官員或政界人物。因此，這些文章的學理性大於對黨義的宣傳性，再加上在當時的社會環境下，這些問題的探討與只能停留在紙面上，並不具有可操作性，這實際上就偏離了《大道》原定的辦刊方向。王平陵也認識到這一點，曾多次表示，「現値訓政伊始，一切工作，均尚實際，不貴虛浮。此後，對於下層工作，均宜腳踏實地，徹底整頓」〔註 33〕，而《大道》偏重於純學理的討論，「太專門化了一點……沒有多大用處……離開人生實際的問題太遼闊，而所貢獻的計劃，又多（不）著邊際，毫無實行的可能」，作者又往往在文章中扮演說教者的角色，「沒有一股熱辣辣的眞摯的情緒」，更難以收到實際的效果，「不容易引起讀者的反應」〔註 34〕。因此，這種關於「冗長的空疏的理論，迂闊而不近事情的建議和方案」的稿件今後將不再發表，「希望朋友們寄些短小精悍的作品來」〔註 35〕，使今後的《大道》能「站在時代的最前線，推進我們革命的機輪，我們要大膽的負責來說話。」〔註 36〕

〔註 30〕《本刊徵稿簡則》，《中央日報・大道》第 58 期，1929 年 5 月 5 日。
〔註 31〕《本刊啓事》，《中央日報・大道》第 94 期，1929 年 7 月 24 日。
〔註 32〕平陵：《今後的〈大道〉》，《中央日報・大道》第 397 期，1930 年 12 月 10 日。
〔註 33〕《本刊徵文》，《中央日報・大道》第 162 期。
〔註 34〕平陵：《今後的〈大道〉》，《中央日報・大道》第 397 期，1930 年 12 月 10 日。
〔註 35〕《徵求小評，歡迎通訊》，《中央日報・大道》第 134 期。
〔註 36〕平陵：《今後的〈大道〉》，《中央日報・大道》第 397 期，1930 年 12 月 10 日。

相比起理論討論空泛而不近實際的《大道》而言，王平陵主編的另外一份副刊《青白》則要切實、有針對性得多。

1927 年，國民政府定都南京，南京的文化事業也得到較大發展，「一方面受過教育的份子日增，另方面即學校的成立，也是日漸發達的。如此一來，文化事業便很自然與時俱進，逐年擴展了」〔註 37〕。但是，文化事業的擴展並不一定意味著文化事業的繁榮與興盛。實際上，20 世紀 20 年代末至 30 年代初的南京「本屬一非常陰森的古城，新文藝幾無立足地」〔註 38〕。當時，就有中央大學學生不滿地指出，「南京與一九三〇年前，可眞是莫有文藝」〔註 39〕，與北京和上海兩個文藝重鎭相比，「現今南京的文壇，實在是太單調，太寂寞，太慘淡了」〔註 40〕，不僅文藝刊物稀少，創作質量也不高，「所產出來的大都好像沙灘上的粗沙，要在粗沙裏揀出些珠玉來，眞是非常難的事情」〔註 41〕，而且「在官方各種封鎖和壓迫之下」，出版業的發展非常艱難，「雜誌的銷路，已呈落日夕山的衰亡之象」〔註 42〕。究其原因，當時有人就分析認爲：

> 其原因也不過不外乎有兩層：一，因爲在黨政中心的南京，從事於政治工作的人較多，文人極少，而且在那種沒有 Romance 的環境中，也不易熱烈起來。二，那就是南京的一切不能引起文人的興趣，不能教他們在這裡歡快地熱心從事。我想：除了以上兩層原因，是再找不出別的了。〔註 43〕

既然作爲新政權首都的南京面臨著缺乏文藝人才、沒有文藝氛圍的尷尬局面，那麼作爲國民黨直屬中央黨報的《中央日報》自然要擔負起調動國民黨內的宣傳力量，「利用各項事實闡揚本黨主義及政策」、「用理論的事實的藝術的方法宣傳本黨主張及政策」的重任來。而《青白》作爲《中央日報》在南京復刊之後創辦的第一種文藝副刊，自然被寄予了起到「南京副刊中之佼佼者」〔註 44〕作用的厚望。

〔註 37〕沙雁：《關於南京書業》，《汗血週刊》1936 年第 6 卷第 13 期。
〔註 38〕《南京文藝刊物之一般》，《現代文學評論》1931 年第 1 卷第 3 期。
〔註 39〕靜芬女士：《南京文藝界之展望》，《星期文藝》1931 年第 4 期。
〔註 40〕楊晉豪：《南京的文藝界》，《中央日報・大道》第 38 期，1929 年 3 月 28 日。
〔註 41〕白石：《南京文壇概況》，《出版消息》1934 年第 30、31 期合刊。
〔註 42〕沙雁：《關於南京書業》，《汗血週刊》1936 年第 6 卷第 13 期。
〔註 43〕聞：《南京文藝界近況》，《出版消息》1930 年第 30、31 期合刊。
〔註 44〕聞：《南京文藝界近況》，《出版消息》1930 年第 30、31 期合刊。

但是《青白》創刊之初，並沒有顯示出與受人詬病的「向來腐敗得很」、長於「倒置黑白、播弄是非、造謠生事」，「代替妓女宣佈皮肉新聞」〔註 45〕的其他南京本土副刊有何本質上的區別，對桃色事件和奇聞異事仍然津津樂道〔註 46〕。除此之外，對愛情問題的關注和對個人悲觀頹廢情緒的無病呻吟，也是《青白》創刊之初所刊載稿件的重要內容。雖然此時負責編輯《青白》的李作人已經意識到「狂飆社」的演劇運動具有「把中華民族的靈魂，喚醒轉來，而且發揚光大」、「打破環境的沈寂」、「燃起民眾的感情之火」、使觀眾「開闢新人生活的出路，奠定新中國的基礎」〔註 47〕的重要作用，但是他並沒有把戲劇對民眾的啓迪作用於《青白》的辦刊方向聯繫起來。相反，李作人對《青白》作爲執政黨中央黨報文藝副刊應該如何擔負黨義宣傳的重任認識並不明確，認爲《青白》應該關注的是生活中所應該解決的實際問題，「實際的生活問題，社會的進化趨向，民間的風俗改革，時事的新聞評斷，實用的科學常識，人生的藝術描寫，一切的建設計劃，急切的民眾運動，都是我們所需要討論的資料，我們要把他來調和一下才好。」〔註 48〕李作人的看法顯然是沒有把戲劇可能蘊含的巨大社會動員力量與黨治文藝所要起到的民眾動員作用結合起來，也沒有深入思考文藝副刊應有的辦刊特色，因此，創刊之初的《青白》並沒有起到黨報文藝副刊應有的作用，這種局面，在兩個月之後王平陵正式出任《中央日報》副刊部主任時才得以扭轉。

1929 年 4 月下旬，王平陵正式編輯《青白》。如何利用文藝的形式達到黨義宣傳的目的，如何使黨治文藝在《青白》中潛移默化地起到對抗普羅文藝的作用，則成了王平陵首先要思考的問題。

在李作人任編輯時期，《青白》所發表的稿件只有「不背三民主義」、「有新的趣味」、「含義忠實」這三條要求，只要滿足以上要求，來稿「不分門類」、「均所歡迎」〔註 49〕。這樣的選稿標準難免導致來稿的質量不高，「大部分是

〔註 45〕田稻豐：《南京的文化運動》，《新人》1920 年第 1 卷第 4 期。

〔註 46〕如平平所寫的《黃長典流血前後的兩封信》一文，載於《中央日報・青白》第 18 期（1929 年 2 月 26 日）、《前奧太子情死案眞相》，載於《中央日報・青白》第 20 期（1929 年 3 月 1 日）、《蓓蒂宮易主紀》，載於《中央日報・青白》第 45 期（1929 年 4 月 11 日）。

〔註 47〕作人：《狂飆社的責任》，《中央日報・青白》第 20 期，1929 年 3 月 1 日。

〔註 48〕作人：《我們的打算》，《中央日報・青白》第 21 期，1929 年 3 月 3 日。

〔註 49〕《青白投稿須知》，《中央日報・青白》第 18 期，1929 年 2 月 26 日。

談性愛的東西」〔註 50〕。王平陵在《青白》上發表的第一篇文章《蹈進「革命文藝」的園地》就對這種「不是充滿頽廢的色彩，就是無病呻吟，和變態心理的描寫」、以「適應時代的嗜尚，勉強敷衍生活」〔註 51〕的傾向進行了嚴厲的批評。在他看來，這種創作態度不僅導致作品的內涵空虛、價值有限，而且會進一步導致青年倍感空虛寂寞，削弱革命的鬥志，更嚴重的是，某些充斥著「病態的呼喊」、「刺激性過重的作品，未嘗不是反動派利用文藝的手段，作誘惑青年的工具」。〔註 52〕也就是說，王平陵從編輯《青白》開始，就敏銳地意識到文藝在國共兩黨意識形態爭奪戰中的重要地位，如果任由文藝一味地表現個人的情緒和欲望，那麼《青白》與普羅文藝的對抗中將表現得無能爲力，黨治文藝的陣地也將丟失。

雖然《青白》「掛起了『革命文藝』的旗號」，「愛好文藝的青年們，都欣然來歸了」〔註 53〕，但是對於掛起「旗號」的王平陵來說，他對於「革命文藝」的理解還停留在「積極的幫助人生確立健全的人生觀……在人性善的方面，儘量地發揮」、表現「經過苦難磨練的人格」、「喊出人類的要求」這樣比較空泛的層面上。如何把黨治文藝的精神貫注到《青白》的編刊過程中，起到聚攏一批作家和讀者、在普羅文藝的潮流中發出對抗聲音的作用，顯然還需要找到一個切實有效的切入點。

南國社進京公演就是王平陵找到的切入點。1928 年，南國社第一次進京公演，在南京青年文學界中「留著深沉的印象」，「時時渴望著南國諸同志的復來」。王平陵認爲南京的藝術空氣還很沉悶，舞臺上還流行著充滿遺老遺少氣息的舊戲，這與訓政的時代氛圍和南京作爲首都的身份不相符合。「不應該有『反時代』的精神，就不應該保留『反時代』精神的藝術。『反時代』的藝術不打倒，那『反時代』的精神，一輩子不能消滅」，「反時代」精神的舊戲必須被打倒，這就需要南國社「在最近的將來，把藝術的新生命，整個的擲向觀眾的前面」〔註 54〕。因此，通過南國社的進京公演，爲新興的國民黨政

〔註 50〕作人：《我們的打算》，《中央日報·青白》第 21 期，1929 年 3 月 3 日。

〔註 51〕平陵：《蹈進「革命文藝」的園地》，《中央日報·青白》第 51 期，1929 年 4 月 21 日。

〔註 52〕平陵：《蹈進「革命文藝」的園地》，《中央日報·青白》第 51 期，1929 年 4 月 21 日。

〔註 53〕平陵：《「革命文藝」》，《中央日報·青白》第 56 期，1929 年 4 月 27 日。

〔註 54〕平陵：《走南國傳來的佳音——六月五號前入京公演〈孫中山之死〉》，《中央日報·青白》第 65 期，1929 年 5 月 16 日。

權營造全新的藝術氛圍、進而提升南京的文化形象，是作爲《中央日報》副刊編輯的王平陵極力促成南國社接受國民黨中央黨部邀請、第二次進京公演的重要原因之一。

除了提升首都的文化形象的考慮之外，以王平陵爲首的《青白》編輯、作者群體對於現代戲劇的由衷熱愛也是促成南國社進京公演的不可忽略的因素。在李作人編輯《青白》時，就曾對狂飆社發起的「狂飆演劇運動」予以了關注，也曾在較長一段時間內連載陳大悲的五幕劇《五三碧血》。由於「狂飆演劇運動」的潦草收場和《五三碧血》的過長篇幅，李作人編輯的《青白》在戲劇運動方面缺乏有效的影響。而王平陵在任《中央日報》副刊部主任期間，看準南國社第二次進京公演的機會，利用《青白》這一陣地對南國社的戲劇運動進行介紹和探討，既體現出作爲受「五四」新文化運動影響成長起來的現代知識分子對文藝的熱愛，爲《青白》凝聚起相當一批作者和讀者群體，又在一定程度上解決了國民黨黨治文藝在面對普羅文藝的抨擊時無能爲力的尷尬局面。

王平陵對南國社的進京公演表現出極大的熱情，有意識地利用《青白》這一陣地爲這次公演造勢，並從藝術的角度爲讀者解釋南國社的藝術追求和公演的意義。在南國社入京之時，王平陵就意識到追求純藝術的南國社與「陰森」的南京城裏觀眾們的戲劇欣賞習慣和黨治文藝下對文藝的要求之間存在較大差距，可能並不能達到國民黨中央宣傳部對這次演出「有歷史且爲革命」〔註 55〕、教育民眾的要求。雖然南國社初到南京就有「大出風頭，日日歡宴，該社社員亦一改其所謂波西米亞之頹唐而放縱於酒色之間」〔註 56〕、演出票價也被瘋炒到一倍以上的盛況，但王平陵清醒地認識到南國社的演出不一定會受到歡迎，因此他著力強調的是南國社演出的在藝術上的價值，而非其社會教育意義，疾呼「南國社並不一定要得到群眾的同情，也決不是以得到民眾的同情，以爲榮耀。」〔註 57〕

與同一時期上海的《民國日報・青白之園》等報刊諷刺田漢爲「出入官府的民眾戲劇家」、或暗示南國社有反動嫌疑的態度相比，在王平陵的編輯下的《青白》的態度則要平和中肯得多。在王平陵看來，「南國的本身，總算是

〔註 55〕 葉楚傖：《革命家應有藝術修養》，《青白（南國特刊）》第 2 期。
〔註 56〕 《戴季陶痛斥田漢——謂南國社有「反動嫌疑」》，《南國週刊》1929 年第 1 期。
〔註 57〕 平陵：《歡迎南國》，《青白（戲劇專號）》第 3 號，1929 年 6 月 30 日。

國內比較康健的藝術團體」，「決不至於離開了藝術的範圍」〔註 58〕。他們的表演，是「純感情的純藝術的結合」，「用以替自己喚喊，替民眾喚喊而已」〔註 59〕，因此，是可以讓人放心的。王平陵這種突出南國社純藝術追求的做法對當時在政治上「對各種 ism 都取研究態度」、又對國民黨早年的革命「始終同情」〔註 60〕的田漢和南國社來說比較容易得到認同的。此時的南國社正面臨著純藝術與民眾的欣賞口味之間如何進行調合的矛盾：一方面，南國社「認清中國戲劇運動的方向今後應該力求避去替自叫喊的感傷的個人主義的色彩而使成爲『民眾的』——替被壓迫的民眾叫喊的戲曲」，另一方面，觀劇的民眾卻認爲演出票價過高，對演出的興趣不過是欣賞奇裝異服，甚至是「看梅蘭芳的色相，聽黎明暉的騷歌」〔註 61〕而已。王平陵敏銳地覺察了南國社這種「左右爲難」、「一無去路的徘徨空虛」的狀態，著力強調藝術和藝術家的區別——藝術家可以是「波爾雪維克的信徒」，可以實際地干政治的工作、參加國民革命；但藝術「社會的」、「大眾的」〔註 62〕，不能就是波爾雪維克主義，也不一定就必須是三民主義，並由此力勸南國社保持獨立不倚的態度、堅持爲藝術而藝術的精神。「我們演的是戲，不是任何主義，我們只告訴觀眾以事實，不告訴觀眾以目的」，因此「不必在我們的戲劇裏，豎起紅旗來；也不必豎起綠旗來」〔註 63〕。這種強調獨立不倚、爲藝術而藝術，看似與國民大革命後知識界不斷分化的現實保持距離的策略，其背後實際隱藏著推行黨治的深層動機。王平陵對此有著深刻的認識，他明確地寫道：

> 我認定要使全民眾認識本黨的主義，明白黨治的精神，以及企圖肅清一切禍國殃民的反動派，達到廢除不平等條約的目的，當然是離不開兩種工具，一種是槍桿，一種是筆桿。但是，用筆桿來宣傳，只能及齊智識界，決不能普及全民眾，而眞正能普及於全民眾的東西，莫如戲劇；所以用戲劇來宣傳革命，是最好不過的工具。我們假使把革命的題材，用戲劇的形式來表現，一定可使全民眾發

〔註 58〕平陵：《編完以後》，《青白（南國特刊）》第 2 期。

〔註 59〕西冷：《中國劇運的啓蒙時代》，《青白（南國特刊）》第 4 期。

〔註 60〕田漢：《南國社的事業及其政治態度》，《南國週刊》1929 年第 1 期。

〔註 61〕忠郎：《南國與民眾——從旅京第二次公演歸來抒所感》，《南國週刊》1929 年第 1 期。

〔註 62〕王平陵：《南國社的昨日與今日》，《矛盾月刊》1933 年第 1 卷第 5、6 期合刊。

〔註 63〕王平陵：《南國社的昨日與今日》，《矛盾月刊》1933 年第 1 卷第 5、6 期合刊。

> 生深刻的感動，對本黨有更切的要求與信仰；所以我們站在黨的立場上，有這樣宣傳的利器，棄置不用，實在是可憤的事！〔註64〕

對於當時處境艱難的南國社來說，能夠有人激賞其演出的純藝術性，無疑是莫大的安慰與鼓勵。此前南國社在上海、南京、廣州多地演出受到不少質疑，甚至有人譏諷其「太不民眾」、給觀眾留下的最深印象不過是「陳凝秋的破鞋詩」。雖然南國社期望通過努力讓自己的藝術演出能夠接近民眾，但是民眾「對於藝術運動多不肯用『心眼』去接受，而好用『偏見』去曲解」〔註65〕，民眾與他們的藝術追求之間存在不可逾越的鴻溝，讓他們放下姿態「降到低地去」，對於此時田漢領導的南國社來說是難以接受的，「決不甘承受那譖妄地自命為『民眾』的無理由的詆毀」〔註66〕。王平陵有意推崇南國社的藝術追求，這在一定程度上讓南國社保持了與民眾和普羅文藝的疏離，在某種意義上也是有意無意地拉近了南國社與國民黨黨治文藝之間的距離，使南國社與執政當局之間的關係呈現出和諧共處而非對抗的狀態，這在當時的非官方文藝團體中是比較少見的。此時的田漢就認為：「我們當認清我們的路始終是民間的，無論在那一種政治制度之下。這因為任何政府總是立足在某種一定的制度之上的，他只能獎勵藝術，保護藝術，而不能作藝術運動。藝術運動，是對於一切將要固定，將要停止的現象底一種衝破力。」〔註67〕

不過，王平陵個人對純藝術性的推崇與其自身的黨報副刊主任的身份之間裂痕是難以填滿的，南國社與國民黨黨治文藝的相遇也注定是短暫的。導致這種現象出現的根本原因就在於，在動盪不安的現代中國，純藝術先天地缺乏生存的土壤，「藝術的園地還枯寂得一塊沙漠似的，它沒有那樣順利成長的機會」〔註68〕。對南國社的田漢、洪深、歐陽予倩等知識分子而言，追求純藝術不過是他們接近民眾的一種方式，一旦覺察到民族危機日趨緊迫，更多的民眾實際還在死亡線上掙扎時，作為知識分子的使命感、責任感必然使他們改變接近民眾的方式，最終使自己成為民眾的一員，轉變方向也是必然趨勢。

〔註64〕平陵：《歡迎江蘇民眾的劇社》，《中央日報・青白》第189期，1929年11月23日。

〔註65〕田漢：《序〈南國週刊〉》，《南國週刊》1929年第1期。

〔註66〕忠郎：《南國與民眾——從旅京第二次歸來抒所感》，《南國週刊》1929年第1期。

〔註67〕田漢：《吾人之新覺悟》，《南國社旅京第二次公演特刊》。

〔註68〕忠郎：《南國與民眾——從旅京第二次歸來抒所感》，《南國週刊》1929年第1期。

第二節　「純文藝」的「幫閒文學」——王平陵編輯的《文藝月刊》

1930 年 8 月 15 日，由中國文藝社創辦的《文藝月刊》在南京成賢街 50 號出版。作爲「國內很有價值的文藝刊物之一」〔註 69〕，「態度嚴正、內容充實」、「最實盛名」〔註 70〕的《文藝月刊》，在經歷了兩次改組和停刊之後〔註 71〕共出版 11 卷、73 期〔註 72〕，其存在時間之長、出版期數之多，在當時的大型文藝期刊中並不多見。從創刊至終刊的七年的時間中，雖然經歷了兩次改組與停刊，「原始的創刊人都因爲人事的變遷不定，一個個地跑開了」〔註 73〕，而此時王平陵除了在國民黨中宣部掛職之外，還在南京中學兼職當教員，「雖不富裕，也足以度日」，但「爲了興趣，不是爲了金錢」一直堅持在編輯《文藝月刊》，「壓根兒就沒有支過半文錢的『月薪』」〔註 74〕，「始終是沒有離開它一步」，「眼巴巴地看著它的興衰榮辱」〔註 75〕，是《文藝月刊》的實際負責人和實際編輯者。

作爲接受國民黨中央宣傳部「每月補助八百元」津貼、直接受國民黨中央宣傳部文藝科「負責辦理」〔註 76〕的大型文學刊物，《文藝月刊》因其官方屬性長久以來頗受人詬病，被視爲國民黨實行文藝政策的積極手段之一，不過是由「一批在中央工作的文化人執筆，只是歌功頌德，以三民主義爲中心

〔註 69〕張道藩：《首都文藝界近況——二十四年九月十六日在中央廣播電臺講演》，《中央週報》1935 年第 382 期。

〔註 70〕《申報》1930 年 9 月 15 日。

〔註 71〕這兩次改組和停刊先後發生在 1932 年和 1935 年。1932 年 5 月，中國文藝社改組，葉楚傖爲社長，張道藩、王平陵、黃震遐等爲理事，華林任總幹事，6 月 30 日，《文藝月刊》出版至第 3 卷第 5～6 期合刊後停刊，1933 年 1 月 1 日復刊。1935 年 6 月 1 日，《文藝月刊》出版至第 7 卷第 6 期停刊，1936 年 1 月 1 日復刊。

〔註 72〕1937 年 8 月 1 日，因戰爭爆發，《文藝月刊》出版至第 11 卷第 2 期停刊，後改爲《文藝月刊．戰時特刊》先後在武漢、重慶等地出版。本章所論述之《文藝月刊》，特指南京時期的《文藝月刊》，《文藝月刊．戰時特刊》並不在討論範圍之列。

〔註 73〕王平陵：《我與文藝月刊》，《人言週刊》1935 年第 2 卷第 1 期。

〔註 74〕編者：《編輯之後》，《文藝月刊》1936 年第 8 卷第 5 期。

〔註 75〕王平陵：《我與文藝月刊》，《人言週刊》1935 年第 2 卷第 1 期。

〔註 76〕中央宣傳委員會編：《中央宣傳委員會各科最近工作概況》，南京：中央宣傳委員會印，1935 年，第 16 頁。

思想，表現的是天下太平，閒適而又閒適」〔註 77〕的刊物。其實，就實際編輯情況來說，《文藝月刊》既沒有刊發明顯爲三民主義歌功頌德的文章，也迴避了當時文壇上風頭正健的左翼文藝思潮，還與商業氣息濃厚的各類流行文學樣式保持了足夠的距離，顯示出別樣的文藝追求。

一

1928 年 10 月，南京國民政府發布《訓政宣言》，宣佈進入到以黨治國的訓政階段，三民主義也從國民黨一黨的黨義變成執政黨全力推行的意識形態。而作爲主管意識形態的國民黨中央宣傳部，就必須思考如何將三民主義從政治思想轉化爲訓政時期的意識形態，「本黨之宣傳工作……以實現本黨主義爲最終目的」〔註 78〕。而此時，國民黨對中國社會狀況的分析和判斷，以及它所竭力推行的三民主義意識形態，遭遇到無產階級革命話語的巨大衝擊。正如國民黨中央宣傳部在分析全國宣傳會議召開背景時寫到的那樣，「本黨有永久之主義，一貫之政策，總理全部遺教即本黨宣傳方針，宣傳工作本可順利進行。不幸自遭受共禍以來，主義被其割裂，理論受其雜糅影響所及，遂致宣傳工作分歧龐雜，效能低減。」〔註 79〕國民黨中宣部在其 1931 年的工作總結中也寫到，「蘇俄自從一九二五年一月，議決『在文藝領域內黨的政策以後，其宣傳赤化計劃，遂由政治和經濟方面，轉而趨重於文藝作品方面。彼輩爲普及和擴張此種文藝宣傳運動期間，遂唆使中國共產黨徒，創辦普羅文藝刊物，利用小說戲劇文藝作品，以宣傳其階級鬥爭公妻公產之謬說，以致近數年來，我國重要都市，皆爲一般所謂「普羅文學」作家所騷擾，尤以上海爲獨甚」〔註 80〕。

如何改進被「割裂」、「分歧龐雜」、「效能低減」的宣傳工作，使三民主義成爲對抗無產階級革命話語的利器，並成爲全體國民信仰的意識形態，實現「統一意志，團結精神於三民主義之下，擁護中央、遵守黨紀」〔註 81〕的

〔註 77〕蘇定：《戰前南京文藝界浮雕》（上），《新命》1940 年第 2 卷第 2 期。

〔註 78〕《各級黨部宣傳工作實施方案——十八年一月二十四日第一九二次中央常務會議通過》，《中央週刊》1929 年第 35 期。

〔註 79〕《中央宣傳部工作經過（六月份）》，《中央黨務月刊》1929 年第 13 期。

〔註 80〕中國國民黨第四次全國代表大會第三屆中央執行委員會：《中國國民黨第四次全國代表大會第三屆中央執行委員會宣傳部工作報告》，1931 年。

〔註 81〕《清黨三週年紀念宣傳要點》，《中央週刊》1930 年第 93 期。

目的，「除消極的予以查禁沒收之外，提倡一種新文藝運動，一方藉以闢斥其所謂「普羅文藝」之乖謬，一方建設現代所需要之新文藝，實屬非常必要」〔註 82〕，使三民主義以通俗化、形象化、趣味化的方式滲透入民眾的生活、爲廣大的民眾所接受。具有較強可讀性和時效性、較大的信息包容量和較廣泛讀者群體的文藝期刊無疑是承擔這一重任的最佳載體。正是在此背景下，國民黨各級黨部、宣傳部門創辦、扶持了一批文藝期刊，「如南京中國文藝社之文藝月刊，流露月刊，開展社之開展月刊，路線社之橄欖月刊，甚麼詩社之週刊及月刊，上海前鋒社之前鋒週報，前鋒月報，長風社之長風月刊等」〔註 83〕，有意識地利用這一工具宣傳其意識形態，一改「那些不純粹的文藝作品」對社會造成的「種種偏頗頹廢的現象」，基本建立起「對文藝運動思想改造」、「建立和指示一條光明有希望的線路」〔註 84〕，以達到「清黨清心」、「革命革心」的目的。在國民黨各級黨部、宣傳部的扶持下，南京文壇蕭條的局面很快得到改變，「一新文壇空氣，反動文藝刊物，一面因受本黨嚴厲之取締，一面因三民主義文藝之勃興已漸銷聲匿跡。於此足見對於反動文藝宣傳，消極之取締固屬必須，而新文藝之積極建設，尤爲必要」〔註 85〕。《文藝新聞》也曾寫到：「過去之首都，本無所謂文壇；有之，則不過各報紙之一二文藝副刊而已。迺自一九三〇年以來，文藝集團如雨後春筍般茁發，點綴於次荒涼古國，頗形熱鬧。」〔註 86〕

1930 年代初期的《橄欖週刊》和《橄欖月刊》是在當時在南京、上海、杭州、鎮江等地的大中學生群體中有一定影響力的期刊。1930 年 6 月，潘孑農、何迺黃、宋錦章等人在南京奇望街 42 號成立了線路文藝社，之後又有許少頓、劉祖澄、范漢英、郭敏學、賀玉波、楊昌溪等人陸續加入該社。他們「每人集資數十元，出一個二三十頁的小冊子——《橄欖半月》」〔註 87〕。除了《橄欖週刊》和《橄欖月刊》之外，線路文藝社還出版了《線路半月刊》

〔註 82〕 中國國民黨第四次全國代表大會第三屆中央執行委員會：《中國國民黨第四次全國代表大會第三屆中央執行委員會宣傳部工作報告》，1931 年。

〔註 83〕 中國國民黨第四次全國代表大會第三屆中央執行委員會：《中國國民黨第四次全國代表大會第三屆中央執行委員會宣傳部工作報告》，1931 年。

〔註 84〕 《一週大事匯述（中宣會最近召集之三種會議）》，《中央週刊》1934 年第 303 期。

〔註 85〕 中國國民黨第四次全國代表大會第三屆中央執行委員會：《中國國民黨第四次全國代表大會第三屆中央執行委員會宣傳部工作報告》，1931 年。

〔註 86〕 《首都文壇新指掌》，《文藝新聞》第 2 號，1931 年 3 月 23 日。

〔註 87〕 郭敏學：《編者之言》，《中央日報・橄欖週刊》第 13 號，1931 年 8 月 5 日。

和《線路週刊》兩種刊物。《線路半月刊》由許少頓、楊謹、蘇宜衣等人負責編輯，其宗旨是「站在青年的立場上，本著青年的職責而不偏頗的秉性，對於社會的一切紛亂鬥爭變態矛盾的事實，提呈出『個體本能』來作一個客觀的觀察與批評；以開拓時代的新生命，樹立正確意識與引導思想的統一」〔註 88〕。而作爲《三民導報》副刊之一的《線路週刊》由宋錦章負責編輯，「內容多半是富有刺激性的小品文」〔註 89〕。

雖然線路文藝社宣稱自己「不是自甘沒落的人」,「沒有黨派立場」，也「沒有階級的偏見」〔註 90〕,「我們的取材態度，極端公開，所登的稿件，是以『好』爲原則，毫無社員與非社員的分際」〔註 91〕，但其判定文章的「好」與「不好」並非出於文藝標準，相反正是出於「黨派立場」和「階級偏見」。他們認爲，近代中國文藝的頹廢正是因爲「受了普羅藝術的流毒」，不是「哀煩愁凌亂」便是「淫褻不堪」,「盡是刻薄的描寫悲哀愁煩失業失戀沉淪，蘊蓄著挑撥的引信，宣入到青年學子的腦層，以致千篇一律地同聲同唱」，絲毫不能「把人生改良社會改進民族復興」，因此必須「改良出能表現我國民族精神的和吻合三民主義」〔註 92〕的明日的文學。而所謂「明日的文學」，就是「滿藏生之意欲」和「革命的元素」〔註 93〕,「提倡自信心自尊心，而引起輕外的鄙夷的念頭，充實我們光榮的歷史，發揚我國民族的精神」〔註 94〕、提倡忠孝仁愛信義和平的文學。從上述言論中不難看出，線路文藝社的觀點和前鋒社發起的「民族主義文藝運動」的觀點如出一轍，而線路文藝社的發起者之一的潘孑農同時也是「民族主義文藝運動」的成員〔註 95〕。此外，線路文藝社還接受「京市黨部月貼六十元」〔註 96〕,《橄欖月刊》也曾申請中宣會津貼，但「亦因中央經濟困難，未予照准」〔註 97〕而作罷。可以認定，線路文藝社及其主辦的《橄欖週刊》和《橄欖月刊》是屬於「民族主義文藝運動」派的刊物。

〔註 88〕郭敏學：《編者之言》,《中央日報・橄欖週刊》第 13 號，1931 年 8 月 5 日。
〔註 89〕郭敏學：《編者之言》,《中央日報・橄欖週刊》第 13 號，1931 年 8 月 5 日。
〔註 90〕許少頓：《一個緊急的告白》,《橄欖月刊》1931 年第 16 期。
〔註 91〕郭敏學：《編者之言》,《中央日報・橄欖週刊》第 1 號，1931 年 5 月 7 日。
〔註 92〕何迺黄：《編後雜記》,《橄欖月刊》1931 年第 11 期。
〔註 93〕何迺黄：《編後雜記》,《橄欖月刊》1931 年第 19 期。
〔註 94〕何迺黄：《明日的文學》,《橄欖月刊》1931 年第 16 期。
〔註 95〕參見孑農：《我與〈橄欖〉》,《橄欖月刊》1931 年第 9 期。
〔註 96〕《首都文壇新指掌》,《文藝新聞》第 2 號，1931 年 3 月 23 日。
〔註 97〕中央宣傳委員會編：《中央宣傳委員會各科最近工作概況》，南京：中央宣傳委員會印，1935 年，第 16 頁。

1929 年，《無定河邊》在南京創刊，左漱心、蕭作霖等人任編輯。這種半月刊雖然容量不大，但是從創刊初期就不同於當時多數的右翼期刊打出的「純文學」的旗號，明確地爲國民黨的文藝統制搖旗吶喊。他們宣稱，「因爲我們已經離開了那空虛苦悶的讀書生活，實地裏跑來這無限的社會裏」〔註 98〕，看到的卻是當時整個中華民族在生存競爭、弱肉強食、優勝劣汰下的「民族地位危險，民族精神消沉」，「沒有達到青天白日世界」的現實。但是詩人的吶喊和鼓舞「不能代替武力的批評，物質的武力，必須由物質的武力去破壞」，並不能完成使「民族思想的信仰，民族精神的振作，民族自信力的恢復，民族意志的認識，民族特性的發揚光大」的重任，只能將「詩人的靈魂，完全凝結在：眞正爲民族謀解放，爲民族謀獨立，取消不平等條約，打倒帝國主義，爲民眾謀利益的武力的刺刀之上」〔註 99〕。這也就是說，詩人要「絕對站在時代思潮和時代中心問題的上面」來看待文藝，而三民主義是「現代最完整的革命理論」和「現代文藝的理論的根據」，一旦「離開了三民主義無文藝，離開了三民主義的文藝，是反革命的文藝」，這是「統一文藝作品理論上的根據」和「文藝理論的鐵則」〔註 100〕。

在實際刊發的文藝作品中，《無定河邊》則表現出爲了達到某種宣傳目的，將文藝直接等同於政治宣傳品的傾向。比如下面這首《時代的狂號》：

時代的狂號

（一）

奔流喲！

閃電般的光陰；

飄泊喲！

浮萍般的生命。

少微閒著你的雙眼，

　社會更加沉黯了；

煙霧彌漫，

羅風激蕩，

　何處是大好的河山？

　何處是我們的歸宿？

〔註 98〕《編後》，《無定河邊》1929 年第 1 卷第 4～5 期合刊。

〔註 99〕曠夫：《革命過程中底現代詩人》，《無定河邊》1929 年第 1 卷第 2 期。

〔註 100〕曠夫：《文藝政策（未完）》，《無定河邊》1929 年第 1 卷第 6 期。

（二）

來呀，我的朋友！

挽著手兒，

走上前去！

去，去掘發深藏的勝地，

任它晃著雪亮的鋼刀，

任它長著蓬簇的荊棘，

不屈不撓，

再接再厲，

完成我們最後的使命，

奪取我們最後底勝利！

（三）

火花是血淚的象徵，

彈痕是男兒的標記，

走到沙場去吧！

「葡萄美酒夜光杯」

這才是我們光榮的餐聚！

（四）

到處都有我們埋骨的地方，

到處都有我們理想的天堂，

再不用靦腆啊，

虛無的幻想，更不用躊躇，彷徨……

是流浪的人生！

在流浪中飄渺！

是奮鬥的人生，

在奮鬥中掙扎！

前進呀：我的朋友！

攜手高歌——

一同走上那青白光明之路！〔註101〕

〔註101〕弟弟：《時代的狂號》，《無定河邊》1929年第1卷第6期。

這首詩看似激昂，實際情緒空洞。詩歌情緒不是由詩人的內在詩情的流露，而是辭藻的堆砌，看不出從虛無、躊躇到奮鬥、掙扎的情緒發展必然性。下面這首《吶喊》也同樣表現出這種傾向：

吶喊

我如烈火一般地燃燒；
我如怒潮一般地狂嘯；
我如電氣一般地飛跑；
呵！
燃燒什麼？
狂嘯什麼？
奔跑什麼？
哦！哦！
與我們不共戴天的仇人，
通通闖進我們的家裏來了！
給我們的爹媽赫走了！
給我們的弟妹赫走了！
給我們的意裏的她也赫走了！
哦！哦！
我的良心如烈火一般地燃燒！
我的仇愾如怒潮一般地狂嘯！
我的靈魂如電氣一般地飛跑！
燃燒什麼？
燃燒我們射殺敵人的彈藥，
狂嘯什麼？
狂嘯我們打倒敵人的口號。
飛跑什麼？
飛跑到敵人的陣裏：
割了他們的頭顱做飲器，
吸了他們的血液做酒漿，
唱著勝利的歌聲，

宴著痛飲的餐聚，

我們將醉倒在革命先烈的墳前！

我們將醉倒在革命先烈的墓上。〔註 102〕

這首詩顯然是模倣郭沫若的《天狗》而作，但是顯然和《天狗》只是有某種形式上的相似處，缺乏《天狗》那種狂放、激越、即將爆發的情緒體驗：如果「不共戴天」的仇敵闖進家園後卻被輕易地「赫走」，那「不共戴天」的仇恨從何而來？

1930 年 3 月，在《無定河邊》出版了將近一年之後，左漱心、羅斐爾、陸印全等人又在南京成立了流露社並創辦了《流露月刊》。《文藝新聞》認爲，該社是「寄生在提拔書店的一個文藝社團，經費亦由中央津貼」，創辦的惟一一種《流露月刊》，「銷路與《開展月刊》不相伯仲，每期約印一千冊。」〔註 103〕而從本書掌握的資料看，《流露月刊》是除《文藝月刊》和《彗星月刊》外唯一接受國民黨中宣會定期津貼的刊物，由中宣會文藝科「每月補助一百元」〔註 104〕。

不同於《無定河邊》高調地爲國民黨的文藝統制搖旗吶喊，《流露月刊》則宣稱每個黨派的文學是「以主義爲主義以政策爲政策」，不過是「累著萬能的鬼胎玩伎倆，用來作鬥爭，卻也的確是蠻好的工具」，人的生命力受了普羅文藝這樣的黨派文藝的壓榨，並非眞正的文藝，只有通過哭聲才能流露出「人生生命之流的聲音彩色和波紋的顫動」〔註 105〕。爲了反普羅文藝，必須把反普羅文學的戰線「在民族主義文藝運動中統一起來」，「發揚弱小民族的民族精神，同時在予以時代的認識。」〔註 106〕因此，在《流露月刊》上發表的作品試圖改變當時黨派文藝「以主義爲主義以政策爲政策」的現象，將黨義宣傳揉進文藝作品中，整個刊物「裏面充滿了熱烈的情調，青春的火花，是值得鑒賞的」〔註 107〕。發表在《流露月刊》第 1 卷第 1 期上的中篇小說《我的雙十節》就是其中的代表。小說的主人公慕道是一個知識青年，經歷了家道

〔註 102〕扶弱：《吶喊》，《時代的狂號》，《無定河邊》1929 年第 1 卷第 6 期。

〔註 103〕《首都文壇新指掌》，《文藝新聞》第 2 號，1931 年 3 月 23 日。

〔註 104〕中央宣傳委員會編：《中央宣傳委員會各科最近工作概況》，南京：中央宣傳委員會印，1935 年，第 16 頁。

〔註 105〕卓麟：《火山決了——代卷首語》，《流露月刊》1930 年第 1 卷第 1 期。

〔註 106〕亞孟：《論民族主義文藝的作家與作品》，《流露月刊》1931 年第 1 卷第 6 期。

〔註 107〕烽柱：《我所見一九三〇年之幾種刊物》，《文藝月刊》1930 年第 1 卷第 4 期。

中落、性的苦悶、工業救國無門之後走出了個人狹小的世界，投入到革命的洪流中，先後參加了五四運動和工人運動，也都以失敗告終。他終於覺悟到：「經濟問題，是要靠政治問題解決的，單純的經濟鬥爭，沒有政治的鬥爭，是不終用的，封建軍閥的暴民政治不打倒，民眾經濟是無從改善的。」〔註 108〕因爲他堅信只有中山先生的三民主義才能讓中國走上正軌，於是投入到革命的洪流中，最終與愛人共慶雙十節，享受革命的成果。很顯然，這篇反普羅文藝的小說與普羅文藝的「革命+戀愛」的模式有高度的相似度，不同點在於革命的領導者和革命的道路不一樣，依然是「以主義爲主義以政策爲政策」來進行文藝創作。

1934 年，爲了「表示從新來過的意思」，《流露月刊》改名爲《中國文學》，莊心在、陸印全任編輯，由南京讀者書店發行；之後又改爲由中國文學編輯會編輯，上海現代書局發行。《中國文學》宣稱「具有重視的態度、熱烈的情緒，期待嚴正的批評、友誼的合作」，「並沒有遠大的企圖，或是堂皇響亮的口號！僅僅嚴肅而平凡地對文學抱著忠實的態度，想把外國底作品多介紹一些」，「使未來的中國有它底文學」〔註 109〕，以改變中國新文學「向俄國向日本間接直接摭拾吞剝些殘渣餘瀝」、「躲在租界洋房樓上幻想工廠的煙囪，構造階級鬥爭的故事」，「沒有創造出完整偉大的作品」的現狀。

從以上言論可以看出，雖然《中國文學》對普羅文藝持反對的立場，但其反對的理由並非普羅文藝與國民黨的意識形態相悖。而從實際辦刊情況看，《中國文藝》較之於《無定河邊》和《流露月刊》而言，內容更豐富。每一期的《中國文學》上刊登的作品分爲散文、小品、小說、理論介紹、詩歌、劇本、譯著、雜文等欄；作家隊伍更龐雜，張天翼、趙景深、宗白華、陳夢家、黑嬰、段可情、徐仲年、林徽因、朱湘、韓侍桁、蕭作霖、李青崖、張資平、孫俍工、唐槐秋、林庚、左明、陳子展等人都在上面發過文章；選稿標準也更有包容性。比如黑嬰的長篇小說《赤道線》描寫的是南洋華工的生存狀態，他們深受華人工廠主的殘酷剝削、又被當地異族統治者輕視，還對飽受日本侵略之苦的祖國魂牽夢繞。小說將民族矛盾和階級矛盾交織在一起，既正視民族矛盾的尖銳，又肯定階級矛盾的不可調和，並在小說的最後寫到罷工的工人們殺死了藏匿日貨的華商、燒毀了華人工廠主的工廠，將民

〔註 108〕夢如女士：《我的雙十節》，《流露月刊》1930 年第 1 卷第 1 期。
〔註 109〕《編輯雜話》，《中國文學》1934 年第 1 卷第 1 期。

族矛盾和階級矛盾一併解決，文章的質量比《無定河邊》和《流露月刊》上文章的質量提高不少。

從表面上看，1933 年成立的線路社及其南京分社旗下的《新壘》和《新壘半月刊》和其他的右翼期刊有著明顯的不同。其創始人、主編李燄生原爲國民黨改組派的一員，在改組派失利之後，轉投到文藝道路上來。相較於其他右翼期刊對準左翼文藝開火、宣傳國民黨黨義的辦刊思路不同的是，《新壘》在其發刊詞《新的壁壘》一文中則宣稱其是「爲人生而藝術的」，是「完全由於個人的自由和自動」、「純粹站在文藝的立場上來做文藝運動」、「擺脫一切政治的，商業的，個人的利害，拿出正確的文藝主張和公正的批評態度」〔註110〕、一方面竭力撇清與執政黨的關係，另一方面又對左翼文藝表達了相當的不滿。《新壘》宣稱：

> 我們認定文藝家所負的使命，其所表現的思想感情，不能絕對個人的，而要帶客觀性，即眾人所具有之思想感情。所以文藝所表現的，與其說是作家自我的生命，毋寧說是社會大我的生命，換句話說，文藝不只是作家個性之流露，而同是時代精神之代表。文藝的任務，是永久的，絕對的，不能用文藝領域外旁的東西所代替的。
>
> ……
>
> 文藝不是科學，也不是道德，更不是主義。……文藝自爲一特殊的領域，自有其特殊的法則，是不容許旁的東西所能侵略與強姦的。而近年來之文藝運動者，過去的，什麼民族主義文藝，三民主義文藝；現在的，什麼無產階級文藝，馬克司主義文藝，或是什麼政治口號的××主義文藝，他們是黨派的文藝政策之宣傳者，不管是「奉天承運，皇帝詔曰」，也不管「斧頭鐮刀，紅旗階級」在亂嚷，皆欲文藝爲政治宣傳的關係，爲其所依附之政治勢力及集團做欺騙人們的勾當，不惜歪了文藝的標準，把文藝拉入狹道中，以達到其個人缺乏道德觀念的某種目的，或完成其個人缺乏理性的政治偏見。
>
> ……
>
> 我們對於著作的見解，主張個人運用其生命之力，本著文藝的價值與意義，活躍的，自由的，將自己對於世界的幻象，用藝術的

〔註110〕燄生：《新的壁壘》，《新壘》1933 年第 1 卷第 1 期。

> 手腕，創作出來。只要創作具有文藝的意義和價值，生命古典主義浪漫主義寫實主義……等，我們是不管的。不必在文藝領域內割地自封的。同時，只要其作品具有文藝的意義與價值，無論其爲什麼階級，資產階級也可，無產階級也可，小資產階級也可，都是沒有問題的，我們以藝術眼光來看藝術，不願意政治經濟眼光來看藝術。所以，即不是特意以一種固定主義來創作作品，不違背藝術法則而其純正的藝術觀念，偶然流露其信仰，我們也不反對的。〔註 111〕

如果僅從以上言論看，《新壘》的發刊詞在著意強調文藝的純正性和自由性，反對當時文壇上出現的國共兩黨爭鋒相對的造成的文學黨派化、派系化的局面，「鞏固文藝之壁壘，反對文藝主義化，黨派宣傳化」〔註 112〕，並對由國民黨不同派系發起的民族主義文藝運動、三民主義文藝，以及左翼的無產階級文藝都表示出了不滿。魯迅將《新壘》的這種做法形象地概括爲「至於謂『民族作家』者，大約是《新壘》中語，其意在一面中傷《文學》，儕之民族主義文學，一面又在譏諷民族主義作家，笑其無好作品。此即所謂『左打左派，右打右派』，《鐵報》以來之老拳法，而實可見其無『壘』也。」〔註 113〕如果依據這種「左打左派，右打右派」的手段就認爲《新壘》是「堅持自由主義立場的期刊」〔註 114〕，這種看法與事實也有較大出入。從《新壘》的實際刊發的文章中不難看出，雖然《新壘》宣稱堅決反對文學的黨派化、派系化，但是其攻擊的著力點集中在對左翼文藝批判與抨擊上，對國民黨文藝及其文藝政策卻少有提及，比如《左聯命運的估算》〔註 115〕、《關於文藝的幾個問題之討論》〔註 116〕、《藝術上的新主題》〔註 117〕、《新人生主義文學的創作路線》〔註 118〕、《民族意識與階級意識》〔註 119〕等文章，都著意突出左翼文藝所宣揚的無產階級革命不適合中國國情，與當時掌握實權的 CC 系發起的民

〔註 111〕 厰生：《新的壁壘》，《新壘》1933 年第 1 卷第 1 期。

〔註 112〕 厰生：《新的壁壘》，《新壘》1933 年第 1 卷第 1 期。

〔註 113〕 《魯迅全集》第 13 卷，北京：人民文學出版社，2005 年，第 104 頁。

〔註 114〕 周葱秀、涂明：《中國近現代文化期刊史》，太原：山西教育出版社，1999 年，第 329 頁。

〔註 115〕 作者署名厰生，載於《新壘》1933 年第 1 卷第 2 期。

〔註 116〕 作者署名厰生，載於《新壘》1933 年第 1 卷第 6 期。

〔註 117〕 作者署名昌楣女士，載於《新壘》1933 年第 2 卷 1 期。

〔註 118〕 作者署名厰夫，載於《新壘》1933 年第 2 卷 3 期。

〔註 119〕 作者署名馬兒，載於《新壘》1933 年第 2 卷 3 期。

族主義文藝運動的論調頗有異曲同工之妙。而《由統制文化說到文藝》一文，則直接爲國民黨的文化統制張目：

在主張統制文化的言論上來看，當然的是説爲民族國家文化前途。言如由衷的話，我想誰也不必有什麼反對的理由。我國人民的民族國家觀念是薄弱的了，共產黨人反民族國家的創作意識及理論態度，反火上澆油的宣傳著。所以討論統制文化的問題，不必爲政府張目，也不必爲共產黨不平；爲了民族國家文化的前途，在沒有理由認定民族國家不應存在，個人不應愛護民族國家的情況下，實在毋須有什麼異議。〔註 120〕

由「左打左派，右打右派」的做法到宣稱統制文化「不必有什麼反對的理由」、「毋須有什麼異議」，二者之間的轉變看似突兀，事實上前者不過是新壘社爲達到政治目的的手段而已。新壘社擔心的並非文藝該不該統制、能不能統制，而是擔心政府有無統制文化的人才。「國民黨要統制文化，必需能統制文化的人物」〔註 121〕，而「以文化起家的黨國元老，又要管理文化基金，他們對於文化貢獻如何呢？他們能否還有能力精神以計劃指導文化運動呢？」補救的方法，「不但要集中黨的文化人才，而且要網羅黨外的文化人才」〔註 122〕。而在政治鬥爭中失敗而走上文藝道路的新壘社成員，自認爲是國民黨內難得的文藝人才，應該被「集中」起來成爲統制文化的指導者。由此可以看出，《新壘》並非「堅持自由主義立場」的刊物，也非「民族主義文藝運動」的參與者，不過是社中成員撈取政治資本的一種方式而已。

除了上述刊物之外，1930 年代的右翼刊物還有很多，較爲著名的有《文藝月刊》（南京）、《長風》（南京）、《南華文藝》（南京）、《矛盾》（南京）、《黃鍾》（杭州）、《開展》（南京）、《初陽》（杭州）、《現代文學評論》（上海）、《前途》（南京）、《汗血週刊》（上海）、《民族文藝月刊》（南昌）等。其中，刊物規模最大、持續時間最長、影響最大的刊物當屬王平陵主編的《文藝月刊》。

〔註 120〕李麟：《由統制文化説到文藝》，《新壘》1934 年第 3 卷第 4 期。
〔註 121〕馬兒：《寫在文化可以統制嗎之後》，《新壘》1933 年第 2 卷 6 期。
〔註 122〕李麟：《由統制文化説到文藝》，《新壘》1934 年第 3 卷第 4 期。

二

經過近三個月的籌備，1930 年 9 月 28 日上午，中國文藝社在南京雞鳴寺召開成立大會，由此，中國文藝社正式成立〔註 123〕。參加成立大會的人員有王平陵、鍾憲民、傅述文、繆崇群、程方、左恭、黃歸雲、周子亞、聶紺弩、曹愼修、蔣山青、楊若海、殷曉岑、周樵等人〔註 124〕。作爲「一個創辦得最早規模也最大的文藝社團」，中國文藝社最重要的工作是創辦了《文藝月刊》這份在當時具有一定影響力的刊物，並聚集了一大批非左翼作家，在一定程度上改變了普羅文藝盛行的局面。在出版《文藝月刊》的同時，中國文藝社還編輯了《文藝週刊》。作爲《中央日報》一種不定期出版的文藝副刊，《文藝週刊》因「篇幅太小，除了登載些富於趣味性諷刺性的短作以外，就只能作爲刊載社務，社員們彼此通通消息的工具」。而《文藝月刊》每期的版面被控制在 15 萬字左右，刊載的內容主要是「爲詩歌，小說，戲劇，小品文，介紹與批評，文藝消息，讀者通訊，編輯後記各欄；卷頭還加一藝術欄，容納名畫或創作歌曲。各欄創作與翻譯並重」〔註 125〕，「主重在獎進新穎有力的創作，由成功的創作中，讓批評家發見我們文藝的理論；同時並介紹歐美的傑構，佐我們的參考。」〔註 126〕

作爲接受國民黨宣傳部津貼的文藝社團，中國文藝社在創社之初就有明確的目的：爲南京荒蕪的文藝界提供「可以安慰旅侶的渴望」〔註 127〕，《文藝月刊》也自認辦刊目的是「獎進新穎有力的創作」，但是這樣的「安慰」與「獎

〔註 123〕辛予（潘子農）在《一九三一年南京文壇總結算》中寫道：（中國文藝社）「是一個創辦最早規模也最大的文藝社團，成立時間大概是一九三〇年的七月間。其組織的系統和經濟之來源，完全和國民黨中央宣傳部有直接的關係」（見《矛盾月刊》1932 年第 1 卷第 2 號）。後來學界多採用這一說法，如《民國史大辭典》（尚海等主編，中央廣播電視出版社 1991 年出版）、《（1927~1937）國民黨的文藝統制》（牟澤雄著，華東師範大學 2010 屆博士學位論文）、《「民族」想像與國家統制——1928~1949 年南京政府的文藝政策及文學運動》（倪偉著，上海教育出版社 2003 年出版）等著作均採信這一說法。本書經過考證，明確了中國文藝社的成立時間應該是在 1930 年 9 月 28 日。

〔註 124〕參見《本社第一次談話會紀事》，《中央日報．文藝週刊》第 4 號，1930 年 10 月 16 日。

〔註 125〕編者：《編輯後記》，《文藝月刊》1936 年第 8 卷第 1 期。

〔註 126〕《本社第一次談話會紀事》，《中央日報．文藝週刊》第 4 號，1930 年 10 月 16 日。

〔註 127〕《本社第一次談話會紀事》，《中央日報．文藝週刊》第 4 號，1930 年 10 月 16 日。

進」實在是另有所指。在中國文藝社成立後的第一次談話會上說得很明確——清除普羅文藝在青年頭腦中留下的不好影響，理清文藝與政治、社會、經濟之間的關係，創造出新的文藝來：

> 我們回顧到過去的中國文壇，曾有一時期給唯美派的文藝家所佔據，其結果流於個人的耽樂，滿染著頹廢的色彩；現在這些作家雖都在高喊著轉換了方向，但由這些文藝的作風所帶來的許許多多無病呻吟的壞印象，猶麻醉著青年們的思想，流毒至今，未曾消滅。現在，不是還有些人在那鬧著階級的文學嗎？這是引起社會文化，雜亂，鬥爭的功，於中國的前進，更是非常的危險。我們正想在此紛亂的狀態中，找出一點頭緒來，把文壇的本質，和政治，社會，經濟等等，所發生的糾纏，先理一理清楚，在重重的煙霧瘴氣之中，被許多凶徒們預備施行強暴的藝術之神——愛普羅，奮身把她救援出來，讓我們許多愛好文藝的朋友們，重新認一認她的眞面貌。

而《文藝月刊》的發刊詞《達賴滿 Dynamo 的聲音》〔註 128〕一開始，就提出了文藝的人性論，表明文藝是不是屬於某一時代和階級的。「向來沒有看見歷史上的，現代的，一切古往來今的文藝創作家，是爲某一個時代而創造文藝，爲著某一個階級，而寫作文藝」，作家進行創作只是因爲感情和天性的自然流露，因爲「感覺到一個最深刻的印象，引起了極眞摯的同情」。因此，「文藝是人性自發的最天眞的衝動」，「文藝家的修養，就在如何發揮眞實的人性，文藝家的責任，就在如何可以把這眞實的人性用純粹的藝術方式表示出來。」接下來，文章又提出，每一個時代都有永久的歷史背景，「決不是一群詩人們所歌唱的海市蜃樓，繪畫家所描摹的鏡花水月」，文藝家也決不能與時代隔離開來，「文藝的精神，是不能離開現實的，離開了現實，便離開了生活，離開了現實生活的文藝，這文藝也就失卻了生命」。文章認爲，當時文藝面對的時代就是民族被赤色帝國主義者蹂躪的時代，文藝也必須用堅實的立場把這個時代寫出來，而不是端坐在安樂椅裏，「幻想出人類離奇的苦痛，用充分煽動性的語句描寫出來」，「挑撥民眾憎恨的階級的仇恨」，「動搖現實的根基」。因此，「只要是爲著表示堅實的自信，爲著暴露純潔的感動，爲著宣洩大眾的憂豫，爲著鼓舞民族的自覺，並不勉強創造一種特殊的語句，去說明抽象的不可捉摸的夢境，不故意纏綿顚沛與消極的境遇裏，沉重地束縛住

〔註 128〕載於《文藝月刊》第 1 卷第 1 期，作者署名本社同人。

奔放的熱情，從怨苦，嫉恨，憤怒的意象上，找尋歌唱的資料」的文藝都是符合時代的文藝，是眞正的文藝。

不難看出，這篇文章前後的說法是自相矛盾的。文章前半部分贊同的是文藝的人性論的觀點，指出文藝不受包括時代、階級等在內的外在因素的支配；但是在文章的後半部分卻又指出，文藝不能脫離時代，要寫出時代的主潮。此時中國的時代主潮是空前的民族矛盾，這是文藝要表現的主要內容，而非左翼文藝所高揚的階級論，這贊同的又是文藝的民族性。這就產生了一種自相矛盾的現象：文藝人性論的論點可以用來反駁文藝的階級論，但同樣可以用來反駁文藝的民族論，如果只用文藝的人性論來反駁文藝的階級論，同時又來宣揚文藝的民族論，暴露出邏輯上的自相矛盾，顯示出論者自身的矛盾與尷尬。

1930 年 8 月 15 日，由王平陵、時任國民黨中央宣傳部總幹事的左恭、指導科主任的傅啓學發起的《文藝月刊》創刊。雖然發刊詞《達賴滿 Dynamo 的聲音》實際上宣揚的還是文藝的工具論，但在編輯實踐中，王平陵則將《文藝月刊》定位爲「在中國配稱爲同樣的純文藝刊物」〔註 129〕，與黨派文藝保持了一定的距離。這主要表現在以下幾個方面：

第一，《文藝月刊》作家群體的多樣性。

不同於前文所述的《橄欖月刊》、《流露月刊》、《新壘》等右翼文藝期刊具有明顯同人性，作家主要是由具有相同或者相近文藝觀念、政治態度的社團成員構成，《文藝月刊》的作家群體構成則複雜得多。除了王平陵、繆崇群、李青崖、鍾天心、金滿成、鍾憲民等文藝成就相對較高的中國文藝社成員在《文藝月刊》上發表了不少文章之外，非中國文藝社成員的作家成爲《文藝月刊》的主要稿件來源。沈從文、巴金、老舍、靳以、臧克家、儲安平、梁實秋、陳夢家、侯佩尹、曹葆華、方瑋德、常任俠、馬彥祥、袁昌英、陳瘦竹、汪辟疆、于賡虞、傅抱石、顧仲彝、蘇芹蓀、程千帆、傅雷、何其芳、卞之琳、李金髮、史衛斯、侯汝華、洪深、蹇先艾、宗白華、季羨林、歐陽予倩、余上沅、王魯彥、劉白羽、袁牧之、沙雁、周而復、施蟄存、戴望舒、楊邨人、韓侍桁、黑嬰、李長之、劉廷陵、黎錦明、徐訏、蘇雪林等作家，他們都先後在《文藝月刊》上發表了不少文藝作品、論著或是譯作。這些作家有不同的文學觀念和政治態度，但是他們的作品卻能在同一份刊物上發

〔註 129〕王平陵：《我與〈文藝月刊〉》，《人言週刊》1935 年第 2 卷第 1 期。

表，這在現代文學史上並不多見。探究其原因，固然有《文藝月刊》經費充足，每月有一千元左右的經費支持〔註 130〕，能有較充足的稿費吸引作家來稿，作家與《文藝月刊》之間即使「談不上什麼好感，而只是『一手交錢，一手交貨的公平交易』」〔註 131〕的緣故，但更爲重要的是主編王平陵對《文藝月刊》的定位及辦刊態度。他認爲：

> 《文藝月刊》爲著一般作家的發表的便利，以及不至於使技巧荒疏而有待於後來各種權威刊物的繼起，它就在這時期創刊了。
>
> 經營文化事業，我覺得刊物的銷數激增，營業發達，生意興隆，不能當作是一件眞正的收穫。就是年代久遠，也不算是光榮。實在說，文化工作的收穫是無形的，看不見的，而且是整個的。……但求這刊物的性質和内容，眞是爲整個的中國文化的水準設法而盡其提高的責任的，就是辦了一兩期便夭折，或者是因銷路激退而停版，總之，在辦刊物的眞正意義上，無論如何還是一種光榮，在無形之上，依然是有絕大的收穫的。
>
> ……
>
> 《文藝月刊》在創刊的時候，本想藉此界合幾個同時代的同好，辦作『同人雜誌』那樣的性質的。後來，感覺到所見太狹，而且有招軍買馬，自樹擂臺的嫌疑，便無條件地把原來的主張揚棄了。我們認定文化是公器，不但無人與人間的障隔，而且沒有國與國間的區別；所以還是放寬門户，歡迎大家踏進這塊園地裏來。」〔註 132〕

王平陵的這段話極力突出《文藝月刊》的獨立性，力圖與當時受中間派作家詬病的黨派文藝劃清界限，確實有自我標榜之嫌，但是從王平陵對文藝的一貫態度來看，我們也有理由相信，這段話在一定意義上確實也是王平陵文藝觀念的眞實表達。

〔註 130〕此種說法見思揚：《南京通訊》（《文學導報》1931 年第 1 卷第 4 期）、《首都文壇新指掌》（《文藝新聞》1931 年第 1～6 期）、靜芬女士：《南京文藝界之展望》（《星期文藝》1931 年第 4 期）、《南京出版界近訊》（《新時代》1931 年第 1 卷第 4 期）等文章，也可參考中央宣傳委員會編：《中央宣傳委員會各科最近工作概況》一書。

〔註 131〕王平陵：《我與〈文藝月刊〉》，《人言週刊》1935 年第 2 卷第 1 期。

〔註 132〕王平陵：《我與〈文藝月刊〉》，《人言週刊》1935 年第 2 卷第 1 期。

王平陵一直提倡的是文藝的有用論，認爲眞正的文藝決不是個人閒情逸致的抒發，也並非取得高官厚祿的敲門磚，而是「人生的反映，時代精神的前驅，是環境的透明的鏡子」，「可以檢驗民族血液的冷熱與清濁，可以觀察整個的民族命運的沒落與復興」，對人生和社會都有重要的作用，而偉大的文藝作品，更是「在無形之中，卻是推動這個時代機輪的原動力」〔註 133〕，決非一黨一派爭權奪利的工具，「作家們服務的對象，不是爲個人，不是爲其所屬的黨派，而必須擴展到爲國族爭生存，爲人群謀福利，爲時代求進步」〔註 134〕。也正因爲他「不想以文藝爲進入仕途的敲門磚，不像有些人斤斤冀獲得社會賢達的職銜」〔註 135〕，不願將文藝直接當作被作家所屬的黨派的工具，其所主辦《文藝月刊》能跳出黨派文藝的窠臼，弱化黨派色彩，表現出較爲平和務實的態度，吸引了一大批非左翼作家的來稿，在當時的文壇上造成了一定的影響。王平陵的這種辦刊方針在當時就引起了不少國民黨作家的不滿，「有人認爲王平陵無用，缺乏鬥爭的精神」〔註 136〕，主編的《文藝月刊》「灰氣沉沉」〔註 137〕，吸引作家的原因不過是「該社平時稿酬豐富，故前爲該刊撰稿之非民族主義文藝之作家，仍將繼續撰稿云」〔註 138〕。《文藝月刊》這種「爲文藝而文藝的，從不提什麼民族文藝，不知其背景的，且不知是黨派的文藝刊物。在黨派的立場，它雖是無功，但能如世故老人般，很安分守道，不生事端，沒有如矛盾那麼荒唐」〔註 139〕的辦刊策略，在表面上是吸引了一大批非左翼作家的來稿，形成了「銷路極佳，頗受一般青年之歡迎」〔註 140〕的局面，實際上在有意無意中爭取到一大批中間作家和讀者，使他們的關注點和興趣點轉移到非普羅文藝上，進而對普羅文藝產生的社會根源和思想軌跡缺乏足夠的關注和清醒的判斷，在客觀上起到了爲國民黨文藝推波助瀾的作用。因此，數十年之後王平陵在臺灣回憶起當時創辦《文藝月刊》的情形仍然是頗爲自得。他說：「民國十九年，共黨宣傳階級鬥爭的「普羅文藝」，氣焰囂張，不可一世，青年們盲目附和，如瘋若狂，腐蝕中國

〔註 133〕王平陵：《清算中國的文壇》，《文藝月刊》第 10 卷第 1 期。
〔註 134〕王平陵：《今天我們寫些什麼》，《現實與理想》1947 年第 1 卷第 3 期。
〔註 135〕魯莽：《桐花寒節憶平陵》，《申報・春秋》1947 年 2 月 24 日。
〔註 136〕魯莽：《桐花寒節憶平陵》，《申報・春秋》1947 年 2 月 24 日。
〔註 137〕許人：《南京文壇》，《國聞週報》1935 年第 12 卷第 33 期。
〔註 138〕甲官：《南京文壇 Sketch》，《出版消息》1933 年第 3 期。
〔註 139〕餤生：《黨派文藝的清算》，《新壘》1933 年第 3 卷第 1 期。
〔註 140〕步白：《文壇消息：中國文藝社近訊》，《南風月刊》1931 年第 1 卷第 1 期。

優秀文化傳統，爲禍至烈。葉楚傖先生首先倡導「民族主義」的文藝運動，力圖挽救頹風。我在他的指導下，擔任下列四項工作：一、創辦大型文藝刊物——《文藝月刊》，每期十五萬至廿萬字，如遇「專號」及「特輯」，常常擴大至三十萬至五十萬字；我從十九年創刊號起，擔任總編輯，直到三十一年才辭去。當時，除了左傾作家，凡國內大多數詩人、作家、戲劇家，都曾投寄創作及譯稿，亦幫助了不少新興作家。……」〔註 141〕

第二，《文藝月刊》文章內容的多元化。

正如前文所述，《文藝月刊》作家隊伍是十分複雜的，既有沈從文等主張文學獨立自足、重視個體精神自由的作家，也有張道藩、謝壽康這樣的國民黨高級官員；既有韓侍桁、楊邨人等「第三種人」作家，也有陳夢家、方瑋德等新月派詩人；既有常任俠、顧仲彝這樣長期生活在書齋中的知識分子，也有王魯彥、蹇先艾等來自偏遠山區、長於描寫貧困鄉土故事的作家。加上主編王平陵有意弱化《文藝月刊》的黨派性，使之更多的呈現出純文藝刊物的色彩，這就導致該刊上刊載的文章題材廣泛、內容多元。

相對於《開展》、《前鋒月刊》等激進的右翼文藝期刊將視線聚焦於民族國家的建立〔註 142〕，王平陵編輯的《文藝月刊》的立場溫和得多，視線也集中於在城市與鄉村、現代與傳統、繁華與墮落中掙扎的各種小人物身上。被誘騙被拋棄的紗廠女工（徐轉蓬《工女》，第 5 卷第 2 期）、被戰爭逼瘋的農婦（何家槐《一個士兵的妻子》，第 3 卷第 4 期）、親自送女兒去賣淫的父母（汪錫鵬《都市人家》，第 3 卷第 8 期）、滯留在山村小客店的殘疾鹽巴客（蹇先艾《鹽巴客》，第 3 卷第 11 期）、失業困頓的族鄰鄉親（村人《故鄉》，第 3 卷第 12 期）、被迫賣掉親生獨子的父親（秋濤《父與子》，第 4 卷第 1

〔註 141〕袁道宏：《王平陵之文藝生活》，王平陵先生遺著編輯委員會編輯《王平陵先生紀念集》，臺北：正中書局，1975 年，第 162 頁。

〔註 142〕在《開展》和《前鋒月刊》上發表的爲數有限的小說和話劇中，主題偏重於民族國家的建立一類的宏大敘事。比如：《開展》第 1 期趙光濤的《天韻樓上》、第 2 期一士的《回國》和趙光濤的《風信之死》、第 3 期劍萍的《幾個時代底人》、第 4 期的潘孑農的《決鬥》、蔣山青的《克服》、王墳的《年青人的故事》和祖澄的《血》等作品都有非常強烈的民族情緒，而易康的《勝利的死》、《陰謀》和《盜寶器的牧師》、爭波的《秀兒》、心因的《野玫瑰》、李贊華的《變動》和《矛盾》、蘇靈的《朝鮮男女》、《老金》和《三里廟的黃昏》、穆羅茶的《炮臺的防禦者》、萬國安的《剎那的革命》、《國門之戰》和《準備》、黃震遐的《隴海線上》、《黃人之血》等民族主義文藝運動的代表性作品則先後發表在《前鋒月刊》上。

期）、由樸實勤勞變得刁鑽油滑的保姆（魯彥《李媽》，第3卷第5期 ）、無力供養父母妻小的書局職員（賀玉波《妹歸》，第5卷第4期）、即將臨產還在主人家幫傭並伺候孕婦的保姆（高植《徐媽》，第6卷第1期）、爲還佃租被迫賣掉惟一孫女的老六堂（陳福熙《大水後》，第6卷第2期）……這些小人物在人生的困境和社會的底層苦苦掙扎，有向善之心卻不能改變不斷惡化的生存境遇。他們慘痛的人生境遇，並非由個人原因造成，而是天災人禍使然，兵災、土匪、經濟凋敝、農村破產、投機倒把、金融黑幕、官場黑暗……通過對這些小人物命運的描寫，作家們也開始反思剛剛過去的「革命」和革命後成立的新政權對於這些社會底層的民眾而言意義何在，「要等到革命成功，這些人已經餓死一大半；等到革命成功了，這些人不是農民也不是工人，仍然是幸福的鳥兒飛不到他們的頭上，難怪他們要發瘋，難怪他們希望眞命天子出福建！他們都是這世界上被遺棄的人！」〔註 143〕這種較少宣洩革命激情和虛構太平盛世的幻境、強烈關注社會問題、質疑和批判新政權的態度在當時官方創辦的右翼中並不多見，這也與王平陵對文藝的態度有關。他認爲，「文藝是離不開時代的，是人生的反映，時代精神的前驅，環境的透明的鏡子，是由大眾的現實生活裏所發出的怨苦的叫喊，是從現實的環境裏所壓榨出來的民族的最沉痛最熱烈的悲哀。文藝的本質，決不是玄妙的東西，它的生命，就是因爲能表達人類的怨苦，和民族的偉大的悲哀而存在著，而發揚著的。眞正的文藝家決不願離開了現實的時代，離開現實的種種毒辣的教訓，去憧憬未來的夢幻，咀咒或誇耀過去的骨骸」，因此，作家必須沉靜下來，把手中的筆把中國的現實表現出來，「在中國這樣淒涼的環境裏，到處充滿著的，無一不是文藝的材料，不應該沒有眞實的文藝作品。譬如：照例要發生的一年一度的國恥，飢饉，兵災，以及土匪，賣淫婦，下層階級的慘痛等等，無一不是文藝的素材，把這些東西，採取其最精彩的部分，利用文藝的方式表現出來，我想，雖不能驚風雨泣鬼神，至少，都是值得我們下淚的資料。」〔註 144〕眞正的作家，就要敢於面對中國的現實，用文藝的筆墨忠實地寫出「民眾所急切要求解答的問題，向黑暗勢力的大膽的檢舉」，哪怕「犧牲自己一切的權益」〔註 145〕也在所不辭。作爲一份有一定讀者群

〔註 143〕村人：《故鄉》，《文藝月刊》1933 年第 3 卷第 12 期。
〔註 144〕王平陵：《清算中國的文壇》，《文藝月刊》1937 年第 10 卷第 1 期。
〔註 145〕史痕：《中國藝人的使命》，《文藝月刊》1937 年第 10 卷第 3 期。

的文藝刊物，《文藝月刊》也應當「不尙空談」，「負起責任去培養崇實和猛幹的朝氣」〔註 146〕。

不過，《文藝月刊》對於「黑暗勢力的大膽的檢舉」實際上並沒有超過國民黨的文藝政策所允許的範圍。檢舉黑暗、描寫民眾生活的痛苦，並不是要使民眾走上階級鬥爭的道路，而是要「暗示改革途徑而其思想正確者」〔註 147〕——也就是三民主義，才是解決民眾痛苦的眞正力量。因此，《文藝月刊》雖然以「純文藝」刊物自詡，仍然不能擺脫幫閒文學的命運。

除了表現下層民眾生活困境的創作之外，《文藝月刊》另外一個值得關注的亮點是沈從文、梁實秋等中間派作家的文論。如沈從文的《論汪靜之的蕙的風》（1930 年第 1 卷第 3 期）、《現代中國文學的小感想》（1930 年第 1 卷第 5 期）、《論朱湘的詩》（1931 年第 2 卷第 1 期）、《論劉半農的揚鞭集》（1930 年第 2 卷第 2 期）、《論中國創作小說》（1931 年第 2 卷第 4 期、第 5～6 期）、《山花集介紹》（1931 年第 2 卷第 7 期）、《窄而黴齋閒話》（1931 年第 2 卷第 8 期），還有梁實秋的《論「第三種人」》（1933 年第 3 卷第 7 期）、《「哈姆雷特」問題》（1934 年第 5 卷第 1 期）、《「馬克白」的意義》（1934 年第 5 卷第 5 期）、《文學與社會科學》（1934 年第 7 卷第 1 期）、《戲劇與戲劇文學》（1937 年第 10 卷第 4、5 期合刊）等論著都曾在《文藝月刊》上發表。

在中國現代文學史上，沈從文是一個獨特的存在，其文學理想與當時流行的文學派別之間存在明顯的鴻溝，學界已多有精彩論述，此處不再贅述。在《文藝月刊》上發表的這些論著中，沈從文對左翼作家「安居在上海一隅，坐在桌邊五十枝燭光的電燈下，讀日本新興文學雜誌，來往租界乘電車或公共汽車，無聊時就看看電影，工作便是寫值三元到五元一千字的作品，送到所熟習的書鋪去」，「使革命的意識從一個傳奇上培養，在一個傳奇上生存」〔註 148〕，缺乏眞誠的寫作態度提出了批評，同時認爲充滿「紳士或蕩子的閑暇心情」〔註 149〕的京派、缺乏嚴肅堅實態度，商業氣息濃厚的海派實際上都不能從容地寫出「他所經驗到的時代影子」、「民族向新生努力的歡呼與喊叫」〔註 150〕。

〔註 146〕編者：《編輯後記》，《文藝月刊》1936 年第 8 卷第 1 期。

〔註 147〕《文藝創作獎勵條例——二十二年四月十三日第四屆中央執行委員會第六十六次常務會議通過》，《中央黨務月刊》1933 年第 57 期。

〔註 148〕沈從文：《現代中國文學的小感想》，《文藝月刊》1930 年第 1 卷第 5 期。

〔註 149〕沈從文：《窄而黴齋閒話》，《文藝月刊》1931 年第 2 卷第 8 期。

〔註 150〕沈從文：《現代中國文學的小感想》，《文藝月刊》1930 年第 1 卷第 5 期。

沈從文的文學態度表現出對當時文壇上盛行的商業化和逐漸明顯的政治化傾向的疏離，強調文學應該不依賴商業和政治而存在，實際上也是在強調作家獨立於商業和政治而存在。這在當時文藝政治化、商業化現象日趨加重的 1930 年代初期，無疑具有撥亂反正的重要意義。王平陵作爲《文藝月刊》的編輯，在《文藝月刊》上刊發沈從文的論著，在某種意義上也可以視爲對沈從文觀點的贊同。不過，我們同時也要看到，沈從文對於普羅文藝和文藝商業化現象的批判，雖然自有其洞見之處，但是對於普羅文藝產生的社會背景和思想土壤還沒有足夠的判斷與把握，對於文藝商業化在現代社會中出現的必然性也有待深入探究。因此，他關於普羅文藝和文藝商業化的批評難免成爲官方實現文藝統制時可資利用的理論資源，這也是他被認爲是「民族主義文藝的有力的作家」〔註 151〕的根本原因。對此，多年之後沈從文反省到，「如果這個政策當時的用意，本不在培養作家鼓勵優秀偉大作品的產生，倒側重在抵制那些投機分子的活動，並爭取幾個無所屬的作家，來幫忙點綴點綴政治場面，增加首都一點兒文化空氣，我們還得承認，這是北伐成功後國家花錢最少成功最大的一件工作，因爲投資雖有限，經過一個相對時期，即已經見出作用。」〔註 152〕

除了上述文章之外，《文藝月刊》上還有相當一部分文章是對歐美文藝作品、文藝思潮的翻譯以及文藝動態的介紹，莎士比亞、雨果、海涅、莫泊桑、蘭姆、哈代、羅曼・羅蘭等作家也備受《文藝月刊》的推崇。其中固然有翻譯者自身學術背景的因素〔註 153〕，也不乏爲黨治文藝尋找理論依據和垘本參考的考慮。「在弱小民族文學中，不但也有可以和強盛的國家的文學相頡頏的作品，而且對於民族的解放，對於平等博愛自由的希求對於人生的熱情和悲感，在她們的作品中，有時表現得非常深摯而動人。自然這是有她客觀的原因的，她們幾乎全體是經歷過或正還受著異族的壓迫，強國的侵略，因之，國民的生活，一班都陷於貧苦和悲哀。但是她們也不甘於受苦而不反抗，於是民族革命的呼聲，便深沉的反映於文學中了。……文學是表現人生，改造

〔註 151〕亞孟：《論民族主義文藝的作家與作品》，《流露月刊》1931 年第 1 卷第 6 期。

〔註 152〕沈從文：《「文藝政策」檢討》，《文藝先鋒》1943 年第 2 卷第 1 期。

〔註 153〕如李青崖曾留學法國，翻譯了《莫泊桑全集》及左拉、大仲馬的大量作品；徐仲年獲得法國里昂大學文學博士學位，是中央大學西語系法語教授；鍾憲民精通世界語，是當時中國少有的世界語學者；顧仲彝時任暨南大學教授，翻譯了哈代、莎士比亞的不少作品；徐霞村曾留學法國；王平陵長期學習法語，並準備赴法國留學。

人生，創造人生的；我們對於在厄運中掙扎的弱小民族的文學，眞是値得無限同情與珍視的。」〔註 154〕但是這類文章在《文藝月刊》中所佔篇幅和版面過多〔註 155〕，內容也日趨學理化，就勢必壓縮《文藝月刊》對中國文藝自身存在的問題進行反省與探索空間，所探討的問題也多限於學術介紹層面，難以對中國的現實有更深入的表現。就連陳立夫也對中國文藝社的這一狀況表達了不滿，他在中國文藝社主辦的一次聚餐會上就曾指出，《文藝月刊》上發表的文章「文藝的內容偏重於個人情緒的抒發；翻譯多於創作；封面畫和插畫頹廢精巧，不能表達時代精神」，提出中國的文藝「要的是和平是偉大的夢，是上十字架的精神。我們需要讀悲壯激昂的詩歌，我們需要看沉毅雄偉的戲劇，我們需要鑒賞莊嚴聖潔的繪畫。在我們國中，不希望產生提出色情狂的哥德，不希望產生挑撥殺機的新克來，我們但希望能夠有謳歌人道主義的托爾斯泰，提倡世界和平的拉馬克。」〔註 156〕

第三節 戰後初期的無奈與逃避——王平陵編輯的《和平日報》副刊

1945 年底，劉以鬯辭去《和平日報》（重慶）〔註 157〕電訊主任和副刊主編的職務，回到上海。此時王平陵已經在重慶呆了近八年，「生活已經住慣了，氣候也能勉強適應了」，在南岸的李莊過著半隱居的作家生活，主要靠稿費養活母親、妻子和五個孩子，經濟壓力可想而知。與此同時，抗戰時期來到重慶的大批文人，都在各謀出路，做著離開陪都的準備。王平陵也盼望能夠歸舟返故鄉，但又想到故鄉闊別已久，物是人非，求職無望，「前途茫茫，長安居大不易」〔註 158〕，預感了返鄉後生活的艱難，因此做出了長期留居重慶的

〔註 154〕編者：《最後一頁》，《文藝月刊》1930 年第 1 卷第 3 期。

〔註 155〕有學者曾統計過，在《文藝月刊》第 2 卷中，共刊登作品 147 篇，外國繪畫作品、譯作、及外國作家作品介紹就占 57 篇。見牟澤雄的博士學位論文《1927～1937 國民黨的文藝統制》第 188 頁。

〔註 156〕陳立夫：《中國文藝復興運動——二十年二月十四日在中國文藝社春季聚餐會講演》，《中央週刊》1931 年第 142 期。

〔註 157〕《和平日報》有昆明、重慶、上海、桂林、漢口、蘭州、南京、瀋陽、廣東海南等多個版本，本書所指《和平日報》或《掃蕩報》如無特別說明，特指重慶版《和平日報》或《掃蕩報》。以下不再另行說明。

〔註 158〕史痕：《惜別重慶》，《和平日報》1946 年 5 月 6 日。

打算。經劉以鬯推薦，王平陵接受了《和平日報》副刊主編的職務，從此開始了爲期大約兩年半的《和平日報》編輯生涯，直至 1947 年底或 1948 年初辭去該職務，轉入重慶巴蜀中學擔任國文教員。

一

1931 年 3 月，爲「灌輸革命教育，激勵官兵士氣」〔註 159〕，國民政府軍事委員南昌行營政訓處創辦了一種名爲《掃蕩三日刊》的小刊物，由政訓處賀衷寒〔註 160〕主管，宣傳科科長張青永任主編，在軍隊中內部傳閱。1932 年 6 月，《掃蕩三日刊》因成績顯著，賀衷寒將其擴充爲《掃蕩日報》並公開發行，社址設在南昌磨子巷。1934 年，因《掃蕩日報》業務不斷擴展，社遷至漢口，又發行了《掃蕩旬刊》和《掃蕩畫報》，附帶在《掃蕩日報》後發行，讀者也不再限於國軍官兵。

抗戰爆發後，民眾對戰局的變化非常關注，而《掃蕩報》因爲有深厚的軍方背景，主要負責人也多由國軍高級將領兼任，其言論和立場能充分反映出國民黨軍方的態度，有關戰爭的消息又多以獨家專電的形式刊出，軍事新聞的來源也非常準確而迅速，因此《掃蕩報》在抗戰時期報業界的激烈競爭中「奠定其穩固的基礎與一定的地位，同時在重重磨折中欣欣向榮」，「不僅在軍報中一枝獨秀，卓然具有代表性和領導作用，抑且在全國性大報中，亦不失爲一巨擘」〔註 161〕，日發行量最高峰時達到近七萬份，這在當時是一個非常難得的數量〔註 162〕。1938 年 9 月，《掃蕩報》爲了避開日軍的襲擊，派出大批人員攜帶社內的重要設備和其他物資遷至重慶，籌備重慶版《掃蕩報》的創刊事宜。10 月 1 日，《掃蕩報》在重慶重新開始出版發行。10 月 25 日清

〔註 159〕戴豐：《〈掃蕩報〉小史》，李瞻主編：《中國新聞史》，臺北：臺灣學生書局，1979 年，第 421 頁。

〔註 160〕賀衷寒（1901～1972），湖南岳陽人。1920 年加入中國共產主義青年團，次年被開除出團。1924 年考入黃埔軍校第一期步兵科第一隊，追隨蔣介石。

〔註 161〕戴豐：《〈掃蕩報〉小史》，李瞻主編：《中國新聞史》，臺北：臺灣學生書局，1979 年。

〔註 162〕據俞樹立統計，抗戰時期全國銷量最大的報紙是上海的《新聞報》，日銷量約八萬五千份，《申報》在上海復刊後日銷量在五萬份以上，《大公報》在重慶的發行量約一萬二千份，抗戰前有相當影響力的北平的《世界日報》、天津的《益世報》則因北平和天津的淪陷而停刊。見《俞樹立致軍委會政治部簽呈》（1940 年 9 月 19 日），《民國檔案》2013 年第 4 期。

晨，在日軍進入漢口之前的一小時，《掃蕩報》社在印完當天報紙後停刊，轉移至桂林。12月15日，桂林版《掃蕩報》創刊。

1939年5月3日和4日，社址在重慶小校場的《掃蕩報》報社連續兩天遭到日機的轟炸，報社被毀。兩天之後，《掃蕩報》與《中央日報》、《大公報》、《時事新報》等幾種在重慶發行的著名報紙停刊，另外發行《重慶各報聯合版》。同年8月，在《重慶各報聯合版》發行了3個月之後，各家報紙又分別復刊。1942年6月1日，因戰事吃緊，爲節省辦報費用，集中使用人力、物力，《掃蕩報》再次與《中央日報》聯合出版，至1943年4月1日各自復刊。

1944年，因丁文安和陳友生分別辭去《掃蕩報》社社長和總編的職務，由時任國民政府軍事委員會政治部第三廳廳長的黃少谷兼任《掃蕩報》社社長。黃少谷上任後，開始對《掃蕩報》進行企業化改革，準備募集資本、成立特種股份有限公司，組建理事會和監事會，由何應欽任理事長、陳誠任副理事長，黃少谷任報社總經理兼重慶社社長，《掃蕩報》也由被認爲是「中國陸軍喉舌」的王牌軍報變成了新聞企業。除此之外，黃少谷還對重慶《掃蕩報》社社務進行改革，先後聘請了陳布雷、胡秋原、王芃生、周鯨生、王星拱、陶希聖、伍啓元、葉青、王集叢等國民黨內資深評論家爲特約評論員，加深國民黨黨義資源的深入挖掘，減少在言語上與共產黨的直接對抗，「對於地方政治、社會風氣，在適當範圍內，亦宜盡其言責」，「藉以造成正確的輿論」〔註163〕，同時聘請陸晶清爲副刊編輯，改變了《掃蕩副刊》重宣傳輕藝術的風格。這些措施使得《掃蕩報》的影響力超過了作爲國民黨中央黨報的《中央日報》，在由《新華日報》佔據優勢的大後方新聞界佔據了一定的份額。同時，報紙的發行量也有顯著增長，「由日銷兩三千份，增加到四千份、五千份……以致四萬份，區域由重慶一隅擴展到全國各省市，讀者由軍人，公務員，擴展到工人，學生。」〔註164〕據說當時在重慶，每天早上都會聽到兩種聲音，一種是「中央」、「掃蕩」、「新華」，另外一種是「新華」、「掃蕩」、「中央」〔註165〕。當時就有輿論諷刺道：「是中央掃蕩新華呢，還

〔註163〕劉詠堯：《我創辦掃蕩日報的回憶》，中國文化基金會編：《掃蕩二十年——掃蕩報的歷史記錄》，臺北：中華文化基金會印行，1978年，第58頁。

〔註164〕張希聖：《我所知道的重慶和平日報》，中國文化基金會編：《掃蕩二十年——掃蕩報的歷史記錄》，臺北：中華文化基金會印行，1978年，第107頁。

〔註165〕參見王集叢：《〈中央〉、〈掃蕩〉、〈新華〉》，中國文化基金會編：《掃蕩二十年——掃蕩報的歷史記錄》，臺北：中華文化基金會印行，1978年，第213頁。

是新華掃蕩中央？」對此，郭沫若戲言道：「把掃蕩用作這樣的動詞，大有中間的味道吧。」〔註 166〕

1945 年，隨著抗戰的勝利，國民政府準備還都南京。按照《掃蕩報》社的章程規定，《掃蕩報》社社址應設於國民政府首都所在地，因此，《掃蕩報》社總社也將隨遷南京，重慶部分作爲地方版本予以保留，原總編輯黃卓球被任命爲重慶社社長。1945 年 11 月 12 日是孫中山誕辰 80 週年的紀念日，爲了「紀念國父致力人類和平大業之精神，並表示本報必將永爲此種崇高理想而奮鬥」〔註 167〕，《掃蕩報》改名爲《和平日報》。隨著國民政府正式還都南京，《和平日報》總社也遷往南京，並相繼在上海、漢口、蘭州、瀋陽、廣州、臺灣、海口等地推出各種版本，重慶版的《和平日報》作爲一種地方版本繼續出版。1949 年 7 月 1 日，隨著軍事上的不斷失利，國民黨在大陸的失敗已成定局，《和平日報》又復名爲《掃蕩報》，並恢復了抗戰時期《掃蕩報》的《瞭望哨》、《野營》等副刊，直至 1949 年 11 月 29 日全面停刊。

二

作爲國民黨軍隊系統中「最有成績」〔註 168〕的報紙，《掃蕩報》從辦報之初就非常注意副刊的功用，認爲「除言論和新聞外，尙須給讀者提供知識與精神食糧，以饜足其求知欲，並使其身心愉快，感受深切。故副刊文字必須具備多樣性，活潑生動，風趣雋永，使之愛不釋手。」〔註 169〕但是由於其「推行軍中文化運動，剷除軍中文盲，提高官兵知識水準，實施軍人精神教育，使軍人充分瞭解盡忠國家民族的意義」的軍報性質，《掃蕩報》的副刊從創刊伊始就把對軍人的宣傳、鼓舞、教育作用放在首位，其

〔註 166〕萬枚子：《憶國民黨委〈掃蕩報〉的變遷》，中國人民政治協商會議湖北省委員會文史資料委員會編：《湖北文史集萃 文化、藝術》，武漢：湖北人民出版社，1999 年，第 49 頁。

〔註 167〕《社論：永爲和平奮鬥——本報改名和平日報紀念詞》，《和平日報》1945 年 11 月 12 日。

〔註 168〕楊先凱：《概述中國「軍報」之奮鬥及其成長》，中國文化基金會編：《掃蕩二十年——掃蕩報的歷史記錄》，臺北：中華文化基金會印行，1978 年，第 69 頁。

〔註 169〕劉永堯：《我創辦掃蕩日報的回憶》，中國文化基金會編：《掃蕩二十年——掃蕩報的歷史記錄》，臺北：中華文化基金會印行，1978 年，第 55 頁。

副刊《戰旗》的發刊詞中就這樣寫到：「戰旗所到的地方，也就是火力最猛的地方，我們不退縮，不投降，決心戰鬥。……我們要插穩我們的戰旗！」〔註 170〕到了武漢時期，由於《掃蕩報》不再限定於在軍隊中傳閱，其《自由園地》、《青年文藝》、《陣線》、《觀察家》等幾種副刊也開始以一種較爲輕鬆活潑的姿態出現，較之南昌時期火力十足的氣息，顯然是更具有可讀性。

《掃蕩報》遷到重慶之後的十二年時間裏，其副刊先後有《瞭望哨》、《青年前鋒》、《文史》、《抗戰婦女》、《戰時文學》、《電影戰線》、《現代》、《戰地》、《青年》、《電影與戲劇》、《谷風》、《重慶青年》、《掃蕩副刊》、《鐵壘》、《藝林》、《婦女新運》、《學海》、《正論》、《書報春秋》、《孔學》、《青年之友》、《和平副刊》、《樂園》、《軍聲》、《野營》等二十多種，另外還有針對流亡到大後方的中學生升學問題創辦的《開學嚮導》、針對知識青年從軍問題的《知識青年從軍文藝特刊》等不定期刊。從總體上看，這些副刊形式多樣，內容豐富，能針對不同時期出現的社會現象、亟需解決的問題及時調整辦刊思路。但是，由於當時《掃蕩報》所面臨戰爭環境和本身的軍報屬性，這些副刊主要承載的是文化勞軍的責任，因此在宣傳文藝抗戰、實行精神總動員，推行文藝通俗化方面的傾向比較明顯。激越明朗的軍歌、淺顯易懂的通俗文藝、快速簡潔的戰地通訊、形象生動的街頭劇，則成爲抗戰後相當一段時期內頗受《掃蕩報》副刊歡迎的文學樣式。《掃蕩報》的重要副刊之一《瞭望哨》的徵稿要求就明確地提出，「凡關於前方軍人生活，後方民眾組訓生活及學生抗戰生活者最爲歡迎」，「新穎，活潑，能激發抗戰意識者爲最佳」〔註 171〕。在此背景之下，抗戰時期《掃蕩報》的副刊在利用通俗文藝宣傳、組織民眾抗擊侵略者上起到了一定的作用，老舍就認爲 「通俗文藝在抗戰宣傳上已取得相當的地位，無論是寫家，還是讀者，都對它產生了好感。有許多熱心文字宣傳的人，寫來鼓詞或舊劇，請文協同人們批評。」〔註 172〕老舍本人也在《掃蕩報》的副刊上發表過不少有關抗戰的民歌，比如以下二首：

〔註 170〕彭可鍵：《南昌——一個戰鬥報紙的誕生》，中國文化基金會編：《掃蕩二十年——掃蕩報的歷史記錄》，臺北：中華文化基金會印行，1978 年，第 75 頁。

〔註 171〕《編輯室》，《掃蕩報．瞭望哨》第 818 號，1939 年 3 月 2 日。

〔註 172〕老舍：《論通俗文藝之理——文協的兩項新工作》，《掃蕩報．野營》第 575 號，1938 年 10 月 28 日。

抗戰民歌二首

（一）大家忙歌

一．

年輕的好漢快扛槍
去打小日本 大家忙
膽粗心細 志氣剛強
　　保住中華好家鄉
　　有好漢 國不亡
　　年輕的好兒郎

二．

年老的人們守家鄉
　　耕田又織布 大家忙
五穀豐收 完糧納稅
兵丁有餉 民有糧
　　不求佛 不燒香
　　愛國的不遭殃

三．

作工的好漢在後方
晝夜勤工作 大家忙
製出國貨 同胞愛用
　　不教金銀流外洋
　　興工業 國富強
　　作工的有榮光

四．

　　作買賣的好心腸
賺錢買公債 大家忙
不賣仇貨 窮死日本
　　公平交易有天良
　　我中華 無奸商
　　作商的好心腸

（二）

出錢出力歌
有錢多出錢
國亡錢不存
有力多出力
國亡身不存
中華好 地富何怕貧
百姓好 心好即黄金
毀家去救國
殺敵把命拼
有錢出錢 有力出力
保住中華傳子孫
不出錢 不出力
失了江山絕子孫〔註 173〕

隨著抗戰進入到相持階段，大後方的人們對戰爭的態度也發生了微妙的變化，從戰爭開始時對侵略者的痛恨變爲因爲看不到戰爭結束而產生的彷徨與掙扎。爲了扭轉這種局面，《掃蕩報》副刊的辦刊風格也由原來爲宣傳抗戰、鼓舞士氣、振奮民心而呈現出的明朗有力變得沉靜穩重。從內容上看，譯著、中長篇小說、學術論文、書評等代替了先前的民歌、街頭劇、軍歌、戰地通訊、通俗文藝。比如，徐訏的《風蕭蕭》、老舍的《四世同堂》、王平陵的《歸舟返舊京》、趙清閣的《騷人日記》、吳漱予的《華福先生》、沙雁的《迷霧》、陳銓翻譯的《幻想的女人》等中長篇小說先後在《掃蕩報》副刊上連載。隨著戰爭的推進，《掃蕩報》「業務蒸蒸日上」，「在勝利的國土上開放了勝利的花朵」，並成爲「中國報界的權威」〔註 174〕。

抗戰結束後，國民政府還都南京，《掃蕩報》總社也隨之遷往南京，但是重慶部分繼續保留並作爲一個分社繼續出版重慶版的《掃蕩報》，這就開始了《掃蕩報》的後陪都時期。

〔註 173〕老舍：《抗戰民歌二首》，《掃蕩報・野營》第 577 號，1938 年 11 月 12 日。
〔註 174〕楊先凱：《概述中國「軍報」之奮鬥及其成長》，中國文化基金會編：《掃蕩二十年——掃蕩報的歷史記錄》，臺北：中華文化基金會印行，1978 年，第 73 頁。

作爲抗日戰爭時期中央政府的所在地，重慶在抗戰期間工業發展迅猛，人口迅速增長，即使在國民政府還都之後人口仍在百萬以上，並留下了戰時打下的工業與文化基礎。同時，重慶也是各派政治力量的角逐場之一。此時在重慶有較大影響力的報紙，除中共的機關報《新華日報》外，還有中國人民救國會的機關報《民主生活》〔註175〕、民建的《平民》〔註176〕、民盟的《民主時報》〔註177〕和《民主報》〔註178〕等。在執政的國民黨看來，這些報紙「暴露我之缺陷弱點，誇張彼之政績戰功」〔註179〕，「詆毀政府措施，中傷軍政當局，「謬論鼓惑，造謠中傷，極盡文字寫作的能事，目的無非破壞政府威信，實際是破壞建國、破壞安定」〔註180〕，使「士氣民心沮喪惶惑」〔註181〕。面對這一局面，曾經長期是國民黨陸軍軍報的《掃蕩報》，自然要承擔起「英勇地和一切破壞毒素戰鬥，爲社會爭公理，爲國家人民爭取生機」〔註182〕的責任，在陪都重慶的輿論場中與《新華日報》、《民主報》等報紙形成競爭和對抗，爲國民黨的政治、軍事行動爭取話語權就成了重慶版的《掃蕩報》在戰後的重要任務。

但是，《掃蕩報》要取得抗戰後在重慶的話語權並不容易。首先，隨著國民政府的還都，大批抗戰時期輾轉遷徙到重慶的下江人開始返鄉，戰時轉移到重慶的企業和設備也要東遷，大量的人才、技術、資金的外流加劇了重慶市面蕭條、物價飛漲、文化凋零、人心浮躁。同時，因戰爭環境形成的全國各黨各派擱置分歧，一致抗日的局面也不復存在，執政的國民黨自然再難以以抗日的旗號駕馭各派力量。《掃蕩報》在言論上堅持黨報、軍報的立場，與《新華日報》的唇槍舌劍幾乎沒有停息。王平陵就是在這種情況下接受了《和

〔註175〕《民主生活》1946年1月在重慶創刊，主編是宋雲彬。
〔註176〕《平民》1946年1月在重慶創刊，發行人有黃炎培等。
〔註177〕《民主時報》1946年5月初創刊於成都，總編馬哲民。
〔註178〕《民主報》1946年2月1日在重慶創刊，社長是羅隆基，總編是馬哲民。
〔註179〕《戰時新聞檢查局關於該報抗檢情況報告》，重慶市檔案館、中國第二歷史檔案館編：《白色恐怖下的〈新華日報〉——國民黨當局控制新華日報的檔案材料彙編》，重慶：重慶出版社，1987年，第264頁。
〔註180〕許任飛：《在烈火錘鍊中我們樣樣堅強》，中國文化基金會編：《掃蕩二十年——掃蕩報的歷史記錄》，臺北：中華文化基金會印行，1978年，第113頁。
〔註181〕李士英：《我在重慶掃蕩報》，中國文化基金會編：《掃蕩二十年——掃蕩報的歷史記錄》，臺北：中華文化基金會印行，1978年，第207頁。
〔註182〕許任飛：《在烈火錘鍊中我們樣樣堅強》，中國文化基金會編：《掃蕩二十年——掃蕩報的歷史記錄》，臺北：中華文化基金會印行，1978年，第113頁。

平日報》副刊編輯一職。不同於《和平日報》火藥味十足的新聞與社論，王平陵編輯的《和平副刊》整體上呈現出與政局無關的景象。

在最開始編《和平副刊》時，由於還有不少作家暫留重慶，王平陵利用自身的人脈資源，約得了不少作家的稿件。尹雪曼、趙清閣、陳銓、周曙山、老向、田仲濟、余上沅、繆崇群、孫伏園、徐仲年、歐陽予倩、謝冰瑩、豐子愷等，都在《和平副刊》上發表了不少的短篇小說、劇本、遊記和隨筆。另外，《和平副刊》上還發表了不少文藝方面的理論研究文章，例如，鍾憲民談翻譯、閻折梧論戲劇、胡品清講法國文學、賀師武談音樂……一時間，《和平副刊》在較小的版面裏集合了不少滯留在重慶的非左翼文藝家的作品，不談政治，只論文藝與學術，儼然在戰後的陪都建起一個小小的純文藝的園地。

實際上，王平陵編輯《和平副刊》初期不談政治，只論文藝與學術的態度，並非表明他與政治的絕緣。正如他編輯的《中央日報》副刊《青白》和《大道》一樣，「選稿的標準，惟有適應環境與國策的需要，顧到報紙和副刊本身的立場，內定一個自有權衡，心照不宣的原則」〔註 183〕。這個「原則」，既包含了「環境與國策的需要」、也不乏作爲執政黨黨報或者軍報的「報紙和副刊本身的立場」，還兼有王平陵作爲一個深受五四新文化運動影響的編輯、作家的情感，「得到優先發表於發洩的機會」〔註 184〕的因素。此時王平陵的創作以雜文和散文爲主，並以秋濤、疾風、西冷、草萊、史痕等筆名在《和平副刊》上發表了上百篇雜文和短評，針對當時種種不良社會現象進行了辛辣的諷刺和抨擊。比如，他以草萊爲名寫的《慷人民之慨》〔註 185〕一文，諷刺各派在抗戰勝利尚未最後勝利時，就不顧人民處於再次面臨生靈塗炭的險境，也要爭權奪利的本質；對戰後出現的「接收大員」亂象，王平陵連續寫了《清查接收工作》和《清查大員》兩篇副評，對這種「濫用權力，唯利是圖，坐失民心」的現象予以痛批，同時提醒政府對接收工作要有周密計劃和全盤安排，才能「挽回失去的民心，振作頹敗的政風，洗滌勝利後所表現出的最大的污點」〔註 186〕；面對戰後無良商人利用人們急於東歸的心理哄抬物

〔註 183〕王平陵：《怎樣編副刊》，原載於《報學》1951 年 8 月第 1 卷第 1 期，轉引自胡傳厚主編：《編輯理論與實務》，臺北：學生書局，1977 年，第 277 頁。

〔註 184〕王平陵：《怎樣編副刊》，原載於《報學》1951 年 8 月第 1 卷第 1 期，轉引自胡傳厚主編：《編輯理論與實務》，臺北：學生書局，1977 年，第 276 頁。

〔註 185〕載於《和平日報・和平副刊》，1945 年 6 月 30 日。

〔註 186〕史痕：《清查接收工作》，《和平日報・和平副刊》，1946 年 7 月 7 日。

價的現象，王平陵認爲是中國人「惟利是圖，爭取個人的活命」〔註 187〕而不擇手段的國民性使然；對於各級官員貪腐成風的弊病，他認爲是「政治效率低落，未能人盡其才」、「官僚作風尚未痛加革除的緣故」〔註 188〕……對於王平陵而言，把所面對的形形色色的世態寫在紙上、編在刊物中，不過是「等於吃一貼瀉藥，把積滯的渣滓，瀉瀉清楚」，並不在意「能不能獲得讀者的共鳴，會不會觸及到某一階層的逆鱗，發生不愉快的反響」〔註 189〕。

隨著物價的飛漲、軍事上的潰敗、思想文化上的漸失民心，國民黨對思想文化的管控漸漸變得無力，其所主管的諸種黨報也失去了輿論陣地。「自檢查制度廢止後，言論龐雜，消極防止既不可能，遂不得不從事積極方面之指導。其在黨報方面，則用宣傳隨時指示其宣傳方針，並以社論委員會決定言論紀載之方針」〔註 190〕，又因爲「黨政宣傳機構既爲一體，故黨部之宣傳實即政府之喉舌，黨報則成爲政府之代言人，不僅不能代表人民利益，向政府呼籲主張，且須處處爲政府辯護，故逐漸與民眾脫節，一般人視宣傳品爲官文書，視黨報爲官報」〔註 191〕。「在思想鬥爭、新聞處理上」與「紅色的、粉紅色的報紙，經常短兵相接，針鋒相對」〔註 192〕的《掃蕩報》也陷入困境。王平陵所編輯的《和平副刊》也面臨著作家返鄉、稿源稀缺、稿費貶值、讀者銳減的困境，純文藝的編輯思路已經難以爲繼。爲了吸引讀者，王平陵所編的《和平副刊》開始轉入娛樂性、消遣性的內容，在 1946 年 6 月增加了「世象版」和「週末版」。前者每週三出刊，「多側重國內外各種軟性的中篇報導」，特別是各地的奇聞異事、風俗情態更是受讀者歡迎；後者則在週六出刊，「仿若一家精美茶室，在週末予讀者一點輕鬆的娛樂和熨帖」〔註 193〕。

〔註 187〕史痕：《殘酷》，《和平日報・和平副刊》，1946 年 10 月 10 日。

〔註 188〕草萊：《官吏第一課》，《和平日報・和平副刊》，1947 年 1 月 5 日。

〔註 189〕王平陵：《四九自述》，《申報・春秋》，1947 年 7 月 4 日。

〔註 190〕《中國國民黨中央各部會在六屆二中全會上作黨務報告（1946 年 3 月 2 日）》，中國第二歷史檔案館：《中華民國史檔案資料彙編》第 5 輯第 3 編政治（1），南京：江蘇古籍出版社，1999 年，第 413 頁。

〔註 191〕《中國國民黨中央各部會在六屆二中全會上作黨務報告（1946 年 3 月 2 日）》，中國第二歷史檔案館：《中華民國史檔案資料彙編》第 5 輯第 3 編政治（1），南京：江蘇古籍出版社，1999 年，第 420 頁。

〔註 192〕易家馭：《桂林・重慶・掃蕩報——生命史上永遠懷念的十一年》，中國文化基金會編：《掃蕩二十年——掃蕩報的歷史記錄》，臺北：中華文化基金會印行，1978 年，第 191 頁。

〔註 193〕許任飛：《在烈火錘鍊中我們樣樣堅強》，中國文化基金會編：《掃蕩二十年——掃蕩報的歷史記錄》，臺北：中華文化基金會印行，1978 年，第 114 頁。

對於長期編輯副刊、認爲「副刊的價值，還是在內容的精彩」〔註194〕的王平陵來說，《和平副刊》向娛樂化、消遣化的轉型其實並不容易。但是抗戰勝利後的陪都，仍然是各方力量角逐的戰場，《和平副刊》從貌似「純文藝」的超然態度到娛樂化、消遣化的姿態來面對歷史的風雲變幻，顯然是將文藝視爲「是眞理的火炬、是善惡的標準、是非的天秤」〔註195〕、視作家爲「國家的衛星，政黨的諍友，人民的導師」〔註196〕的王平陵在無法面對現實困境時的無奈之舉。正如著名報人、上海《新聞報》駐南京特派記者俞樹立曾寫到的那樣，「本黨握政權已有十數年歷史，除軍事上有顯著成功，政治、經濟亦有相當建樹，獨於宣傳事業可謂徹底失敗。十數年來，所辦黨報無慮數十，所耗經費何止千萬，試問曾有一報能取得當時當地之領導地位、經濟能達自給之域者乎？痛切言之，多數辦黨報者均視作一種黨官，一切言論記載務求迎合在上者心理，以達個人陞官之目的。下焉者更一切務求敷衍塞責，而絕不知爭取讀者、爭取領導地位、爭取經濟自給，甚至被人指而目之：此黨報也！若甚鄙視焉者。此誠極可痛心之事也。」〔註197〕既然「黨官」下的黨報如此，黨報下的副刊無論如何標榜「純文藝」、如何消遣與娛樂，也難逃粉飾現實的命運。

〔註194〕王平陵：《怎樣編副刊》，原載於《報學》1951年8月第1卷第1期，轉引自胡傳厚主編：《編輯理論與實務》，臺北：學生書局，1977年，第279頁。

〔註195〕平陵：《我們的路程》，《和平日報・青年文藝》1948年3月22日。

〔註196〕王平陵：《文藝界的理想》，《和平日報・青年文藝》1948年7月5日。

〔註197〕《俞樹立致軍委會政治部簽呈》（1940年9月19日），《民國檔案》2013年第4期。

第三章　書生情懷與鬥士本色——王平陵的半文化官員生涯

王平陵一生曾參加多個有國民黨官方背景的文化團體，或者在國民黨文化宣傳部門中任過職務。比如，在 1930 年代王平陵先後擔任過國民黨中央宣傳會文藝科職員、《文藝月刊》主編、中國文藝社社員、中國教育電影協會執行委員、理事，及其下屬的《中國電影年鑑》編輯委員會編委、國民黨中央宣傳部電影事業處劇本審查委員會委員、中蘇文化協會〔註 1〕會員、是文協的發起者和組織者，在 1940 年代則擔任了中華民國全國文藝作家協會〔註 2〕副

〔註 1〕中蘇文化協會於 1935 年 10 月 25 日成立於南京華僑招待所，由時任立法院院長的孫科發起，在上海、成都、桂林、湖南等地設有分會。會長是孫科，名譽會長有蔡元培、于右任、陳立夫等，會員有王平陵、曹聚仁、華林、田漢、歐陽予倩、潘公展、常任俠、鍾天心、謝壽康、左漱心、招勉之、周劍雲、徐悲鴻、馬寅初等文化界人士及諸多國民政府官員。辦有《中蘇文化》(月刊)、《中國與蘇聯》(成都分會會刊）等。該會的宗旨是「研究及宣揚中蘇文化並促進兩國國民之友誼」，主要工作有：「一、介紹蘇聯學者來華講學；二、介紹中國學者赴蘇聯講學；三、舉行關於中蘇文化之講演及展覽會；四、出版關於中蘇文化刊物；五、舉行各種促進中蘇人士友誼之集合；六，贊助國內人士赴蘇聯留學或考察遊歷事宜；七、贊助蘇聯人士來華留學或考察遊歷事宜；八、設立圖書館，搜集有關中蘇文化之書籍及定期刊物；九、其他有關中蘇文化之事業」。(參見《中蘇文化》)

〔註 2〕中華民國全國文藝作家協會 1946 年 1 月 25 日成立於重慶，國民政府還都後隨之遷往南京，社址在香鋪營，下有北平分社，籌建有上海、武漢、重慶、成都等地的多個分社，會刊是《文藝先鋒》，北平分社出版有《文藝與生活》月刊。理事長是張道藩，楊群奮、丁伯騮、王進珊、王鋭分別擔任理事會秘書及組織、服務、總務組組長，理事有余上沅、老向、邵洵美、徐仲年、胡一貫、胡春冰、宗白華、易君左、趙清閣、王進珊、傅抱石、蔣碧微、徐悲鴻、朱光潛、馮沅

理事長、中央文化運動委員會〔註 3〕重慶分會〔註 4〕副主任委員等。在上述的諸多職務中，除了在前文已經論及的《文藝月刊》編輯之外，王平陵在其中擔任實職或者對某部門、協會的工作起到不小作用的，要數在中國教育電影協會、國民黨中央宣傳部電影事業處劇本審查委員會、全國文藝界抗敵協會中的任職情況。

第一節　「宣傳政教」與「文藝修養」——王平陵與中國教育電影協會

中國電影在誕生之後，就受到了大眾的熱烈歡迎，觀眾無不「如醉如癡，幾疑置身其中」。觀眾對電影的狂熱讓有識之士意識到，「影戲雖以『娛樂』二字爲前提，但在此娛樂中，同時亦得到許多智識」、「其中固有的國民精神，也許爲學校教育所不及」，「可以引起國民的良善性」，「可以矯正一般的壞風

君、尹雪曼、趙友培、華林、易君左、李辰東等，監事徐悲鴻、錢歌川、汪辟疆、胡小石、章士釗、鍾憲民、高植、曾虛白、蔣星熠、熊佛西等，共有會員 347 人。該會以「促進文藝發揚民族文化聯絡文藝作家感情爲宗旨」，任務是「一、關於謀求我國文藝發展事項；二、關於會員作品介紹及推薦出版事項；三、關於我國文藝作家之調查及謀取合作事項；四、關於與各國文藝聯絡事項」。參見中國第二歷史檔案館編《中華民國史檔案資料彙編 第五輯 第三編 文化》，南京：江蘇古籍出版社，1999 年，第 689～697 頁。

〔註 3〕中央文化運動委員會 1940 年 2 月 7 日成立於重慶，由國民黨中央社會部發起、國民黨中央宣傳部接辦。張道藩爲主任委員，潘公展爲副主任委員（潘公展 1940 年 10 月辭職後改由胡一貫接任），梁寒操、潘公展、程滄波、陶百川等 16 人爲常務委員，王平陵、王星拱、田漢、安娥、張恨水、趙友培等 272 人爲委員。該會職責是「領導全國文化運動，深期網羅全國文化界優秀份子集思廣益，爲共同之努力」，其工作目標是「以文化力量，增加民族力量」，「以文化建設，促進國家建設」。定期舉辦各種座談會、慶祝會及歡迎會、講座、聯誼會、陪都文化團體國民月會、文化動態廣播、編印定期雜誌及叢書、獎勵戲劇寫作、設置文化招待所、調查書刊及作家、設立資料室、修葺文化會堂，舉辦有國防科學運動、國家總動員運動、民族文化建設運動、憲草研究運動、轉移社會風氣運動、守法運動、尊師重道運動、援助港滬內遷文化界人士、救助湘桂內遷文化界人士、勞軍運動、舉辦《文化先鋒》和《文藝先鋒》兩刊徵文、徵求孫中山傳記、徵求鼓勵從軍歌詞、代遠征軍募集書刊等運動，在十九個省事設有分會，附屬機構有中國文藝社、文藝獎勵金管理委員會等。參見中央文化運動委員會編《四年來之中央文化運動委員會》，重慶：中央文化運動委員會出版，1945 年。

〔註 4〕中央文化運動委員會重慶分會成立於 1941 年 3 月，主任委員爲劉百閔，有委員 33 人。1947 年 2 月改組，張洪元爲主任委員，王平陵等 31 人爲副主任委員。

俗」〔註 5〕，因此，電影被視爲進行民眾教育的重要工具。「下流社會之人，與其講求高深之理論，授以枯燥乏味之課本，不因知識簡單，難以領悟」，而電影能將製片者「勸善揚惡，及灌輸種種新智識之苦心，亦於無形之中深印觀者之腦際矣。」〔註 6〕因此，電影被視爲推行社會教育的得力工具。電影的教育作用也逐漸被執政者所認識，早在北洋政府時期，江蘇省教育會以「社會文化的立場」〔註 7〕成立了電影審閱委員會〔註 8〕，分別以「確合教育原理、能於社會發生良好影響」、「無可流弊」、「有害風化」作爲評定影片優、合格、不合格的標準，而浙江省會電影審查會也將是否有「違背善良風俗或者妨害公共秩序」視爲進行影片審核的重要指標。到了國民政府時期，各級黨部對電影的教育作用也愈加重視。上海特別市黨部宣傳部與上海市教育局設立了戲曲電影審查委員會、國民政府立法院頒佈了《電影檢查法》、國民黨中宣會設立電影股，都表明國民黨政權對電影教育功能的重視。特別是 1931 年國聯派出教育考察團來中國進行考察，之後國聯還吸收中國成爲國際教育電影協會會員國，促成了中國教育電影協會的誕生。

一

1928 年 11 月 5 日，國際教育電影協會在意大利成立。作爲教育電影的創始國，「意大利自法西斯黨獲得政權後，就應用影片作爲宣傳的武器。而他們統制電影的方法，尤其值得我們的注意」。這裡所言的「值得注意」的方法，就是在「將某有限股份小電影公司，改組爲國有之教育電影館，受墨氏之直接管轄，俾便督查其行政及指示其方針」〔註 9〕，使「電影的管理、統制、製作、配給乃至放映等等，能行使獨裁權」〔註 10〕。也就是說，國民黨內的部

〔註 5〕沈恩孚：《電影雜誌》，1924 年第 1 期。

〔註 6〕潘復：《電影與社會教育，《學生文藝叢刊彙編》，1911 年第 3 卷第 1 期。

〔註 7〕陳沂：《電影教育》，福州：福建省政府教育廳出版，1942 年。

〔註 8〕目前發現的有關江蘇省教育會電影審閱委員會的史料不多，而且多數史料顯示的該會的活動時間是從 1926 年開始，因此不少電影史研究中推斷該會的成立時間是在 1926 年。但是筆者在 1923 年 7 月 5 日的《申報》中找到一條題爲「省教育會審閱明星片之評語」的消息，其中有關於江蘇省教育會電影審閱委員會的內容，由此可以判定該會的成立時間不會晚於 1923 年 7 月初。

〔註 9〕（意）薩爾地：《意大利國立教育電影館概況》，彭百川、張培濚譯，南京：中國教育電影協會，1933 年，第 1 頁。

〔註 10〕徐公美：《非常時期的電影教育》，南京：正中書局，1937 年，第 18 頁。

分人士已經注意到意大利將教育電影納入了國家統制，按照國家意志來控制電影的製作、出版、發行、放映的整個環節，能按照國家意志最大限度地利用電影的宣傳、教育功能，爲法西斯主義極權起到推波助瀾的作用。1931 年，意大利國立教育電影館館長薩爾地作爲國聯教育考察團的一員來華。在考察過程中，他多次介紹意大利實行電影統制的情況及其國立教育電影館的成就〔註 11〕，這再次引起了國民黨內一些高層人士的注意。國民黨元老稚暉連同褚民誼、吳敬恆、戴策等人就認爲，電影是「各種事業宣傳職最利工具，其功效遠在文字語言宣傳之上」，時值「訓政時期，建設伊始，百廢待舉，欲圖興辦各種事業，必須先有相當宣傳，則電影尚矣」〔註 12〕，電影在宣傳三民主義、文化、教育、衛生、農工商業，國民黨的各項事業中都有「收效最宏」之用。

在各方的大力推動下，1932 年 7 月 8 日，經過歷時近兩個月的籌備，在召開了三次籌備會議之後，中國教育電影協會成立。在成立大會上，全體參會人員肅立，向國旗黨旗暨總理遺像行禮，並由大會主席恭讀總理遺囑，之後蔡元培、李石曾、吳稚暉、蔣夢麟、朱家驊、陳果夫、汪精衛等七人被選爲監察委員會委員，褚民誼、陳立夫、彭百川、郭有守、段錫朋、錢昌照、楊銓、張道藩、羅家倫、方治、徐悲鴻、田漢、曾仲鳴、歐陽予倩、高蔭祖、吳研因、李昌熙、陳泮藻、洪深、謝壽康等二十一人被選爲執行委員，鍾靈秀、宗白華、陳石珍、顧樹森、羅明祐、鄭正秋、孫瑜等七人爲候補執行委員。

作爲一個以「研究利用電影，輔助教育，宣揚文化，並協助教育電影事業之發展爲宗旨」的社會團體，中國教育電影協會從籌建之初就受到了政府高層以及文化界人士的高度關注。其發起人包括褚民誼、段錫朋、羅家倫、王平陵、謝壽康、吳稚暉、朱家驊、方治、葉楚傖、陳立夫、陳布雷等在內的五十餘人。這些以政界高官、文化界名流爲主的核心成員群體，不僅動用行政的手段解決了該協會資金緊張的問題，也通過對制定協會章程、制定優秀教育影片的遴選標準等手段，將黨化教育滲透入教育電影的實施過程中。

〔註 11〕參見（意）薩爾地：《意大利國立教育電影館概況》，彭百川、張培瀠譯，南京：中國教育電影協會，1933 年。

〔註 12〕《一週大事匯述——中委吳稚暉等提議組織電影文化宣委會》，《中央週刊》1931 年第 142 期。

在中國教育電影協會成立之初，活動經費主要來自會員繳納的會費。但是在成立之初，總會加上各地分會會員人數不過 300 餘人，以每位會員都能積極地按時繳納每年 2 元的會費計，加上 1 元的入會費，年收入最多也超不過 1000 元，加上「會員繳納會費不甚踴躍」，導致該會的經濟狀況「頗爲拮据」。因此，會員入會費和年費這項收入對於維持協會正常運轉而言也不過是杯水車薪，僅僅購置新片這一項來說也是遠遠不夠的。例如，中國教育電影協會於 1933 年向國際教育電影協會購進兩批影片，共計法幣 5800 元。當影片運到上海時，就收到國際教育電影協會要求馬上支付片款的通知，中國教育協會卻毫無款項可支，若是將影片退回又對協會信譽和政府形象不利。正在大家一籌莫展之時，「幸承黨政當局予以維持」，支付了一半的費用，又幫助聯繫教育部及中央大學，由教育部和中央大學共同出資 2800 元法幣，將「第二批影片各購一半，遂得渡此難關」〔註 13〕。

中國教育電影協會經費問題的徹底解決同樣首先得益於國民政府各個機構的補助。同樣以 1933 年度爲例，協會年總收入爲 8784.907 元法幣，除去教育部和中央大學支付的購片費用 2800 元，其餘的近 6000 元款項中絕大多數都來自黨政機構的補助。其中，電影檢查委員會補助 3000 元，中央黨部補助 1000 元、借墊 1500 元。其次，會員憑藉個人的社會影響力、輔之以行政手段，爲協會籌措經費。爲解決上海分會的資金問題，上海市教育局要求上海的大學、中學在每學期開學收取學費時，同時收取教育電影費，大學生每學期交 1 元，中學生每學期交 5 角。這與協會會員、時任上海市教育局局長的潘公展的大力推行密切相關。爲在南京推行教育電影，葉楚傖、方治、戴策、張道藩、魯覺悟、郭有守等會員還多次與各大影院交涉，要求各大影院在放映故事片之前加放教育片，並根據票價不同按照一定的比例向觀眾收取費用，由南京市財政局在向影院徵收娛樂捐時隨同代收〔註 14〕。這才從根本上解決了中國教育電影協會經費不足的困境。

既然中國教育電影協會在經濟上不能實現自收自支、獨立運行，要依賴於官方的扶持，那麼在其實際運作中也勢必受其控制、體現出官方的意志。

〔註 13〕總務組編：《二十二年度中國教育電影協會會務報告》，南京：總務組印，1934 年，第 63 頁。

〔註 14〕參見總務組編：《二十三年度中國教育電影協會會務報告》，南京：總務組印，1935 年，第 2 頁。

陳立夫就曾對中國流行誨淫誨盜的國產影片和驕奢淫逸的外國影片的現象表達了深深的不滿，認爲這不利於民族精神的振奮和政治主張的宣傳，並明確地指出，「電影不僅是娛樂的東西，而必須在娛樂中包含著多量的教育上文化上的意義」，「中國教育電影協會的職責，應該從積極方面努力，鼓勵甚或設法資助中國有希望的影業家，提高他們的趣味，充實他們的內容；凡已成功的作品，要加以改良，同時，並宜集合群力，創造不違背中國的歷史精神和適應於現代中國環境的作品，滿足現代中國人的需要。」〔註 15〕在該協會的工作計劃裏，也明確提出教育電影的取材標準，「應與一切電影的取材標準相同」，即如下幾項：

甲、發揚民族精神

一、顯露東方文化的優點；例如以中國固有的民族美德，如重人道，尚和平，反對侵略，扶助弱小……等等，運用到電影的材料裏，以供觀感。

二、宣傳中國歷史的光榮：例如把中國歷史上政治家，思想家，工程家，發明家努力的過程，努力的功效，作爲電影材料，以使國人知道我國不見得事事落於人後，加強奮鬥向上的勇氣。

三、表演民族革命的進程：例如晉末、宋末、明末，劉崐、文天祥、陸秀夫、史可法、黃道周等，抗敵不屈；以及最近我們推翻愛新覺羅氏所建設的帝國，而創造中華民國，這些轟轟烈烈的民族革命過程，都是復興中華民族最偉大的史實，很應該拿到銀幕上去表演。

乙、鼓勵生產建設

一、由都市轉向農村：例如積極鼓勵民眾到純潔的田間去，用自己的勞力，經營生產，發展農業經濟，把中國衰落不堪的農村繁榮起來，建樹中國最根本的立國的基礎。

二、宣傳已成的建設：例如最近涇渭渠的放閘，沿沙市宜昌一帶江堤的完成，廣州市河南內港的開闢，吳淞溪口間水道的整理，青島海港的修築……這些工程影片，公演與觀眾之前，提高一般人對於建設的興趣。

〔註 15〕陳立夫講述、王平陵筆記：《中國電影事業的新路線》，南京：中國教育電影協會印行，1933 年，第 2 頁。

三、宣傳未完成的建設：例如正在進行的導淮工程，擬議完成的粵漢鐵路，大上海的設計，新南京的企圖……以及總理的實業計劃，無一不可以表演於電影，以使民眾發生生產建設的興趣和希望。

四、指示未開發的富源：例如把邊疆的風俗，物產，鐵路，山脈，河流，自然的風景，人爲的建設，乃至各種奇異的獸類和飛禽，都製成影片，忠實的貢獻給大眾，讓我們知道中國的貧窮，中國自己能夠解放。

丙、灌輸科學知識

一、指示科學的日常應用……

二、證驗科學的自然現象……

三、鼓勵科學的研究精神……

丁、發揚革命精神

一、發揚犧牲奮鬥的精神：例如把犧牲奮鬥的事蹟，儘量地發表在影片裏，使大家對於苟且偷安，賣弄小巧，以損人利己之惡劣行爲消失於無形之中，從對人的目標，移向到對事，從個人移向到社會，再移向到國家和民族。

二、發揚刻苦耐勞的精神：例如把刻苦耐勞的精神充分地表現在影片裏，以救治時代的驕奢淫逸愛虛榮等的虛弱病。

三、發揚服務創造的精神：例如把服務創造的精神，表演在銀幕上，以撲滅國人的縱橫捭闔，掠奪仇殺等卑劣性的蔓延。

戊、建立國民道德

一、恢復固有的美德：例如把忠、孝、仁、愛、信、義等個人立身的美德，在影片裏表示出來，以期觀眾因觀感而獲得人生大道。

二、矯正公共的缺點；例如把國人利己主義的醜態，以及利益人群的各種公共道德揭示出來，使大眾服務社會，知所適從。〔註16〕

以上「標準」不僅是教育電影標準的詳細說明，還可以視爲國民黨電影政策的具體詮釋。用「民族精神」來論證其創建中華民國的正統性與合法性，用「鼓勵生產建設」來展示南京國民政府成立以來取得的建設成就、強化「精

〔註16〕中國教育電影協會編：《中國教育電影協會工作計劃書》，南京：中國教育電影協會出版，1933年，第2～5頁。

神國防」，用一般的「常識」代替「科學」〔註17〕，用倡導「犧牲」、「服務」、「忍耐」來消弭階級對立，用「忠、孝、仁、愛、信、義」作爲理想道德的標準，而不是以科學、民主、自由、平等等更具現代普世意義的理念來作爲培養現代公民的教育目標，這勢必將黨化教育滲透到教育電影之中。這表現在中國教育電影協會的實際運作過程中，從消極的方面來看，就是將電影視爲進行民眾教育的重要工具，否定電影的娛樂性，「排斥一切戀愛的神怪的以及個人主義的武俠作品」〔註18〕，從積極方面上看，就是將上述標準作爲教育電影的劇本準則，並由協會編製好劇本，送給各家影片公司攝製。如果影片公司自己編寫教育電影劇本，則需將劇本提前交協會研究審定，如果有不合規範之處，協會將提出修改要求或者直接勸告影片公司不必攝製。在協會的大力推進之下，「許多進步的影業公司，業已完全接受，積極的轉變作風了」〔註19〕，按照要求在正式放映的影片前加放協會推送的教育電影，還與協會合作，拍攝了不少符合「標準」的教育影片，如《中山陵墓及陣亡將士紀念塔》、《新生活》等。

同樣，中國教育電影協會制定的這一電影取材標準也是判斷影片優秀與否的重要標準之一。1933年和1934年，在陳立夫的倡議下，中國教育電影協會連續舉辦了兩屆國產影片競賽。國民黨中央黨部、內政部、教育部、中央研究院、中央大學、中央電影檢查委員會、中國教育電影協會等機構分別派出代表組成評選委員會，按照精神（具體分爲民族意識、科學知識、生產建設、革命情緒、國民道德）20分、劇情20分、表演20分、攝影10分、取景10分、收聲10分、對白10分的辦法對參賽影片進行評比。最終，《人道》、《自由之花》、《生機》、《姊妹花》、《人生》等影片獲獎。其中，《生機》因表現了「剷除婦女依賴積習」、「發揮婦女自立精神」、「提倡婦女正當職業」、「揭示

〔註17〕陳立夫在《中國電影事業的新路線——中國教育電影協會應負的使命》一文中特將此處的「科學」做出了說明，指的是「一般的合於科學性質的常識而言，並不是那些精微奧妙的原則和原理。那些離開日常生活太遼遠，是專門家坐在研究室裏以其畢生精力來從事的千秋大業；不是一般民眾所需要領略的東西。」參見陳立夫講述、王平陵筆記：《中國電影事業的新路線》，南京：中國教育電影協會，1933年。

〔註18〕中國教育電影協會編：《中國教育電影協會工作計劃書》，南京：中國教育電影協會出版，1933年，第8頁。

〔註19〕總務組編：《二十二年度中國教育電影協會會務報告》，南京：總務組印，1934年，第4頁。

婦女奮鬥途徑」，女主角「有犧牲奮鬥的精神、有刻苦耐勞的精神、有服務創造的精神」〔註 20〕而受到備受稱讚。由此可見，中國教育電影協會所制定的電影取材標準影響之大。

二

除了制定影片取材標準、參與電影政策的制定、對國產影片的發展方向進行引導，組織管理、拍攝、放映教育電影等常規工作之外，中國教育電影協會的工作還包括編纂《中國電影年鑒（1934）》、研究電影理論等等。王平陵積極參與其中，是《中國電影年鑒（1934）》的主要負責人和實際編輯者之一，他對電影劇本的觀點在當時的右翼文人中也有一定代表性。

1933 年 2 月 10 日，中國教育電影協會召開了第二屆第三次執行委員會議，會上，編輯《中國電影年鑒》的議案獲得通過。與此同時，會議聘請陳立夫爲編纂委員會主任委員，王平陵、戴策、潘公展、厲家祥、李景泌、盧蒔白等人爲委員。由此，編纂《中國電影年鑒（1934）》一書的工作正式拉開序幕。這些委員中，陳立夫、潘公展位高權重，不可能親自參加年鑒的具體編纂工作，時任教育部專員的厲家祥奉教育部之令正在歐洲考察教育情況、李景泌在內政部任職，而王平陵此時的主要工作是編輯《文藝月刊》和在南京中學兼課，工作相對輕鬆一些，又在中國教育電影協會常務委員會下設的編輯組任副組長，因此，《中國電影年鑒（1934）》的編纂工作就多數落在王平陵頭上。

1934 年 5 月，在歷經 8 個月的整理和編纂之後，《中國電影年鑒（1934）》在南京出版。由於「各委員均係兼辦，空餘時間有限，加之我國電影事業近來始漸發展，搜集材料頗爲不易」〔註 21〕，編纂工作比預計時間延長了四個月才得以完成。

《中國電影年鑒（1934）》由通論、專論、史料、電影檢查、電影行政、電影商業、電影從業人員統計等主要部分構成。相對於由程樹仁、陳定秀等人主編、中華影業年鑒社在 1927 年出版的《中華影業年鑒（1927）》而言，除了資料的完整性之外，《中國電影年鑒（1934）》的編纂角度也有很大的不

〔註 20〕《申報》1933 年 8 月 17 日。

〔註 21〕總務組編：《二十三年度中國教育電影協會會務報告》，南京：總務組印，1935 年，第 9 頁。

同，突破了前者單純從電影業內談電影的思路，將政府對電影的政策引導和行政管理、各國政府電影檢查政策的介紹也納入其中。也就是說，《中國電影年鑒（1934）》中所言的「電影」不再限於是大眾藝術的一種，也是體現執政黨意志、推行文藝政策的工具和手段。

在 1930 年代初期，時任國民黨中央委員會委員、中央組織部部長的陳立夫是國民黨高層中對電影最為重視的一位。他是中國教育電影協會的主要發起者、也是國民黨電影政策的主要制定者。陳立夫從維護國民黨意識形態的純正性出發，對「香豔肉感」的美國電影充斥著中國電影市場表示出強烈的不滿，他認為，這些影片拿到中國熒幕上來，「可以使觀眾感覺到中國的窮陋破敗，會心喪志，減殺向上的勇氣；同時，也極容易使一般人競慕他們的驕奢淫佚。把生活日趨荒廢頹唐，不克振拔」，其後果，「在經濟上的損失還是有限，在精神上的損失實為無窮」，「遂致社會的道德，民眾的心理，有如江河流水，愈趨愈下。不可謂非中國文化上教育上的一個莫大損失。」〔註 22〕因此，在中國這樣一個「生產落後的國家，一切都顯示著充分的貧乏」，中國的電影觀眾，就沒有美國觀眾那種娛樂的資格，發展中國電影的意義，也「並不一定是滿足了娛樂的條件而存在」，中國電影中「教育的成分，應該居十分之七；而娛樂的成分，只能居十分之三。」〔註 23〕中國的電影，就「必須在娛樂之中包含著多量的教育上文化上的意義」，「於娛樂消遣之外，必須另有一種遠大的計劃，利用電影來做我們的工具，把這計劃完全實現出來」，要「把固有的舊道德先恢復起來」，「首是忠孝，次是仁愛，其次是信義和平」，將其「盡可能地運用到電影的材料裏，表現在觀眾的面前，加強他們的信仰，引起他們的感慕，確定他們做人的方針」，使之「有民族國家上的貢獻」〔註 24〕。

從陳立夫的言論中不難看出，執政當局倡導教育電影、改變國產電影低迷狀態的眞正目的不是為了促進電影和文藝發展，而是利用電影這一手段推行黨化教育、加強對執政黨意識形態的宣傳，使電影成為「宣傳政教」最便

〔註 22〕陳立夫講述、王平陵筆記：《中國電影事業的新路線》，南京：中國教育電影協會印行，1933 年，第 2 頁。

〔註 23〕陳立夫：《中國電影事業的展望——在中央召集全國電影界談話會上演講稿》，中國教育電影協會年鑒編輯委員會編輯，南京：中國教育電影協會出版，1934 年。

〔註 24〕陳立夫講述、王平陵筆記：《中國電影事業的新路線》，南京：中國教育電影協會印行，1933 年。

利、同時又是最有效的工具。因此，對於陳立夫、潘公展等國民黨內推崇電影的官員而言，如何能如同蘇聯一般，將電影的編劇、設置、發行、流通全部牢牢地掌握在執政當局的手中，使之「作爲實現政治主張的惟一宣傳的工具」〔註 25〕才是最爲重要的問題，而電影的藝術成就能否在電影事業的發展得到同步發展顯然不是他們所關心的問題。這與王平陵對於電影的態度有明顯區別。

王平陵在編纂《中國電影年鑒（1934）》時，除了完成與相關方面的協調溝通、收集整理材料、選定議題、審閱稿件等常規工作之外，也加入到對於中國電影問題的討論。在他看來，好劇本的缺乏是中國電影發展低迷的原因是，這「可說是現在中國電影界值得注意的一個大問題」〔註 26〕。

在王平陵看來，電影劇本在電影中居於核心地位，在很大程度上決定了一部電影的成功與否。寫出一部在「意識上技巧上都能過得去的電影劇本，的確不是一件容易的事」。因此，不僅中國電影缺乏好的電影劇本，就連頗受觀眾歡迎的美國影片也往往缺乏好的劇本，多數不過是憑藉良好的物質條件滿足了觀眾的獵奇心理，實際上內容是非常空虛貧乏的。中國劇作家要寫出好的劇本，就不能僅僅從「根據通俗無聊的小說」和「個人雜亂無次的幻想」中尋找材料，要從形形色色的社會中尋找正面的素材，這些素材決不會因爲政府電影政策的規定而縮小。他進一步分析到，作家不能寫出良好劇本的原因就在於：（一）劇作家的缺乏寫作電影劇本的基本文藝修養；（二）劇作家缺乏生活經驗；（三）劇作家不瞭解演員的性格；（四）電影批評家缺乏純正的批評趣味。作家要寫出優秀的劇本，就必須要有足夠的寫作知識儲備、把握人生的眞理、深入淺出地寫出作品的中心意思。

不難看出，不同於陳立夫等文化官員主要從推行黨治、塑造對國民黨統治下的國家體制的認同的角度來看待中國電影的發展問題，作家出身的王平陵仍然是從文藝的角度談電影，將電影劇本擺在核心位置。他的觀點在某種意義上說確實也反映出當時中國電影存在的問題，但是，他沒有意識到，中國電影存在的問題並不僅僅是電影本身的問題，也不是從文藝層面寫出好的

〔註 25〕陳立夫講述、王平陵筆記：《中國電影事業的新路線》，南京：中國教育電影協會印行，1933 年，第 1 頁。

〔註 26〕王平陵：《中國電影劇本的編製問題》，中國教育電影協會年鑒編輯委員會編輯，南京：中國教育電影協會出版，1934 年。

劇本就能解決的。在一黨專政的政治環境裏，執政黨對意識形態宣傳和控制力度勢必會逐步增強，包括電影在內的種種文藝類型健康成長所需的自由空間和寬鬆的環境必將受到擠壓，其所允許作家表達的感知世界、認識世界的深度、廣度和方式也會被壓縮，使作家的創作符合其意識形態的要求。因此，王平陵在創作自由這一寫作的基本前提都不能得到充分保證的環境中，單一地談文藝修養的問題，不去追問束縛作家創作自由的根源何在，就顯得缺乏應有的清醒與判斷，在某種意義上甚至有爲執政黨推行一黨專政和意識形態控制辯解、開脫之嫌。

第二節　強化的權力與模糊的立場——王平陵與電影劇本審查

1927 年，隨著南京國民政府在政治、軍事上的節節勝利，其對意識形態的控制也在加強，在思想文化領域中以三民主義作爲中心思想，力圖實現清黨清心的目的。而電影這種新興的藝術形式，「不但能把觀眾在時間空間上察覺不到的東西，收集整列起來，用藝術的方式，在銀幕上表演，而且還能與實地表現出人生的社會的各種情態」，對「促進社會進化，健全國家組織，充實民族實力」〔註 27〕有非常重要的作用。因此，國民黨政權對電影在推行意識形態宣傳和加強意識形態控制上的期待「至遠且大」，對電影的審查和管理也成爲國民黨推行黨治文藝的重要組成部分。

一

國民黨政權的《檢查電影片規則》於 1928 年 9 月 3 日公佈。《檢查電影片規則》明文規定，從次年 1 月 1 日開始，在中國境內所播放的所有影片，都要集中接受內政部檢查，影片的內容應該「與黨義、國體、公安、風俗或保健無礙」〔註 28〕，這就拉開了國民政府全國性電影檢查的序幕。後來，因爲交通不通暢等原因，集中進行影片檢查實際無法推行下去。內政部於是會同教育部等部門，將此規則修訂爲十六條，規定自 1929 年 7 月 1 日起，分省市進行電影檢查，「在各省由民政廳教育廳或大學區之大學，

〔註 27〕《中宣會最近召集之三種會議》，《中央週刊》1934 年第 303 期。
〔註 28〕《中央法規：檢查電影片規則》，《浙江民政月刊》，1928 年第 12 期。

會同辦理，在特別市或各縣，由公安局社會局會同辦理，經由兩部會同呈准公佈」〔註 29〕。

1930 年 11 月 3 日，國民政府立法院公佈《電影檢查法》，這標誌著國民政府對電影的檢查與控制由地方性、部門性層面進入到全國立法層面，「標誌著國民黨時代全國統一的電影檢查制度的開端」〔註 30〕。雖然這一法規在日後經過了數次修改，但其確定的電影不得「有損中華民族尊嚴」、不得「違反三民主義」、不得「妨害善良風俗或公共秩序」、不得「提倡迷信邪說」〔註 31〕的核心標準卻貫穿民國時期電影檢查的始終，也爲之後推行的電影審查提供了法律依據。同時，《電影檢查法》制定的無論是國產影片還是外國影片，「非依本法檢查核准不得映演」，以及「由教育部派四人內政部派三人組織電影檢查委員會」，並「請中央黨部宣傳部派員參加指導」的合議制議事方法也爲民國時期電影檢查機構所沿用。不過，《電影檢查法》的以上規定仍然留下諸多空白，例如，審查的核心標準的範圍較爲模糊，在實際檢查中較難以準確把握，多部門派員合議議事方式往往導致多頭管理、權責不明、各自爲政、效能低下。這爲此後國民政府不斷細化電影審查標準、將偏重於思想內容的劇本審查與偏重於技術操作層面的影片檢查分離開來埋下了伏筆。

依據《電影檢查法》規定「由教育部派四人內政部派三人組織電影檢查委員會」，並「請中央黨部宣傳部派員參加指導」的合議制議事方式，1931 年 2 月 25 日，主要由教育部和內政部兩個部門共同派出人員構成的教育內政部電影檢查委員會成立。該會按照聲請、檢查、給照、修建、重檢、禁演、各地檢查、複檢〔註 32〕的程序對影片進行審查。但是，由於來自不同部門的委員很難在審片的時候到齊，委員之間的意見也難以統一，天津、上海等地租界內的電影眾多卻無法管轄，加上他們多非擅長國民黨黨務、宣傳工作的人員，而是一些「書呆子」，「不合辦理責任稍重的行政事務」，常常忙得左支右絀也不見好於片商，也使政府頗爲不滿，電影檢查往往是流於形式。按照政府要求辦事，「便得罪了中外影片商人」，剪子稍鬆，也讓人「深致不滿」。在

〔註 29〕《教育內政部電影檢查工作總報告》，出版單位不詳，1934 年。

〔註 30〕汪朝光：《三十年代初期的國民黨電影檢查制度》，《電影藝術》1997 年第 3 期。

〔註 31〕參見《電影檢查法（十九年十一月三日公佈）》。

〔註 32〕參見《本會檢查電影片程序》，《教育內政部電影檢查工作總報告》，出版單位不詳，1934 年。

左右爲難的境地裏，教育內政部電影檢查委員會諸位委員平均任職時間不過六七個月，「大概都是求去而去，以跳出火坑，離開是非之門爲幸的」〔註33〕，該委員會的工作效果也可見一斑。對此，蔣介石在給汪精衛的一封信中就曾寫到，「內教兩部所派職員意見不一，各以情感用事，對於左傾色彩影片，往往徇情通過，指導員無法糾正，只有以不出席審查作消極之抵制。至外間流言百出，此時前方積極剿匪，後方乃獨鼓吹造匪電影，矛盾現象實非黨國之幸」〔註34〕。也正因爲如此，時任中宣會主任委員的邵元沖不得不承認該委員會「內部缺陷仍多，致檢查工作常以事實困難，故不能妥善周至之進行」，提議降低選拔電影檢查委員會委員和指導員的標準，只要是「對國情民俗通達無偏」、「對三民主義有深切瞭解與信仰」〔註35〕即可，這就引起了不少黨內同志的不滿，上海市黨部甚至懷疑該委員會「非本黨同志所組織」〔註36〕。可見，改組教育內政部電影檢查委員會勢在必行。

經國民黨中央執行委員會第 109 次會議討論之後，教育內政部電影檢查委員會於 1934 年 3 月 18 日正式撤銷，由國民黨中央宣傳委員會下另設電影事業指導委員會。新成立的電影事業指導委員會以「指導全國電影事業」、「設計電影宣傳工作」〔註37〕爲工作目標，由中宣會主委邵元沖、副主委羅家倫、教育部部長王世杰、內政部部長黃紹雄等相關部門高層官員擔任任當然常務委員，陳果夫、陳立夫、褚民誼、葉楚傖、張道藩等任常務委員。

不同於教育內政部電影檢查委員會的各位委員是由多個部門各自派出人員兼任的情況，改組後的中宣部電影事業指導委員會的各位委員多來自國民黨的黨務、宣傳和文教系統的人員構成，對意識形態的控制和宣傳也有更爲

〔註33〕《弁言》，《教育內政部電影檢查工作總報告》第 1 頁，出版單位不詳，1934 年。

〔註34〕《蔣介石致汪精衛電（11 月 18 日）》，中國第二歷史檔案館編：《中華民國史檔案資料彙編 第五輯 第一編 文化（一）》，南京：江蘇古籍出版社，第 348 頁。

〔註35〕《邵元沖致國民黨中央秘書處公函（1934 年 1 月 9 日）》，中國第二歷史檔案館編：《中華民國史檔案資料彙編 第五輯 第一編 文化（一）》，南京：江蘇古籍出版社，第 354 頁。

〔註36〕《國民黨上海市黨部致中央執行委員會呈（11 月 21 日）》，中國第二歷史檔案館編：《中華民國史檔案資料彙編 第五輯 第一編 文化（一）》，南京：江蘇古籍出版社，第 348 頁。

〔註37〕《中央宣傳委員會電影事業指導委員會組織大綱》，《中央週報》1934 年第 302 期。

豐富的經驗，而且都是專任。這就意味著中央電影事業指導委員會對電影的審查和控制相較於之前的教育內政部電影檢查委員會更爲保守和嚴格。

由於原來的電影審查是在拍攝完成之後送審，一旦審查沒有通過就要遭受相應的處罰，甚至被禁演，「使營業蒙重大的打擊」，遭受「此項不必要的損失」〔註 38〕，各大影片公司對此也頗爲不滿。爲了改變這一狀況，同時也爲了加強對電影劇本的審查，新組建的中央電影事業指導委員會的一個重大改革步驟是將影片審查分解爲影片拍攝之前進行的劇本審查和影片後期製作完成之後的影片審查兩個部分，這兩部分的工作分別由中央劇本審查委員會和中央電影檢查委員會負責。王平陵長期在中央劇本審查委員會擔任委員〔註 39〕。

《中央劇本審查委員會組織大綱》規定，該委員會的工作主要是「審查全國影片公司擬定攝製之電影劇本」和「審查個人著作之電影劇本」，另外還包括審查中央交審的劇本、核議劇本的編製、獎勵優秀劇本及處理其他有關電影劇本的事宜。除委員七人之外，該委員會還設有總幹事一人，幹事和幹事助理各二人，錄事二人。具體的審查程序是，所有在中國境內準備攝製的電影劇本均需按要求提交劇本至中央劇本審查委員會審查，在通過初審和複審兩項手續之後才准許開始拍攝。其中，初審需要提交的材料包括：電影劇本名稱、劇本節略（包括劇本本事、分段、歌詞等）、編劇者信息（包括姓名、住址和職業）。在初審核准程序通過之後，中央劇本審查委員會以書面通知的形式通知申請人。申請人在收到通知之後，再將電影本事編成正式劇本（包括影片的分幕、鏡頭、字幕、對白、歌曲，動作等內容），連同申請人、導演、演職員及影片的基本材料一起交劇本審查委員會複審，複審通過之後才能進

〔註 38〕《中宣會昨在滬召集電影界談話會，葉楚傖主席報告兩要點，討論國產影片重要問題》，《申報》1935 年 4 月 15 日。

〔註 39〕中央劇本審查委員會成立時有五位委員，除王平陵之外，他們分別是：陳劍修（時任中央大學教授，該委員會常務委員）、杜庭修（時任中宣會特派員）、孫德中（當時接替朱應鵬任中宣會文藝科科長）、黃英（時任中宣會電影股總幹事、中央電影攝影場場長）。1936 年國民黨中央改組後，中央電影事業指導委員會撤銷，其下設立中央電影檢查委員會和中央電影劇本審查委員會改由中央文化事業計劃委員會掌管。王平陵、張沖（黃英病逝後繼任中宣會電影股總幹事和中央攝影場場長）、倪炯聲（時任中宣會文藝科科長）、杜桐蓀（供職於中央攝影場）、吳祐人（供職於中央黨部）、余仲英（供職於中央攝影場）、甘雨耕（供職於中央黨部）等七人任劇本審查委員會委員，其中，張沖任主任委員。

入拍攝程序。對於劇本審查標準，本書暫時未見史料詳細披露，但是從 1935 年 4 月 14 日國民黨中宣會在上海三馬路綢業銀行大樓召開的第二次電影公司負責人談話會上，陳劍修代表劇本審查委員會所作的報告看，劇本審查的標準包括積極和消極兩個方面。「在積極方面，當不外乎使影片能在發揚民族精神、鼓勵生產建設、灌輸科學知識、建立國民道德之四者，儘量發揮其功效；在消極方面，終得希望妨害善良風俗、公共秩序、及提倡迷信邪說的影片，不致出現，惟劇中有將善惡兩面作對照的描寫，期終極的目的，在勸善而非向惡，自然又當別論。」〔註 40〕另外，本書認爲，從《中央宣傳委員會徵求電影劇本辦法》和《國產影片應鼓勵其製造之標準（二十一年十二月一日第四屆中央執行委員會第四十九次常務會議通過）》這兩份文件看，劇本審查的標準應該可以以這兩份幾乎完全一樣文件爲參考。這兩份文件倡導的電影劇本標準如下：

1. 表現中華民族之尊嚴者；
2. 闡揚總理遺教及本黨主義、綱領、政策者；
3. 表現本黨革命史蹟者；
4. 激勵民族意識者；
5. 發揚中國歷史的光榮者；
6. 發揚中國固有的文化者；
7. 表現中國國民刻苦耐勞和平中正之精神者；
8. 鼓勵生產建設者；
9. 灌輸科學智識者；
10. 表演改良農工商業及其他實業者；
11. 提倡善良道德者；
12. 提倡合群及團結之精神者；
13. 鼓勵勇毅果敢之精神者；
14. 提倡善良風俗者；
15. 提倡尊重公共秩序之精神者；
16. 破除迷信邪説者；
17. 其他足以補助社會教育者。

〔註 40〕《中宣會昨在滬召集電影界談話會，葉楚傖主席報告兩要點，討論國產影片重要問題》，《申報》1935 年 4 月 15 日。

從以上材料不難看出，不論是從積極方面「發揚民族精神、鼓勵生產建設、灌輸科學知識、建立國民道德」，還是從消極方面掃除充滿迷信邪說、淫褻肉感的影片對善良風俗和社會公共秩序的不良影響，維護「本黨主義、綱領、政策」在意識形態領域的正統性和惟一性才是其眞正的目的。正如邵元沖所言，「中國電影界，對於電影作品的取材，換句話說，就是電影的意識問題，實在不能不嚴格注意的。」〔註 41〕宣揚「迷信邪說」的武俠神怪片，一方面固然與一個現代國家所追求的民主、科學精神格格不入，另一方面，武俠神怪片中所體現出來的替天行道、鋤強扶弱、作亂犯上等因素在某種程度上對執政當局的統治造成一定的潛在威脅，而淫褻肉感的影片所透露出的奢靡淫蕩之風又與此時國民黨正在大力推行的「使受教的人一切生活合乎禮義廉恥」、「使全國國民的生活能夠迅速軍事化！能夠養成勇敢迅速，刻苦耐勞，尤其是共同一致的習性和本能，能夠隨時爲國犧牲」〔註 42〕的新生活運動背道而馳。因此，中央電影劇本審查委員會存在的意義，一方面加強了中宣會對電影的集中管理和控制，另一方面中宣會可以通過對電影劇本審查標準的制定，將黨義宣傳和政策導向納入到電影生產的最初環節，力求達到意識形態控制的目的。在 1934 年第一次全國影片公司負責談話會上，中宣會就明確提出，「統一影片意識，凡階級鬥爭意識的題材，不能再有」〔註 43〕。1935 年中宣會更是「確立以『新生活運動』爲本年度國產影片之中心作風」，「改正過去盲從歐美化之錯誤，去淫褻頹唐肉感浪漫之描述，代以禮義廉恥之訓練，遵照中央規定之標準，分工合作，殊途同歸，以盡社會先導之責任」〔註 44〕。

不過，在貧富分化加劇、階級矛盾日益突出、左翼電影逐漸發展的 1930 年代，企圖使電影「不能再有」階級意識，顯然並不現實，使電影完全去除武俠、戀愛等不符合「新生活運動」要求卻能吸引觀眾的因素，又與商業電影的運行模式不相符合。而電影劇本審查委員會接受的送審影片，「確實不免

〔註 41〕《轉載：邵主任委員發表中國電影界應注意的幾件工作文云》，《中央電影檢查委員會公報》1934 年第 1 卷第 1 期。

〔註 42〕蔣委員長講：《新生活運動之要義》，出版地不詳，新生活運動促進會刊印，1934 年，第 22、26 頁。

〔註 43〕《民國廿三年影壇大事記：中宣會電檢會教影會一年來之工作情形》，《電聲》1935 年第 4 卷第 1 期。

〔註 44〕《中宣會昨在滬召集電影界談話會，葉楚傖主席報告兩要點，討論國產影片重要問題》，《申報》1935 年 4 月 15 日。

以戀愛、失業爲骨幹，而參加以肉感、劫殺等場面，以達到把握觀眾的目的」。因此，中央電影劇本審查委員一方面對劇本嚴加審查，導致「劇本產量的低減與內容的貧乏」〔註45〕，「蓋因嚴厲約束之下，劇本產量銳減，頓形銳減故云」〔註46〕，通過複審率不過百分之四十左右〔註47〕，另一方面，又不得不承認，「要寫成一個在意義上技巧上，都能過得去的劇本，的確不是一件容易的事」，「不能以觀眾的趣味標準作爲劇本作風的唯一的傾向」〔註48〕。可見，對於劇本審查委員會而言，在黨治文藝的意識形態宣傳、電影藝術如何表現社會和人生、觀眾的觀影期待之間如何達到平衡，確實是一件非常微妙的事。張沖就曾暗示「影片中也不妨描寫窮人，若是專拍富有者的享樂生活，也會令人感到厭棄」〔註49〕。同時，這也導致該委員會審查工作進展緩慢，甚至出現影片審查已經通過，但是劇本審查還未完成的情況〔註50〕。

二

作爲唯一一個在中央電影劇本審查委員會改組前後均有任職的委員，同時也是該委員會中的惟一一個作家，王平陵不但對劇本的審查自有一套看法，同時也積極地寫作電影劇本。

在王平陵看來，他在中央電影劇本審查委員會所審查的幾百種劇本中，能夠讓人覺得比較滿意的劇本爲數非常少，多數劇本是「粗製濫造，不知所云，叫人看得沉沉入睡」，作家不熱衷於電影劇本創作，電影公司爲了吸引觀眾，任由缺乏必要文藝修養的編輯者從通俗小說中選取劇本材料，這樣製作出來的電影劇本，往往是「既無意義，又乏精彩」，如果再遇到不認眞負責的

〔註45〕石英：《觀感》，《聯華畫報》1935年第6卷第10期。

〔註46〕《劇本審查會工作清閒》，《影戲年鑒（1934）》，《電聲》週刊社編，出版年不詳，第217頁。

〔註47〕據統計，自中央電影劇本審查委員會從1933年11月開始審查劇本起，至1935年3月，接受的送審劇本共234種，其中初審通過的有158種，複審通過的有102種，不通過的有83種，未送複審有49種。1935年接受的送審劇本有110種，初審通過的有84種，複審通過的有45種，未送複審的有37種。參見《影迷年鑒（1934）》、《娛樂週報》1936年第2卷第17期。

〔註48〕《中宣會昨在滬召集電影界談話會，葉楚傖主席報告兩要點，討論國產影片重要問題》，《申報》1935年4月15日。

〔註49〕泊泊：《張沖宴請電影界，希望外片絕跡於國內》，《電聲》1934年第3卷第47期。

〔註50〕參見《影片審查與劇本審查》，《電聲》1934年第3卷第37期。

導演和演員，「成績之壞當然是令人不敢想像的」〔註 51〕。可以看出，王平陵對當時電影劇本編製中爲了商業利益不顧文學水平的現象頗爲不滿。而電影劇本審查委員會的審查標準與王平陵等審查委員對劇本文學性的重視之間並不完全一致的情況，也往往導致題材類似、水平相近的劇本由不同委員審查而出現不同命運的情況。對此，歐陽予倩、周劍雲等人就進行過猛烈抨擊，「中央之劇本審查委員會，對電影公司送審劇本，不但時間上極慢極慢，對於劇本內容之審查，時有莫名其妙之批示，如『劇情平凡』等等，對公司之劇本，加以無理的干涉」，「劇審會之弱點，如對於劇本內容，通過與否，毫無標準，譬如《姊妹花》、《漁光曲》之貧富生活之描寫，予以通過，而對於大同小異之劇本，則批爲描寫階級鬥爭，不予通過……」〔註 52〕可見，電影公司、劇本編劇對劇本審查的關鍵在於劇本思想取向是否符合執政者的需要是心知肚明，而劇本本身的內容和價值則並非其審查的主要對象。而王平陵等對劇本文學性的重視，在電影劇本審查委員會中算是特例。

在任中央電影劇本審查委員會期間，王平陵還寫過不少電影劇本，目前已知的有《重婚》、《孤城落日》（與王夢鷗合作）、《慈母心》、《紫金山的春天》和《生命線》（與王夢鷗合作）五部。其中，《重婚》1934 年由明星影片公司拍攝成同名電影，得到了劇本審查委員會、電影審查委員會「成績甚佳」的評價，並在 1935 年與聯華公司的《神女》和《大路》、陶林公司的《海京伯大馬戲》、藝華公司的《飛花村》、電通公司的《桃李劫》等影片一起獲得了出國放映的執照〔註 53〕。《孤城落日》刊載於《文藝月刊》1936 年第 2 期，「取材唐張巡孤軍困守睢陽、抵抗羯種人安祿山、及民卒誓死不屈，南霽雲突圍求援，終以糧盡彈絕，同時殉身報國之故事。全劇悲壯慷慨、熱烈緊張，爲針對現代之歷史名劇」〔註 54〕，當選爲江蘇省教育廳第三次徵求教育電影劇本。而《慈母心》則當選爲江蘇省教育廳第二次徵求教育電影劇本，並交由明星電影公司拍攝。其主旨在於「敘說健全的母性教育影響兒童身心之重要，及母親爲兒子的前途種種奮鬥之經過，情節悲壯激昂，令人心感。蘇教廳爲

〔註 51〕王平陵：《中國電影劇本的編製問題》，中國教育電影協會年鑒編輯委員會編輯，南京：中國教育電影協會出版，1934 年。

〔註 52〕《電檢會主席委員羅剛之宴——上海電影界主要人員的參加宴會，周劍雲歐陽予倩抨擊劇本審查會》，《電影新聞》1935 年第 2 卷第 1 期。

〔註 53〕參見《中央電影檢查委員會公報》1935 年第 1 卷第 17～18 期。

〔註 54〕《申報》1936 年 11 月 24 日。

力求完密，曾請陳果夫氏詳細指示修改各點，因此，不特內容更見完美，而教育的意義，及戲劇的表現力，尤覺兼籌並顧、圓滿無缺云。」〔註55〕但是本書所查閱的資料中尚未發現有關該電影劇本或影片的後續報導，大約是最終沒有拍攝。而《紫金山的春天》據說「題材與作風均極新鮮」〔註56〕，交由天一公司拍攝。《生命線》獲1937年度教育部徵求電影劇本第二名〔註57〕，但本書尚未發現有關這兩個劇本的其他相關線索。

在《重婚》中，太湖邊樊川村農民黃春山憑藉自己的勤儉節約積累了不少家產，成爲村裏唯一的富農。可是由於出身農民，目不識丁，家中人丁又不旺，黃春山常常受村裏一些地痞流氓欺負。爲了一洗恥辱，黃春山決定送獨子黃文華進入縣城的新式中學念書，以期將來黃文華能夠謀得一官半職、出人頭地。鄰村的大鄉紳馬家彥認爲文華念了縣裏的新式學堂，今後必定前程無量，願意把自己的女兒馬繡鳳嫁給文華。但是，文華讀中學以後卻無心念書、沾染了不少不良習氣，升學自然無望。而來自鄉紳家庭的繡鳳與出身農民的公婆在生活方式上有諸多的矛盾，導致黃家家庭關係緊張。爲了擺脫困境，文華偶然間看到上海申江政法大學的招生廣告，就決定去投考，希望以後好當大官、或者當律師敲竹槓。不過，所謂申江政法大學不過是一所混文憑的野雞大學，就讀的學生不是浪蕩子就是交際花。黃文華入學之後更是被大城市紙醉金迷的生活吸引，冒充富家子弟與交際花李香芹以夫妻名義同居。爲了維持同居生活所需的高昂費用，黃文華不斷編造種種理由向父親要錢，而且數目越來越大。黃春山年事已高，無力再做更多農活，此時又正遇上市面銀根收緊，米價低賤，黃春山無力支持兒子所需費用，不得不賤賣存糧和田地，一心想讓兒子早日畢業，求得官職。爲了給兒子送錢，黃春山來到學校，不巧遇上李香芹，黃文華解釋說黃春山是家中的長工。但是李香芹仍然對黃文華和黃春山之間的關係產生了懷疑，並悄悄跟蹤至樊川村一探究竟，發現黃文華不過是農民，並且早有妻室的事實。真相大白之後，李香芹和馬繡鳳分別控告黃文華重婚，並提出了巨額賠償要求。黃文華被判入獄，黃家也最終傾家蕩產、家破人亡。

〔註55〕《申報》1935年8月28日。

〔註56〕《申報·電影專刊》1934年12月11日。

〔註57〕此次教育部徵求教育電影劇本的標準是發揚民族意識，培養模範公民、提倡新生活運動、復興農村等。蔣星德的劇本《大地春回》獲第一名和獎金500元，王平陵、王夢鷗的《生命線》獲第二名和獎金300元。參見《申報》1937年4月2日第三張。

1934年12月20日，電影《重婚》在南京、上海、杭州、蘇州等地同時上映。其中包括南京首都大戲院、上海新光大戲院、蘇州大光明大戲院、杭州大戲院等當時的大影院都在放映該片。同時，《重婚》得到了《申報》、《時報》、《中華日報》、《時事新報》、《大晚報》、《東方日報》、《新夜報》等報刊的盛讚〔註58〕和不少觀眾的好評。這其中固然由，該片由當時的名導演吳村，名演員高占非、嚴月嫻、高倩蘋、謝雲卿等人帶來的明星效應，以及影片處理技巧得當的原因，但更重要的是影片選擇了與當時流行的左翼電影不一樣的視角來處理有關農村的故事，符合身居大都市、生活條件較好、與左翼電影的關注視角並不一致的部分市民欣賞習慣。

不難看出，《重婚》同樣講述的是一個江南富農家庭如何破產的故事。在左翼電影流行的1930年代，有關農民破產這一題材的電影並不少見，如《豐年》〔註59〕、《春蠶》〔註60〕、《小玩意》〔註61〕、《掙扎》〔註62〕、《到西北去》〔註63〕、《漁光曲》〔註64〕……不同於上述影片將農民破產的原因歸結於帝國主義、軍閥、買辦資本家和地主等惡勢力的重重壓迫、並爲農民作出反抗提出合理化的論證，《重婚》裏富農黃春山的破產卻是由於其子黃文華的不良生活習性和敗壞的道德品質使然。正是由於黃文華忘恩負義、好逸惡勞、揮金如土、見異思遷、虛僞狡詐的本性，一而再再而三地欺騙老父，才使得家中辛苦積攢多年的家產最終被洗劫一空。也就是說，《重婚》的主題實際上是爲當時比較普遍的農村經濟凋敝、農民破產的現象提供另外一種解釋——是個人的道德品質的墮落而非左翼電影所闡釋的由於政治、經濟、社會的原因導致。王平陵就曾明確地說：「在時賢的作品中，或銀幕上所接觸的有關農村的虛僞的描寫，不免令人發笑」，「現代中國的都市，固然十分的落後，但在我觀來，現代中國的農村，也不見得怎樣單純，怎樣高尚。在久住過農村的人，都可以知道農村的道德早已被破滅無餘了，那種勢力，卑鄙，寡廉，無恥的行爲，並不比都市中人少一些。有些人誤會著中國的農村裏是理想的

〔註58〕參見1934年12月20日《申報・電影專刊》。
〔註59〕該片由阿英編劇、李萍倩導演，明星影片公司1933年攝製。
〔註60〕該片由茅盾原著、夏衍編劇、程步高導演，明星影片公司1933年攝製。
〔註61〕該片由孫瑜編導，聯華影業公司1933年攝製。
〔註62〕該片由于定勳編劇、裘芑香導演，天一影片公司1933年攝製。
〔註63〕該片由鄭伯奇編劇、程步高導演，明星影片公司1934年攝製。
〔註64〕該片由蔡楚生編導，聯華影業公司1934年攝製。

高尚的境界，農民的腦袋是富於前進的革命意識的，簡直是夢囈。所以，我們要復興中國的農村，物質上的建設固然重要，但，精神上的補救，以及封建勢力的摧毀，實在也是當務之急。《重婚》中所能報告觀眾的，還不過是部分的而已！」〔註65〕

王平陵對於《重婚》的處理，在當時也確實迎合了一部分身居大都市的「中人階級」的觀眾對於電影的期待。對於這部分觀眾而言，好萊塢流行的肉感影片和專寫風月戀愛的國產片自然沒有現實的意義，而左翼電影院中所展示的故事又與他們所接觸到的、所願意接受的現實並不一致。比起「階級鬥爭」、「革命」等與他們之間存在著相當隔膜的詞匯來說，他們更容易接受的是「青年與戀愛」、「婚姻與家庭」、「教育與職業」等與其現實生活密切相關的內容。這正如當時有人所寫到的那樣：

……神怪片不是曾猖獗了一個很長的時間嗎？風月片——這個名詞是作者杜撰的，它的意義是指點一般鴛鴦蝴蝶派的無病呻吟專談戀愛的片子——不是至今仍存在嗎？還有，最近的過去，不是高唱「前進」「革命」而又歪曲了現實地攝製了少數反時代的反革命的影片嗎？能切實地把握現實，絕對在中國社會背景裏所尋找出來的典型性的事物，攝成影片，恐怕還是《重婚》爲最成功的吧。

……以戀愛爲題材的電影劇本不知拍攝了多少，然而能緊緊地抓住了這新舊兩種婚姻裏典型性的題材的，我們不得不推許《重婚》。

……

《重婚》既提示了這現代青年三大問題——婚姻、職業、教育——之一般的病態，而它的聯繫又非常自然而不生硬。每一個小節都並不故事化、戲劇化，觀眾正好像在讀著報上的一段社會新聞。它的所以如是成功的原因，就爲了編劇是抓住了現實，這現實並不是死讀「經典」、崇拜「偶像」以後而杜撰的現實，確實是由中國現社會裏找出來的呀！〔註66〕

也正是由於王平陵對劇本題材的處理迎合了部分觀眾，《重婚》才得以在上海、南京、蘇州、杭州等地熱映，贏得了不少的好評。同時，它也契合了國民黨電影政策對電影不得「宣傳三民主義以外之一切主義，對於黨國有所

〔註65〕王平陵：《〈重婚〉劇作者言》，《時代電影》1934年第6期。
〔註66〕寒梅：《〈重婚〉吾評》，《新人週刊》1935年第1卷第17期。

危害」、不得「曲解誤解，或惡意抵惡本黨主義，綱領，政策及決議」、不得「提倡鼓吹階級鬥爭」〔註 67〕的要求、符合國民黨倡導「描寫民生之凋敝及封建力之流毒，並暗示改革途徑而其思想正確者、「闡發人生之奧義而見解正確」〔註 68〕的文藝規範，體現出國民黨黨治文藝以調和而非鬥爭、以個人道德品質而非社會原因來解釋現實中大量存在的貧富分化、階級對立的現象，是一部將黨治文藝與商業電影巧妙結合的影片。

第三節　文藝與政治之間的困惑——王平陵與文協

作爲中國現代文學史上「特殊而重要的文學組織」〔註 69〕，文協在抗戰時期起到了組織不同派別和政見的作家、領導全國文藝運動的重要作用。而王平陵正是這個文學組織最初的發起者和組織者，在文協成立之後還長期擔任組織部部長和常務理事，對於文協的產生和發展起到了重要的作用。

一

1937 年 11 月中旬，隨著戰事的吃緊，國民政府移都重慶，南京各機關、學校也開始大規模遷往重慶、漢口、武昌等地，王平陵所在的中國文藝社也奉命遷往漢口。11 月 27 日，在經過了五天的跋涉之後，王平陵所搭乘的建設委員會運載電氣試驗儀器和檔案資料的貨船，途經蕪湖、九江等地，到達漢口。此時，漢口已經聚集了大批文化界人士。如何把流落在武漢的文化界人士組織起來，就成爲文化部門的主管官員必須思考的問題。

1937 年 12 月，來自東北的劉清揚找到留在武漢的各劇團負責人，號召組織抗敵募捐聯合大公演。12 月 25 日，這次由來自不同劇種、不同劇團的演員共同參加的演出取得了出人意料的成功。演出之後，王平陵負責的中國文藝社與湖北省教育廳、文化行動委員會聯合宴請參演人員。就是在這次宴會上，「大家想起了可趁此機會實現向所急需實現而未實現的中華全國戲劇界的一

〔註 67〕《電影片檢查暫行標準》，《中央電影檢查委員會公報》1932 年第 11 期。

〔註 68〕《文藝創作獎勵條例（二十二年四月十三日第四屆中央執行委員會第六十六次常務會議通過）》，《中央黨務月刊》1933 年第 57 期。

〔註 69〕段從學：《文協與抗戰時期的文藝運動》，北京大學博士學位論文，2006 年，第 1 頁。

次大聯合」〔註 70〕。因此，由王平陵、陽翰笙發起，方希孔同意，張道藩、洪深、田漢等人附議，中華全國戲劇界抗敵協會籌備委員會成立，並於 12 月 28 日在普海春酒家舉行了第一次籌備會。經過幾天的緊密安排，12 月 31 日，中華全國戲劇界抗敵協會正式成立。中華全國戲劇界抗敵協會從提議到最終成立，不過幾天的時間，成立速度如此之快，除了各劇團及演員的積極響應和籌備委員會的大力推動之外，更重要的是，張道藩等國民政府文化部門的主管官員認識到，在抗戰時期如果不能把文化界的力量組織起來，不僅不能發揮文化界的作用，還對於喚起、發動民眾參加抗戰十分不利。「以往沒有團結堅固的組織，沒有集中的力量，所以有許多的努力，免不了不盡妥善不甚經濟的弱點，因此對於抗敵戰事還沒有發生戲劇理想的成就和最偉大的力量」，對於廣大的未受過教育的民眾，也「不能再等候著國家用平常的方法教導他們了。現在的最好的方法，就是要用一種直接，簡易，而且能迅速的喚起民眾對於抗敵戰事有深切認識的方法。這種方法是什麼？就是有計劃的，大規模的，應用戲劇藝術的力量來喚起全國同胞盡大家出力出錢的責任。」〔註 71〕

與中華全國戲劇界抗敵協會成立情況相似的是，「文協」從籌備到成立的速度也十分迅速。正是在中華全國戲劇界的成立大會上，陽翰笙受會場團結而熱烈的氣氛感染，突然想到作家也應該能像戲劇家一樣在抗戰的旗幟下團結起來。陽翰笙立即找到在場的王平陵表達了這一想法，王平陵馬上同意。於是，二人商定，由陽翰笙去聯繫各位作家，王平陵負責爭取國民黨中央宣傳部的支持。

在本書看來，陽翰笙找到王平陵，而非其他右翼文人商量成立文協一事並非偶然。正如前文已經論述，王平陵負責主編《文藝月刊》多年，刊物中呈現出的中性、模糊的辦刊風格吸引了不少的來自不同派別、有著不同文藝理想的作家，這在當時國民黨文人所創辦的刊物中十分罕見。因此，王平陵較之其他國民黨文人在非右翼作家群體中有著更廣泛的人脈資源，由他代表執政黨出面負責籌建文協的話，更能把不同社團、不同派別的作家組織起來。第二，從個人性格來看，王平陵的性格比較溫和，對人熱情誠懇，遇事往往採取息事寧人的態度，很少與人發生正面衝突，就算今後文協內不同派別、

〔註 70〕秋濤：《全國戲劇界抗敵協會成立經過》，《抗戰戲劇》，1938 年第 1 卷第 4 期。
〔註 71〕張道藩：《戲劇界的團結》，《抗戰戲劇》，1938 年第 1 卷第 4 期。

不同政見的作家發生衝突時，王平陵也能從中起到積極的調和、斡旋作用。第三，從王平陵的個人經歷來說，他在中國教育電影協會中曾多次擔任會議秘書和《中國電影年鑒（1934）》的編輯組副主任（編輯組主任是陳立夫），有較爲豐富的辦會經驗和組織協調能力，較之其他的多數作家來說，王平陵對行政事務的處理能力顯然更強。

組建文協的想法與顯然國民黨內主管文化的張道藩等人的「有計劃的，大規模的，應用戲劇藝術的力量來喚起全國同胞盡大家出力出錢的責任」的想法不謀而合，因此，邵力子、張道藩等人對王平陵關於組建「文協」的報告立即表示了支持。同時，陽翰笙也先後聯繫到了田漢、胡風、樓適夷等左翼作家，他們也對籌建文協的想法表現出很高的熱情。於是，陽翰笙常常前往中國文藝社與王平陵、華林等人商議籌建文協一事。經過多次商議之後，作家們得出了結論：建立文協「在抗戰的陣營上，是急需；在文藝本身的發展上，是必須」〔註 72〕。1938 年 1 月 24 日，中國文藝社在漢口普海春酒家，「主催留武漢的作家們第二次聚餐」。參加聚餐的有老舍、老向、胡秋原、姚蓬子、安娥、彭慧等十幾人，並選舉出老舍、馬彥祥、馮乃超、胡風、樓適夷、老向、王平陵、姚蓬子、陳紀瀅、吳奚如、穆木天、沙雁、安娥、葉以群任臨時籌備委員會委員，其中，王平陵任總書記，胡風、馮乃超爲書記，使有關籌建「文協」的工作範圍，「逐漸向具體方面進展」，並擬定了四種文件：

> （一）樓適夷起草全國文藝界抗敵協會發起旨趣。
>
> （二）馮乃超起草全國文藝界抗敵協會簡章草案。
>
> （三）王平陵擬定全國作家調查表格。
>
> （四）老舍王平陵起草由正式籌備會名義，分致各地文藝界負責人公函。〔註 73〕

此後，臨時籌備委員會先後召開了 6 次會議，將各項工作逐一落實。1938 年 2 月 16 日，在蜀珍酒家召開的第六次臨時籌備會上，邵力子、張道藩應邀出席，通過了上述 4 個文件，並宣告由張道藩、老舍、胡風、王平陵、華林、陽翰笙、吳組緗、蘇雪林等 28 人組成的「文協」正式籌備會成立。從正式籌

〔註 72〕 草萊：《中華全國文藝界抗敵協會籌備經過》，《文藝月刊・戰時特刊》1938 年第 1 卷第 9 期。

〔註 73〕 組織部：《組織概況》，《抗戰文藝》1939 年第 4 卷第 1 期。

備會成立到 1938 年 3 月 27 日「文協」正式成立的 40 來天時間裏，正式籌備會接連召開了 15 天的會議，主要完成了「（一）徵集全國各地作家入會；（二）審查會員表格；（三）決定大會成立日期，大會儀式及程序；（四）推茅盾起草致世界文壇的公開宣言；（五）推老舍吳組緗起草大會的成立宣言；（六）推樓適夷起草慰勞最高領袖贊前敵將士的電報；（七）推胡風起草致日本被壓迫作家的公開信；（八）推盛成，秦滌清，卜道明，戈保權，將各項宣言譯成各國文字由各通訊社發刊世界各大報；（九）推中國文藝社辦理立案手續」〔註 74〕等多項工作。這些工作涉及人員眾多、頭緒複雜，要在短時間內完成實屬不易，這與從倡議建立文協到最終文協成立整個過程都參與其中的王平陵的努力密不可分。特別是徵集作家入會、審查會員表格及在政府各部門完成「文協」的各項立案手續這幾項看，更是由王平陵主要操辦。因此，可以說王平陵不僅在「臨時籌備過程中的作用最大」〔註 75〕，而且正式籌備階段中也完成了大量的事務性工作，是文協的主要發起者和組織者。

王平陵對文協的籌備和組織如此盡心盡力，除了他自身對文藝事業的熱愛之外，也是他身爲一個作家對自身責任與使命的自覺承擔，還不乏王平陵欲借組建「文協」機會加強非右翼作家對政府的認同的想法。正如他所說：「在非常時期，我覺得文學作者都是同爲民族戰士的一員，全國民眾抗戰的精神與情緒，要使能與踏在火線上苦鬥的壯士們的熱血，同樣的沸騰愈持久，始終不會有疲乏鬆懈的時刻，是文學作者的責任；因戰爭所發生的種種實際的問題，應如何就能得著圓滿的解決，是文學作者的責任；戰時教育如何設施，社會經濟如何組織與分配，政治機構怎樣就能便利與抗戰的開展，農工生產的效率，如何策進與鼓勵，無一不是文學作者的責任。文學作者應該竭其所能，實現智力與勞力的協作，特別注意與國家新生命的發揚與廣大，務必要實現使人民與政府結成一體，使戰爭和文化打成一片。」〔註 76〕如何使作家發揚與光大「國家新生命」、如何「使人民與政府結成一體，使戰爭和文化打成一片」，則是「文協」正式成立之後王平陵打算主要從事的工作。

〔註 74〕組織部：《組織概況》，《抗戰文藝》1939 年第 4 卷第 1 期。

〔註 75〕段從學：《文協與抗戰時期的文藝運動》，北京大學博士學位論文，2006 年，第 39 頁。

〔註 76〕王平陵：《戰時文學家的責任》，《民意週刊》1938 年第 4 卷第 11～12 期。

二

1938年3月27日，「文協」在漢口成立。參加「文協」成立大會的，既有邵力子、張道藩、方治、馮玉祥、陳銘樞、伍廷休（代表陳立夫參會）等國民黨高層官員，也有周恩來、郭沫若等中共代表，還有日本作家代表鹿地亙等，加上各界黨政界人士、作家，共有100多人出席這次成立大會。分屬不同派別的作家如此大規模地聚集一堂、共同議事，在中國現代文學史上尚屬首次，這與當時所處的日本侵華戰爭的形勢環境緊密相關。正如《告全世界的文藝家書》中所寫到的那樣，「我們在政治上只有一個目標一個信念，中華民族必須求得自由獨立，而要求得到自由獨立，必須全民族精誠團結」〔註77〕。也就是說，「文協」裏作家們取得一致的基礎並非政治分歧的消除，而是民族危機加劇的情況下各派分歧的暫時擱置。這就意味著，一旦戰爭情況陷入僵持階段，各派暫時擱置的分歧又將重新浮現。

如果說在「文協」的籌備、創辦階段王平陵是其中的主要負責人、對「文協」的各項工作都積極主持、協調和參與的話，那麼在「文協」正式成立之後其表現則顯得消極不少。「文協」成立之後，該協會的日常工作主要是總務部舉辦各種文藝講座、報告會、座談會，出版部出版「文協」會刊《抗戰文藝》，而王平陵擔任部長的組織部的工作則鬆懈得多。老舍就曾反思，導致文協「半死不活，它卻始終沒有死」的主要原因之一就是「組織方面甚欠周密，總會與分會及散居各地的會員都聯絡得不夠好」、「作事的態度偏於只求無過，不求有功」，因此，他認爲要改變這一狀況，今後的文協就要做到「會員的資格必須嚴格的規定，並且不許通融」、「分會不得隨便成立，而且一經成立，就必須與總會有密切的聯絡」、「必須有專人擔任組織的責任與事務，萬不可馬馬虎虎」〔註78〕。老舍的反思是專門針對「文協」的組織工作來說的，並且著重強調今後「必須有專人擔任組織的責任與事務，萬不可馬馬虎虎」，這也可以從一個側面反映出王平陵擔任部長的組織部處理組織工作的態度和效果。

對於長期擔任「文協」組織部部長的王平陵而言，審查會員資格、發展會員、指導各地分會和通訊處展開工作只是其日常的事務性工作。除此之外，

〔註77〕《告全世界的文藝家書》，文天行編：《中華全國文藝界抗敵協會資料彙編》，成都：四川省社會科學院出版社，1983年，第14頁。

〔註78〕老舍：《文協的過去與將來》，《抗戰文藝》1946年第10卷第6期。

將執政的國民黨及國民政府政府關於文藝的各項指導思想貫穿、滲透到「文協」組織部發展會員、指導工作的過程中，則更爲重要與緊迫。但是王平陵對於組織工作的態度，對執政黨的文藝政策滲透無所作爲，甚至對常規工作的處理也是「甚欠周密」〔註 79〕。

1939 年 3 月 12 日，國民政府公佈《國民精神總動員綱領及實施辦法》，指出當時的中國面臨著「基礎之團結雖立，而精神之統一未臻，忠勇發奮之表現雖所在多有，而頹廢散漫之狀態亦同時並存。組織之懈馳，基礎之薄弱」〔註 80〕的現狀。要改變這一狀態，則要做到「（一）國家至上民族至上，（二）軍事第一勝利第一，與（三）意志集中力量集中是也。」〔註 81〕《國民精神總動員綱領及實施辦法》還規定，忠孝仁愛信義和平爲救國之道德，三民主義爲建國之信仰，以「醉生夢死之生活必須改正」、「奮發蓬勃之朝氣必須養成」、「苟且偷生之習性必須革除」、「自私自利之企圖必須打破」、「分歧錯雜之思想必須糾正」爲精神改造的內容。同時，《國民精神總動員綱領及實施辦法》還特別說明，「分歧錯雜之思想」指的是「（一）不『違反國民革命最高原則之三民主義，（二）不鼓吹超越民族之理想與損害國家絕對性之言論，（三）不破壞軍政軍令及行政系統之統一，（四）不利用抗戰形勢，以達成國家民族利益以外之任何企圖」，要糾正這些分歧錯雜的思想，就要「整飭民眾團體之組織，及其訓練」、「統一文化團體之組織及工作方針」、「取締有礙抗戰之論爭，及非法活動」、「糾正各種報章刊物之言論傾向」〔註 82〕，維護意識形態統一性的意圖可見一斑。

在《國民精神總動員綱領及實施辦法》頒佈之後，國民黨中央宣傳部很快就做出了回應。3 月 18 日下午，時任該部部長的葉楚傖召集了重慶市文化界的代表，討論如何在文化界中進行精神總動員。包括華林、吳漱予、趙清閣、姚蓬子、莊心在、周子亞等文協會員在內的五十餘人參加了這次座談會。會議上，葉楚傖特別強調，精神總動員的最高原則和指導思想是三民主義，作爲精神總動員的主要力量，精神總動員首先要從文化界開始，各文化團體應該有切實的行動來宣傳、推進這一運動〔註 83〕。

〔註 79〕老舍：《文協的過去與將來》，《抗戰文藝》1946 年第 10 卷第 6 期。
〔註 80〕《國民精神總動員綱領及實施辦法》，出版社和出版地不詳，1939 年。
〔註 81〕《國民精神總動員綱領及實施辦法》，出版社和出版地不詳，1939 年。
〔註 82〕《國民精神總動員綱領及實施辦法》，出版社和出版地不詳，1939 年。
〔註 83〕參見《中央宣傳部招待文化界討論精神總動員記事》，《中央週刊》1939 年。

但是，身爲文協組織部部長的王平陵似乎對實行精神總動員的深層次目的缺乏足夠的判斷和認識。在他看來，在民族危亡的緊急時刻，文學家應該是民族戰士的一員，鼓舞「全國民眾抗戰的精神與情緒」、解決「戰爭中產生的種種實際問題」、督促戰時的政治、經濟、社會、教育問題的改善，都是作家的責任。作家要完成這些使命，就應該「特別注意於國家新生命的發揚光大，務必要實現人民與政府結成一體，使戰爭與文化打成一片」〔註 84〕，在現實中把握住大眾所關心的、亟待解決的問題作爲寫作的中心，對「由於種種原因所構成的國難的課題，作一次徹底的認識，嚴格的檢討，詳盡的解剖，大膽的揭發，以期政府與人民都能準對著時病作積極的糾正」〔註 85〕，要堅定「『抗戰必勝，妥協必亡』的信念，要樹立完備而健全的政治機構，要加強最高領袖對於運用一切政治機構的力量——尤其是一切武裝指揮的絕對的統一。」〔註 86〕

從上述話語中可以看出王平陵對於作家的態度頗爲曖昧，一方面，他視作家爲正義和良知的化身，肩負著拯救民族危亡、啓迪教化人心的重要使命，另一方面，他認爲作家要完成這些重要使命，並非走上十字街頭直面民眾，而是充當政府與民眾之間的紐帶，「站在集團的意義上，儘量發揮爲集團犧牲服務的精神」、「犧牲個人生活的美滿，盡力健全集團的生活，再進而健全整個民族的生活」〔註 87〕，促成「人民與政府結成一體」，作家再通過文藝的方式，記錄、揭發現實中存在的種種問題，以期得到政府與民眾的注意並糾正。特別是在戰爭中，作家「不拿槍桿去殺敵，而在此搖弄筆桿以自豪，比到那些以血肉捍衛邦家的鬥士，已是慚愧無地了。何況，搖弄筆桿的結果，有時候不但無益於抗戰，反足以影響抗戰的結果呢！」〔註 88〕。這也就是說，在王平陵看來，作家在整個社會體系中作家起到的是聯繫政府與民眾、監督政府行政效果的作用，而非實際行動的組織者和參與者，佔據核心位置的是「政治機構」，特別是其中的「最高領袖」，爲了戰事的需要，包括作家在內的各個社會成員，都要無條件地服從領袖，「尤其是一切武裝指揮的絕對的統一」。但與此同時，我們也要看到，王平陵強調對「最高領袖」「無條件地服從」又

〔註 84〕 王平陵：《戰時文學論》，漢口：上海雜誌公司，1938 年，第 19 頁。
〔註 85〕 王平陵：《戰時文學論》，漢口：上海雜誌公司，1938 年，第 22 頁。
〔註 86〕 王平陵：《戰時文學論》，漢口：上海雜誌公司，1938 年，第 4 頁。
〔註 87〕 王平陵：《文藝家的集團生活》，《火炬》1937 年第 1 卷第 3 期。
〔註 88〕 王平陵：《爲抗戰而寫作》，《彈花》1938 年第 2 卷第 4 期。

是建立在對文化、文藝在社會體系中所處的重要地位的堅信上的。他認爲，「政治是人類最高智慧的表現，政治的機構，好比是人身的主腦，一切人類的活動，都是直接受著政治和機構的發動而充實其內容的改變其形式的。同時，政治機構的充實與改變又是直接受著文化的影響而來。所以，文化的水準到達某種程度，就有某種的政治機構應運而生」〔註 89〕。這就很容易陷入一個奇怪的循環：文化和文化人要絕對服從於政治機構及其權威人物，而政治機構的完善和充實又直接受到文化及其發展水平的影響。這個循環如果在非戰爭情況下能夠成立而不會走上極權、獨裁的方向的話，就必須建立在政治機構及其權威的執政基礎公正、合理、符合社會公義，並能不斷自我糾偏、自我發展、自我完善的前提之下，否則，文化也不過是政治機構及其權威人物的裝飾品而已。而王平陵正是缺乏對這一前提能否成立的反思與追問，既希望文化、文藝能得到健康、自足的發展，同時又常常把文化、文藝的發展希望寄託在政權機構尤其是其中的最高領袖身上。但是，由於對文藝的熱愛、和作爲一名知識分子對自身使命感的認識，又決定了他不可能像政治機構內部的一般官員那樣將文化和文藝視爲實現政治目的的手段之一。所以，在王平陵身上常常就表現出在文藝和政治之間的搖擺不定，當政權機構的文藝政策突破了他所秉持的文藝觀念時，他往往表現出迴避或者提出含蓄、委婉的批評，當文化和文藝的發展偏離了政治機構預設的軌跡時，他又常常對此表現得憂心忡忡。

前文已有所論述，王平陵似乎對國民黨政權推行精神總動員的深層次目的缺乏清醒的認識和判斷，但從另外一方面看，王平陵進入國民黨文宣系統、活躍在右翼文壇已有十餘年時間，他應該對國民黨的文藝政策、方針、走向有較爲深入的瞭解，但他此時實際上對執政黨發起的精神總動員缺乏作爲，以致於有人認爲他「無用，缺乏鬥爭的精神」〔註 90〕，導致「文協」最終成爲大後方左翼作家的陣營，與其說這根源於王平陵「無用」，還不如說是他在面對文藝和政治關係的搖擺不定的態度所導致。

「文協」時期的王平陵面對政治高壓時的搖擺、迴避態度在「精神總動員」和張道藩提出「文藝政策」的要求的時候表現得最爲明顯。1942 年 9 月，《文化先鋒》創刊，張道藩的《我們所需要的文藝政策》一文在其創刊號上

〔註 89〕王平陵：《論學而優則仕》，《自由評論》1936 年第 9 期。
〔註 90〕魯莽：《桐花寒節憶平陵》，《申報·春秋》1947 年 2 月 24 日。

發表。在這篇文章中，張道藩指出，「文藝一向都在自由的環境下發展」，但在實際上「無時無刻不反映政治，無時無刻不受政治的束縛」，是「組織民眾，統一民眾意識形態的工具」，中國是一個以三民主義爲意識形態和抗戰建國基礎的國家，因此，應該以三民主義作爲「建國的推動力」和制定文藝政策的依據。在此基礎之上，張道藩提出了「三民主義與文藝有關的四條基本原則」——即「謀全國人民的生存、「事實定解決問題的方法」、「仁愛爲民生的重心」、「國族至上」，和「六不政策」、「五要原則」〔註 91〕。

《我們所需要的文藝政策》一經發表，立即招致諸多質疑甚至是批評。秉持自由主義文藝觀念的梁實秋認爲，文藝自由所表現出的「思想自由出版自由可說是民主政治之最值得令人稱羨的一端」〔註 92〕，與社會性質無關，而文藝政策是「站在文藝範圍外而謀如何利用管理文藝的一種企圖」〔註 93〕。沈從文則諷刺說，「文藝政策原是個空洞的名辭，歷來不大認眞」，「它的存在不過近於『裝點』」，爭取一些「有名無實的作家」，實際上表現出的是「國家或黨不僅對『文學』缺少認識，對『政策』也不能夠有較深刻的認識」〔註 94〕。

在右翼文壇內部，趙友培、易君左、王集叢、李辰東、陳銓、羅正緯、翁大草、夏貫中、王夢鷗等人也紛紛撰文，從不同角度對張道藩所提出的「文藝政策」表示支持。易君左認爲「道藩先生把我們所要說的都說出來了」，但應該「名正言順地叫我們的文藝做『三民主義的文藝』或『三民主義文藝』」〔註 95〕；趙友培則認爲，人類需要文藝，也需要文藝政策，梁實秋所稱羨的歐美文藝，「是自由主義的，沒有統制」，但實際上「在文藝上也同樣用的是自由政策」，「是政策不同的問題，而不能說是政策有無的問題」〔註 96〕，在此基礎上，趙友培指出，中國是一個奉行三民主義的國家，又處在三民主義的時代，推行三民主義文藝政策是理所當然。

〔註 91〕「六不」政策是：「不專寫社會的黑暗」、「不挑撥階級仇恨」、「不帶悲觀的色彩」、「不表現浪漫的情調」、「不寫無意義的作品」、「不表現不正確的意識」；「五要」原則是「創造我們的民族文藝」、「要爲最苦痛的平民而寫作」、「要以民族的立場來寫作」、「要從理智裏產作品」、「要用現實的形式」。

〔註 92〕梁實秋：《關於「文藝政策」》，《文化先鋒》1942 年第 1 卷第 8 期。

〔註 93〕梁實秋：《關於「文藝政策」》，《文化先鋒》1942 年第 1 卷第 8 期。

〔註 94〕沈從文：《〈文藝政策〉探討》，《文藝先鋒》1943 年第 2 卷第 1 期。

〔註 95〕易君左：《我們所需要的文藝原則綱要》，《文藝論戰》，重慶：中央文化運動委員會發行，1944 年，第 123 頁。

〔註 96〕趙友培：《我們需要「文藝政策」》，《文藝論戰》，重慶：中央文化運動委員會發行，1944 年，第 57 頁。

相對於易君左、趙友培等人文章中提出直接以「三民主義文藝政策」替代「所需要的文藝政策」的不容商榷、毫不質疑的態度，王平陵對於「文藝政策」的態度則顯得平和得多。

在張道藩的文章發表之後不久，王平陵在《中央週刊》上發表了《評〈我們需要的文藝政策〉》一文。王平陵在這篇文章中，首先對蘇聯「定出許多硬性的公式和鐵律，不讓作家們有思考的餘地，把題材的範圍縮小到無可再小的地步，幾乎是要勒迫他們像寫口號，製標語一般，務求在最短時期內發生武器的作用」的文藝政策表示了不滿，認爲一旦政治上的目的實現之後，這些「文藝政策」也就失去了作用。在王平陵看來，要使藝術的效力更持久，不至於成爲政治的附庸和政策的配合，除了作家要「憑藉豐富的學養，不違背時代思潮的主流，站住自己的崗位，盡到自己應盡的責任，基於正確的觀察，分析，自發地選取適當的題材，運用熟練的技術，表達自己合理的意識和主張」之外，更重要的是，作家的創作態度和精神要有充分的自由，這樣才不至於「縮手縮腳地被捆綁在狹窄的井圈內，誤把管窺的一孔，當作宇宙的萬象。」在這個基礎上，王平陵認爲作爲抗戰建國基礎的三民主義是「一個遠大的方針」，以之來指導文藝，「一面發揚新中國的文運，一面使文藝對於社會國家的貢獻，也能比較普遍，深入，悠久了不至於僅爲了一個臨時的政策而效勞，實現了一時的近功，忽略了百年的遠圖。」〔註 97〕

不難看出，王平陵以上的論述中充滿了自相矛盾之處。他一方面反感於蘇聯那種硬性的、爲了達到政治目的而製作出的「文藝政策」，認爲在這種政策下產生的文藝不過是政策的附庸，使作家失去了創作的自由，創作出的作品缺乏眞正的藝術魅力；另一方面，他又認爲三民主義相對於其他的政策而言更爲偉大與持久，具有無可取代的優越性和先進性，因此，以三民主義指導文藝也具有其他文藝政策不可比較的優勢。這就產生了一個王平陵無法回答的矛盾：既然文藝要在自由的創作環境中產生、不受政治的影響才可能具有眞正的藝術魅力，而作爲執政黨意識形態、「抗戰建國」基礎的三民主義顯然也是政治的一種，那麼三民主義相對於其他政治的特殊性或者優越性是什麼，以致於以三民主義作爲指導文藝的綱領、政策卻不會對文藝的創作自由和藝術魅力產生不良的影響？

〔註 97〕王平陵：《評〈我們所需要的文藝政策〉》，《中央週刊》1942 年第 5 卷第 16 期。

顯然，王平陵無法回答這個問題，他雖然意識到了文藝自由的重要意義，但他卻無法迴避如果以作爲執政黨意識形態的三民主義來作爲指導文藝的政策的話，同樣會對文藝產生不利影響這一現實。因此，他只能將三民主義特殊化，也就是將三民主義闡釋爲超越古今中外任何意識形態和政治思想的特殊存在，具有不容置疑的優越性。這種「特殊化」的處理方式暗含著相當的危險性：一旦抽空了三民主義產生的思想根源和存在的價值基礎，將其闡釋爲無可置疑、無從辯駁的存在，這樣的三民主義實際上就會成爲可供獨裁者、「最高領袖」爲達到某種政治目的隨意闡釋、利用，來打擊、排除異己的利器。因此，這不僅僅是文協時期王平陵的悲哀，也是所有如王平陵一樣在政治與文藝之間徘徊、搖擺的現代知識分子的悲哀。

第四章　「民族主義文藝」還是「三民主義文藝」？——王平陵文藝觀考辯

在過去很長一段時間的現代文學史研究中，學界曾普遍將王平陵歸爲「民族主義文藝運動」一派。學界一般認爲，隨著「左聯」的發展壯大和左翼文藝的蓬勃興起，國民黨宣傳部門倍感驚恐。爲了拉攏廣大青年、與左翼文藝爭奪陣地，主要由潘公展、朱應鵬、王平陵、范爭波、傅彥長、黃震遐等一批國民黨文人組織成立了與「左聯」對抗的「前鋒社」，出版了《前鋒週報》、《前鋒月刊》，並發表了《民族主義文藝運動宣言》，妄圖以所謂「民族主義文藝」剷除「多型的文藝意識」，實際達到反共的目的。

以上說法頗有值得商榷之處。首先，以上論點基本上是將當時在文壇上有一定知名度的右翼文人或文化官員當作前鋒社的發起者和主要參與者，而沒有注意到右翼文人之間的個體性和差異性，至於王平陵是否參與了前鋒社的創辦、並且是前鋒社的主要參與者，還缺乏細緻的考察和史料的支撐；第二，「民族主義文藝運動」的產生有沒有歷史淵源和現實合理性？將其產生的目的歸結於爲了與「左聯」抗衡、以達到反共的目的，是否有失客觀、公允？第三，1930 年代初期，除了「民族主義文藝運動」之外，國民黨政權還有沒有發起其他文藝運動？如果有，王平陵對這些文藝運動持何種態度，他又在其中起到了什麼作用？要回答這些問題，只有在更宏大的歷史語境中討論包括「民族主義文藝運動」在內的國民黨文藝運動產生的歷史根源和現實背景，在此基礎之上再來考察王平陵文藝觀價值和不足。

第一節　王平陵與「民族主義文藝運動」

1930 年 6 月 29 日、7 月 6 日，《民族主義文藝運動宣言》分爲兩個部分先後在《前鋒週報》第 2 期和第 3 期上刊載，緊接著，這篇文章被多次轉載，先後被 7 月 15 日印行的《湖北教育廳公報》第 1 卷第 6 期、8 月 8 號創刊的《開展》月刊創刊號、10 月 10 日創刊的《前鋒月刊》創刊號等刊物轉載。《民族主義文藝運動宣言》的發表被認爲是「民族主義文藝運動」正式興起的標誌，在文壇上產生了不小的影響。

一

如上文所提及，王平陵與潘公展、朱應鵬、范爭波、傅彥長、黃震遐等人在長期以來的文學史研究中被認爲是《民族主義文藝運動宣言》的發起者〔註 1〕。不過從本書所查閱的大量資料來看，王平陵並非是《民族主義文藝運動》的發起者。

在《前鋒週報》上首刊的《民族主義文藝運動宣言》的作者署名爲「中國民族主義文藝運動者」，而並沒有點明這些「民族主義文藝運動者」究竟包括哪些人，所以當時在左翼文藝界就對此有種種猜測。比如，秋南就認爲，「民族主義文藝運動宣言傳聞由徐蔚南與葉秋原各自起草，現在正式發表的係葉秋原的手筆。」〔註 2〕茅盾也曾化名石萌，在《「民族主義文藝」的現形》一文中說：「據說這篇『宣言』是化了重賞而始起草完成，又經過許多人的討論，並由國民黨中央宣傳部加以最後決定的。」〔註 3〕是哪些人爲了「重賞」而起草該宣言，又經過哪些人的「討論」，茅盾並不確定，只能託以「據說」。但是在後文中，茅盾又明確地提到潘公展、朱應鵬、方光明、朱大心、葉秋原等人，就是所謂的民族主義文藝者，王平陵的名字並沒有列入其中。另外，施蟄存在《我和現代書局》一文披露，黃震遐、張若谷、傅彥長、朱應鵬等人想憑藉《前鋒月刊》掀起民族主義文藝運動，需要一個宣言爲運動定下綱領，但是「幾個人討論了三五天，消耗了許多茶點，還是沒有人能執筆。你

〔註 1〕比如王學振在《論戰國策派的文藝觀》中就持此觀點，重慶師範大學 2004 年碩士學位論文。

〔註 2〕秋南：《民族主義文藝運動宣言的作者》，《出版月刊》1930 年第 8、9、10 期合訂本。

〔註 3〕石萌：《「民族主義文藝」的現形》，《前哨》1931 年第 1 卷第 4 期。

推我讓，寫不出來」〔註4〕，索性就請偶然來參加茶座的葉秋原擬稿，這就是《民族主義文藝運動宣言》誕生。對於整個事情的來龍去脈，葉秋原從來是決口不談。直到1938年，葉秋原和施蟄存在昆明一個公園飲茶時，他才講到這個情況。因此，施蟄存認爲，「民族主義文藝運動其實不是國民黨中宣部倡導的」，其眞正後臺應是有CC系背景的藍衣社。現代書局曾出版過左翼刊物《拓荒者》和前鋒社的《前鋒月刊》，時任書局編輯施蟄存既沒有在「左聯」成立大會上簽名，和國民黨也沒有關係，在普羅文藝與民族主義文藝運動的對峙中持中立態度，他的這段回憶大體是可信的。由此可見，至少當時在不少左翼作家和中間作家看來，王平陵並非《民族主義文藝運動宣言》的起草者。

如果從「前鋒社」的背景看，王平陵參與該宣言的起草這一說法也頗爲可疑。作爲一個有明顯官方背景的文學社團，「前鋒社」從一開始就是在時任上海市社會局局長的潘公展、上海市黨部執行委員會委員兼上海警備司令部偵緝處長的范爭波、上海市黨部監察委員會委員的朱應鵬等人的大力支持下成立的。而潘公展因與掌控國民黨中央組織部的陳果夫、陳立夫兄弟是浙江省吳興縣同鄉，朱應鵬也是浙江人，彼此之間關係非常密切，屬於國民黨派系中掌握實權的CC系。而此時的王平陵早已辭去上海暨南大學的教職趕赴南京，在葉楚傖任部長的國民黨中央宣傳部任職，先後任《中央日報》副刊《青白》、《大道》的主編，組織成立了「中國文藝社」，主編《文藝週刊》和《文藝月刊》，出眾的才幹得到葉楚傖的賞識。而陳氏兄弟主管的中央組織部和葉楚傖領銜的中央宣傳部屬於同一行政級別，彼此之間並不存在業務指導或者隸屬關係，「前鋒社」似乎沒有必要將自己的《民族主義文藝運動宣言》交給中央宣傳部審核、做出「最後的決定」。況且，在國民黨內部紛繁複雜的派系鬥爭中，葉楚傖所屬的「西山會議派」以國民黨元老和正統的三民主義維護者自居，與依附蔣介石起家、權勢不斷膨脹並後來居上的CC系之間關係並不十分融洽，各自領導的文藝社團之間更是少有交流。當時的左翼文藝界就看出了二派之間分裂，指出「宣傳部向來是握在西山會議派手裏的，(如葉楚傖，劉蘆隱前後爲部長)。這於國民黨內後起的更資產階級化的陳派（陳果夫、立夫兄弟，任組織部。）自然是不高興的」〔註5〕，於是「他幹我也要幹」，「反

〔註4〕施蟄存：《我和現代書局》，宋原放主編、陳江輯注，《中國出版史料》第1卷（下），濟南：山東教育出版社，2001年，第229頁。

〔註5〕思揚：《南京通訊》，《文學導報》第1卷第4期，1931年9月13日出版。

正有的是錢」。這就導致「在一九三〇與一九三一相交的數月間，民族主義文學與三民主義文學之對抗，在南京頗囂塵上，雖然彼此都是國民黨的自家人。」〔註 6〕對於這種說法，前鋒社也並不否認。就在 1931 年 3 月，上海《文藝新聞》社記者在採訪朱應鵬時，曾問過在南京的中國文藝社和提倡民族主義文藝的前鋒社，路線是否相同，朱應鵬明確表示，自己對中國文藝社瞭解不多，「他們的作品我看得極少」，只知道「他是由於黨的文藝政策所決定的」。〔註 7〕這正如後來研究指出的那樣，前鋒社與由葉楚傖創辦、屬國民黨中宣部領導的《民國日報・覺悟》，「雖然同處一地，但從來不刊載對方陣營中人的文章，更別提互通聲氣、攜手合作了。」〔註 8〕兩者同在上海關係尚且如此疏遠，那麼，從工作聯繫和私人交情兩方面來說，在南京中央宣傳部任職的王平陵與在上海的前鋒社的聯繫都不會比前鋒社與上海《民國日報・覺悟》專刊的聯繫更密切。由此，我們似乎有理由認為，王平陵並非《民族主義文藝運動宣言》的起草者，他與前鋒社倡導「民族主義文藝運動」之間應該也沒有太多關係。

二

雖然王平陵沒有參加《民族主義文藝運動宣言》的起草，但這並不意味著他對前鋒社發表《民族主義文藝運動宣言》、倡導的「民族主義文藝運動」毫不知情，相反，他還是較早就注意到該宣言的人。早在 1930 年 7 月 4 日，他任主編的《中央日報》副刊《大道》就全文刊登了前鋒社的《民族主義文藝運動宣言》，比學界認為的最早完整刊登「宣言」的《前鋒週報》還早了 2 天。時隔兩週，也就是 1930 年 7 月 18 日，《大道》還刊登了潘公展的《從三民主義的立場觀察民族主義的文藝運動》一文。作為國民黨中央黨報的副刊主編，王平陵非常敏銳地捕捉到國民黨內部有關文藝政策的新動向，但我們也不能因此就認為，這是《中央日報》在為「民族主義文藝運動」的興起推波助瀾。《大道》作為國民黨的中央黨報副刊，與黨報的新聞、評論等版塊一樣，要以「一、總理遺教；二、本黨主義；三、本黨政綱，政策；四、本黨決

〔註 6〕思揚：《南京通訊》，《文學導報》第 1 卷第 4 期，1931 年 9 月 13 日出版。

〔註 7〕《朱應鵬氏的民族主義文學談》，《文藝新聞》第 2 號，1931 年 3 月 23 日第二版。

〔註 8〕倪偉：《「民族」想像與國家統制——1928～1948 年南京政府的文藝政策及文學運動》，上海：上海教育出版社，2003 年，第 53 頁。

議案；五，本黨現行法令；六、其他一切經中央認可之黨務政治記載」〔註 9〕爲其立言取材的標準，在一定程度上與其他版塊一樣起到政治宣傳、思想教育、引導輿論等作用。但副刊畢竟不同於新聞與評論，況且，這一時期的《大道》以「介紹世界思潮、黨義宣傳，以及社會實際問題的討論」〔註 10〕爲辦刊思路，所刊文章「暫分評論，研究，譯述，社會狀況，談話，書報批評，文藝，遊記，通訊，隨感錄數種」〔註 11〕，所刊文章話題繁多，形式多樣，因此，《大道》對學術問題的探討與爭鳴遠大於對黨義的宣傳，這與黨報副刊應該具備的宣傳、教育功能存在不小的差距。也正如王平陵之後所反省的那樣，《大道》的文章多是「冗長的空疏的理論，迂闊而不近事情的建議和方案」，所以未能「向著奮鬥的積極的道路，鼓著勇氣前進」，於是發誓「決計轉換方向」〔註 12〕。因此，《大道》刊登的這兩篇有關民族主義文藝運動的文章，我們與其認爲是直接的黨義闡發或者是官方表態，不如說是國民黨文藝界關於今後黨治文藝發展方向的一次探討。

那麼王平陵究竟能不能歸爲「民族主義文藝運動者」之列呢？這就需要我們釐清「民族主義文藝運動」的文藝觀點。

除了《民族主義文藝運動宣言》之外，《前鋒週報》、《前鋒月刊》還陸續刊登了一系列探討民族主義文藝運動的理論文章，如襄華的《民族主義文藝批評論》和《民族主義的戲劇論》、雷盛的《民族主義的文藝》、楊志靜的《請認清我們的文藝運動》、張季平的《民族主義文藝的戀愛觀》和《民族主義文藝的題材問題》、方光明的《苦難時代所要求的文藝》、朱大心的《民族主義文藝的使命》、湯冰若的《民族主義的詩歌論》、傅彥長的《以民族主義意識爲中心的文藝運動》、朱應鵬的《中國的繪畫與民族主義》、葉秋原的《民族主義文藝之理論的基礎》、谷劍塵的《怎樣去幹民族主義的民眾劇運動》等等。前鋒社還從中挑選了一些文章，編成《民族主義文藝論》〔註 13〕一書。此外，還有在《流露月刊》上發表亞孟的《論民族主義文藝的作家與

〔註 9〕《國民黨中宣部宣傳品審查條例》（民國十八年 1 月 10 日國民黨第二屆中央執委會第一百九十次常務會議決議），宋原放主編、陳江輯注，《中國出版史料》第 1 卷（下），山東教育出版社，2001 年，第 578 頁。

〔註 10〕《本刊啓事》，《大道》第 94 號，1929 年 7 月 24 日。

〔註 11〕《本刊徵稿簡則》，《大道》第 58 號，1929 年 5 月 5 日。

〔註 12〕平陵：《今後的大道》，《大道》第 397 號，1930 年 12 月 10 日。

〔註 13〕《民族主義文藝論》由前鋒社編輯，上海光明出版部 1930 年出版。

作品》、在《草野週刊》刊登的上鄒枋的《民族的文學技巧》和王墳的《民族主義文藝的創作理論》、在《黃鍾》上刊登的柳絲的《關於民族主義文學》和許尙由的《民族主義的文學》、在《民族文藝》上發表的董文淵的《民族主義文藝論》和高塔的《民族文學者的途徑》等，都是從不同的角度對《民族主義文藝運動宣言》中的主要觀點進行具體的闡發。因此，我們可以認爲，民族主義文藝運動的理論文章較多，但是該運動的核心觀點是集中體現在《民族主義文藝運動宣言》上。那麼，《民族主義文藝運動宣言》的核心觀點是什麼呢？

《民族主義文藝運動宣言》從一開始指出中國的新文藝正面臨著深刻的危機：「中國的文藝界近來深深地陷入於畸形的病態的發展進程中」，在混雜的局面中，「竟有人在保持殘餘的封建思想」、還有「自命左翼的所謂無產階級的文藝運動」鼓吹「血腥的鬥爭」，如果任由「這種多型的文藝意識」發展，「文藝上紛擾的殘局永不會消失，其結果將致我們的新文藝運動永無發揮之日，而陷於必然的傾圮。」造成這樣嚴重後果的，正是「多型的對於文藝底見解」導致了「新文藝發展進程中缺乏中心的意識」。

要解決這些問題，首先就要回答文藝的起源是什麼。在「民族主義文藝運動者」看來，「藝術，從它的最初的歷史的記錄上，已經明示我們它所負的使命。我們很明瞭，藝術作品在原始狀態裏，不是從個人的意識裏產生的，而是從民族的立場所形成的生活意識裏產生的，在藝術作品內所顯示的不僅是那藝術家的才能，技術，風格，和形式，同時，在藝術作品內顯示的也正是那藝術家所屬的民族的產物。這在藝術史上是很明顯地告訴了我們了。」接下來，《民族主義文藝運動宣言》列舉了埃及的金字塔和獅身人面像、古希臘的維納斯像和擲鐵餅者、德英法中等國的史詩，以及其他國家的一些文藝體現出了各自民族的特點，來進一步說明文藝的形成是由民族的立場所決定的，那麼，文藝也就必須站在民族的立場上來表現，爲民族服務。而民族，是「一種人種的集團」，其形成「決定於文化的，歷史的，體質的及心理的共同點，過去的共同奮鬥，是民族形成唯一的先決條件」。因此，「文藝底最高的使命，是發揮它所屬的民族精神和意識，文藝的最高意義，就是民族主義」，「文藝發展底出路也集中於民族主義」。也就是說，民族主義文藝不僅是拯救文藝畸形病態的唯一方法，更擔負著「喚起民族意識」，「創造那民族底新生命」，也就是建立民族國家的重任。

以上觀點看起來雄辯有力、論證充分，但是實際上事實不清、邏輯混亂，經不起推敲。

不難發現，《民族主義文藝運動宣言》從一開始對文藝起源的認識就是錯誤的。首先，從人類歷史來看，文藝的出現要早於民族的形成。藝術作爲人類的一種精神活動，在人類社會的早期即已存在，而民族（廣義的民族，即部族）的產生則要等到人類社會發展進入較爲成熟的階段後才出現。第二，就《宣言》將民族定義爲「人種的集團底形成」，認爲民族的形成要「決定於文化的，歷史的，體質的及心理的共同點」，這也就是說，在「民族主義文藝運動者」看來，民族形成的條件之一，就是要有「文化的」「共同點」，那麼文化的形成肯定也是在民族之前，這就與他們所宣稱的藝術起源於「從民族的立場所形成的生活意識裏」的說法自相矛盾。第三，將文藝創作要受到民族特點的影響、表現出民族的色彩與文藝是表現民族意識的，是民族意識的產物這兩個命題混淆。不可否認，文藝創作或多或少要受民族的影響，體現出所屬民族的特色，但是這並不等於說文藝就是表現民族意識的，是民族意識的集中體現。因此，《民族主義文藝運動宣言》在一開始的論點就是站不住腳的。

如果要論證清楚民族主義與文藝的關係，《民族主義文藝運動宣言》還必須要先回答何爲「民族」、何爲「民族主義」。但是實際上《民族主義文藝運動宣言》並沒有對這兩個重要概念進行細緻的梳理和嚴密的學理思辨，而是直接將「民族」定義爲生物學和人類學意義上的「人種的集團」，其形成，「決定於文化的，歷史的，體質的，及心理的共同點」。在他們看來，民族的形成，取決於人與生俱來的體貌特徵——比如膚色、眼色、髮色、頭型、身高等，以及人在後天生長環境中不可避開的因素——比如語言文字、文化傳統、風俗習慣、宗教信仰、共同祖先、歷史記憶等，也就是說，民族是每一個人生而注定、不得更改的存在。只強調「民族」的先在性、不可抗拒性，實際上就是否定了「民族」形成過程中主觀認同這一至關重要因素的存在，這顯然並不是現代意義上被廣爲接受的關於「民族」的定義。民族「是一種想像的政治共同體——並且，它是被想像爲本質上有限的（limited），同時也享有主權的共同體。」〔註 14〕而「民族（國家）認同的形成，通常既是人們爲在一

〔註 14〕（美）本尼迪克特・安德森：《想像的共同體——民族主義的起源與散佈》，吳叡人譯，上海：上海世紀出版集團，2005 年，第 6 頁。

個新的政治共同體內獲得成員地位而進行的鬥爭的結果；同時也是政治精英和政府爲創造新的認同感而進行的鬥爭的結果，這種認同感能夠使現代國家自身合法化。」〔註 15〕因此，「想像的共同體」，強調的就是其成員的主觀認同，而並非一種先在的、不可抗拒的超越性存在。《民族主義文藝運動宣言》將「民族」轉換爲種族，其「民族」也就成爲不僅凌駕於一切個體之上，也是凌駕於所有階級、團體之上的先在性存在。所有的個體、階級、團體也要對這一個「民族」保持無條件地認同與服從。在這個意義上來提倡民族主義，實際上是要消弭當時不可忽視的貧富懸殊、階級對立、一黨專政、地方武裝割據等現實，要求所有民眾對作爲民族國家代表的南京國民政府的高度認同，而不去追問這個「民族國家」是否具備取得認同所必須的生存方式、政治體制、社會制度、價值體系等更深層次也更爲根本的因素。所以，「民族主義文藝運動」的「民族」實際是南京國民政府及其執政黨的別名，「文藝」也難免淪爲維護國家政權、代表統治力量的工具。胡秋原就一針見血地指出，民族「只是一個地理上政治上的名稱，一種抽象的存在，在今日，民族與國家成了一個東西，實際上只是統治階級所統治的地獄與人民之名稱」，民族主義就成爲「統治階級的一個護符」〔註 16〕。

弄清了「民族主義文藝運動」理論的本質，我們也就不難理解爲何這個運動在當時除了受左翼文藝界的抨擊，還受部分非左翼作家的批評的原因了。左翼文藝界的抨擊固然是因爲對立的意識形態導致的對中國社會現實截然不同的判斷，堅持文藝自由論的非左翼作家們則批評其對文藝獨立性的傷害。雖然飽受多方質疑和批評，但是「民族主義文藝運動」卻能在較短的時間內，「以水到渠成之勢，無疑的成爲支配中國文壇的一種新的勢力了」〔註 17〕。究其原因，就在於當時南京國民政府面對著與日本開戰的可能性升級、和蘇聯摩擦衝突不斷、地方軍事力量貌合神離、紅色根據地頑強發展的現實，強調民族主義就佔據了道義制高點，實現對外調動國力積極備戰、對內打擊異己勢力的目的。因此，「民族主義文藝運動」的理論看似粗疏，卻蘊含了較強大的社會動員力量，「成爲支配中國文壇的一種新的勢力」也並非空穴來風。

〔註 15〕（英）戴維．赫爾德：《民主與全球秩序——從現代國家到世界主義治理》，胡偉等譯，上海：上海人民出版社，2003 年，第 128 頁。

〔註 16〕胡秋原：《阿狗文藝論——民族文藝理論之謬誤》，吉明學、孫路茜編：《三十年代「文藝自由論辯」資料》，上海：上海文藝出版社，1990 年，第 15 頁。

〔註 17〕《開端》，《開展》月刊創刊號，1930 年 8 月 8 日。

三

基於以上分析論述，本書認爲，作爲 1930 年代國民党進行文化統制重要構成部分的「民族主義文藝運動」，其最主要的特點是將民族主義闡釋爲超越一切個人、階級、集團，不容置疑的存在，並以此作爲打擊異己政治力量，特別是左翼文藝階級意識的有力武器，是維護一黨專政的工具。但是，我們同時也要看到民族主義本身在軍閥混戰尚未徹底根除、日本帝國主義向華北步步緊逼的 1930 年代初期，民族主義與愛國情感、民族憂患意識之間存在著難以割裂的關聯。因此，本書認爲，學界有必要將「民族主義文藝運動」與一般意義上的文學中的民族主義話語進行區分，也不應該將「民族主義文藝」與「民族主義文藝運動」混爲一談，而忽略了民族主義話語本身的歷史合理性。

從這個意義上來說，王平陵創作中不乏民族主義話語。比如詩集《獅子吼》、小說集《期待》、《湖濱秋色》和《東方的坦倫堡》，以及劇本《孤城落日》等，都表達了王平陵對民族危機日趨加重的擔憂、對愛國志士的禮讚和對各方政治力量不積極抵抗，反而爭權奪利的不滿。

《獅子吼》於 1932 年由南京書店出版，是王平陵在 1930 年代出版的唯一一部詩集。這部詩由《前奏曲》、《血鐘響了》、《力的生命》、《黃浦江邊的血潮》、《獅子吼了》、《被壓迫者的呻吟》、《病院裏的呼聲》、《我懷念著出征的兄弟們》等 54 首詩組成，主要抒發的是 1932 年「一・二八」事變中中國守軍浴血奮戰、以身殉國的慷慨悲愴之情，號召全國軍民團結一致、反抗帝國主義者的壓迫。

在《血鐘響了》這首詩裏，王平陵表達了對中華民族元氣復蘇、反抗日本帝國主義的民族戰爭必勝的樂觀心態。他這樣寫到：

> 多年虛脫了的民族的元氣，
> 又在火葬著的柴堆裏燃燒起來了，
> 血鐘響了！
> 時代不許我們沉默了。
>
> 少數人壓榨多數人的勾當，
> 還是過去年代蠻跡的遺留，
> 血鐘響了！
> 眼見他們一個個跪在時代的面前發抖。

他們所依靠的暴虐的炮艦政策，
正擱淺在行不通的海灘上
不得不蛻化他們的皮殼了
地底已發生出偉大的力量。

不必翻開歷史追溯過往，
帝國主義者的幻夢決不會遺忘 ，
除了用鬥爭來消滅少數人的勾當，
這死灰色的道途上怎不知到何時才能放光？

詩中對民族精神復蘇、打敗日本侵略者的暴虐統治的未來充滿信心，即使取得勝利要付出慘痛的代價，詩人也決心把民族復興的血鐘敲響。而在《我懷念著出征的弟兄們》這首詩裏，這種爲了打敗日本帝國主義而不惜犧牲生命的剛勁、悲愴之情更爲明顯：

我懷念著出征的弟兄們

我懷念著出征的弟兄們，
你們的血液是爲了整個民族沸騰，
不是少數人奪取地盤的私兵，
你們的光榮將與日月江河永存。

我懷念著出征的弟兄們，
你們拋卻了父母妻子與愛人，
和日本帝國主義者拼命，
你們的光榮的鬥爭，羞死了那些不抵抗的人們。

我懷念著出征的弟兄們，
惟鐵與血可消滅壓迫者的命運。
聽喲！從那裡來的熱烈悲壯的吼喊？
是地底發出的反抗的聲音。

我懷念著出征的弟兄們，
快分歧蒙古利亞人勇烈的精神，
恢復過去的光榮與神聖，
爲人類打出眞正的和平。

如果說王平陵對戰士們浴血奮戰、爲了民族的自由與解放犧牲一切的謳歌在當時「民族的弱點愈益暴露，政治日趨歧途，人民困苦顚連，善良者坐以待斃，強悍者流爲匪寇，日趨途窮，而當局者猶復忍心搜刮脂膏，爭權奪利，予外人侵略國土之口實，喪心病狂，莫爲此甚」〔註 18〕的環境中顯得尤爲珍貴的話，那麼他對犧牲意義的思考與追問則與當時盛行的「民族主義文藝運動」文本拉開了距離。最典型的就是《吳國材之死》這首詩：

吳國材之死

廟行之役，
吳國材的腿給倭寇打斷了，
他臥在後方的病院裏，
快到三個禮拜了。
他說：「戰爭終了以後，
我還可以拉車子過活。」
「可以的，戰友！你將裝起一隻
假的腿，
一樣能夠拉車過活。
你就可以回到你的故鄉，
那裡有清碧的原野，
濃郁的花香，
美麗的淡紫色的夕陽。
掛在河干的白楊樹上，
多幸福呵，自然給你的印象！
你是民眾的救星，吳國材！
你是不會死呵！
你是不能死呵！」
他聽著我的話，
並不回答，
他知道是不可能的事呵！
天喲！他疑心我欺騙他了！
清風梳著他枯草般的頭髮，

〔註 18〕顧仲彝：《顧序》，王平陵著：《獅子吼》，南京：南京書店，1932 年，第 1 頁。

額角和顴骨岩石似的突起著，
眼淚像泉水般不住地噴發，
一對黃色的眼球，
像用舊了的牛骨扣子，
深深地凹陷下去，
愈顯出骷髏的模樣了。
我急忙地告訴醫生：
「救主！吳國材快要死了！」
他像沒有聽著我的話，
很瀟灑地剝著他的指甲。
多謝幾位著白衣的看護的女郎，
像是預備送吳國材的喪葬，
來來去去，已經好多次了
其實呢，他們是急著等著吳國材的那張床，
因爲還有七八個受傷的人，
都躺著病院的草坪上。
時間僅僅隔開一點鐘 ，
在那裡似乎又傳出一種淒慘的呻吟，
可已不是吳國材的聲音了。
吳國材默默地死去了，
只有黑夜是活著的。

本書認爲，這首《吳國材之死》的最大意義是寫出了戰爭的另一面——普通的個體在戰爭中的處境與命運。走上戰場的吳國材被認爲是「民眾的救星」，但是受傷之後，他回到故鄉拉車過活這一最卑微的夢想也不能實現——不要說給裝上假肢能夠獨立行走，就是臨死之時醫生也不曾來看他一眼，只顧自己「瀟灑地剝著他的指甲」，而護士的穿梭往來也並非因爲關心他的死活、減輕他的痛苦，而是盼著他快死好騰出一個床位給其他受傷的士兵，好讓其他的傷病在這張床上繼續等死。吳國材悲慘地死去之後，其他傷兵的處境也沒有絲毫改變，很快又有傷兵在吳國材臨終的床上死去，重複著吳國材的不幸命運。這就道出了一個值得深思的問題：在戰爭中，千千萬萬吳國材這樣的普通個體投入到了追求國家自由、民族解放的偉大事業中，但是這項偉大的事業又是如何來維護千千萬萬的像吳國材這樣個體生命的尊嚴和價值的呢？如果千千萬萬的吳國材都在冷漠與虛僞中死去，那麼我們不禁要追問，吳國材們爲之奮鬥、乃至犧牲生命的這場民族戰爭的意義又何在？如果民族的解放是建立在對構成這個民族的千千萬萬個個體生命的價值和尊嚴的踐踏甚至是粉碎之上，那麼這樣的民族、這樣的民族主義又將走向何方？這正如王平陵在《獅子吼》的自序所寫到的那樣，他在詩集中寫出的是「個人在這一場抗日鬥爭中所能體驗到的苦痛和悲哀」、所見到的「許多被壓迫民族的痛苦」、所聽到的「無數量被壓迫大眾的淒慘的呼喊」，並「如實地暴露出來」，這從根本上與維護一黨專政執政政權的「民族主義文藝運動」顯出了本質的區別。

這種區別在《獅子吼》與《大上海的毀滅》的對比解讀中體現得更爲明顯。同樣以「一・二八」事變爲背景的黃震遐的長篇小說《大上海的毀滅》是「民族主義文藝運動」的代表作品。這部小說由《曠野與都會》、《某便衣兵的日記》、《一切毀滅》三部構成，以「露露」、「密斯脫張」爲代表的租界裏交際花和西崽所過的奢靡、浮華、墮落的生活與以「湯營長」、「羅毅心」爲代表的前線抗日將士忠誠、勇敢、友愛的優秀品質進行強烈對比，穿梭於二者之間的知識青年草靈在這兩種生活中受到了強烈的衝擊與震撼，最終走上爲民族而獻身的道路。如果就表現抗日將士們爲了民族解放而浴血奮戰這一點來說，《大上海的毀滅》中的表現也許並不比《獅子吼》中的詩作遜色。但是，不同於王平陵在《獅子吼》中關注的是「個人在這一場抗日鬥爭中所能體驗到的苦痛和悲哀」、「無數量被壓迫大眾的淒慘的呼喊」，視「殘酷的現實生活硬把一般公子姐兒們從象牙塔裏拖到十字街頭」爲知識分子對民族命運的擔當，即使「失卻反抗的力量」，只要一息尚存，就要呼喚，就要拼死掙扎，黃震遐在《大上海的毀滅》中則更注重於反思的是戰爭失敗的原因。在黃震遐看來，正是一大批如「露露」、「密斯脫張」這樣只顧個人享樂，不顧民族危亡的人存在，以及知識分子的空談闊論是戰爭失敗的根源。黃震遐寫到：「每天，在宣講團裏，各大學裏，這種慷慨激昂的會議老是那樣進行著，智慧與學理的煙霧塞滿了空氣，一面面青白的旗子，紅的旗子，以及棒喝團黑色的旗子，隨著那些口沫橫飛的辯論糊裏糊塗地搖擺著，吶喊，達到，破壞，而最後，依舊是在形式與面子輕輕滑過」〔註19〕。黃震遐的反思並非全無道理，但是從某種意義看，中國守軍在「一・二八」事變中的失敗更與政

〔註19〕黃震遐：《大上海的毀滅》，上海：大晚報社，1932年，第209～210頁。

府缺乏抵抗到底的決心有關。因此，黃震遐將失敗的根源歸結於民氣的墮落和知識分子的空談，在某種意義上有為政府的不抵抗政策辯解和開脫之嫌〔註 20〕。這與王平陵在《獅子吼》中更關注個體生命的痛苦與悲哀形成了鮮明的對比。

第二節　王平陵與「三民主義文藝」

相比「民族主義文藝運動」的「水到渠成」之勢，由國民黨中央宣傳部倡導的「三民主義文藝」則顯得遜色得多。

1928 年 10 月，南京國民政府發布《訓政宣言》，宣佈進入到以黨治國的訓政時期，三民主義也從國民黨的黨義變成南京國民政府的建國方略。而主管意識形態的國民黨中央宣傳部，就必須思考如何將三民主義從政治思想轉化為訓政時期的意識形態。如何使三民主義眞正能夠被普通民眾所接受，就必須實現三民主義的形象化呈現，而使三民主義以文藝的方式得以表現，則是其中非常有效、而又直觀的方式。這也是國民黨提出「三民主義文藝」的背景。

一

在以往文學史的研究中，學界多認為「三民主義文藝」是由國民黨中宣部於 1929 年 6 月在全國宣傳會議上首次提出的。但就本書所掌握的資料看，「三民主義文藝」的提出應該在這次會議之前，而且具有一定的偶然性。

據時任國民黨中宣部副部長的劉蘆隱回憶，「三民主義的文藝這一個名詞，是胡漢民現實葉楚傖先生和我們幾個人，有一天談起現在中國文藝幼稚的情形，覺得大家要提倡一種理想的文藝之必要，於是漢民先生就說我們應該提倡一種三民主義的文藝，而這個名詞就這樣起了。」緊接著，劉蘆隱又特別指出，「所謂的三民主義的文藝，意思是說中國現在所需要的文藝，是要能為中國民族整個利害打算，從種種事實與題材方面去發揚我們的精神生活，或道破我們共同的高尚的希望和思想，或詠歎我們過去的事蹟，或抒寫我們現實的人生的情感或描繪我們理想的人生，而其影響都能把整個國家社

〔註 20〕有關這一點更精彩的論述可參見姜飛：《國民黨文學思想研究》，廣州：花城出版社，2014 年。

會指點向中國民族所應走的大道上前進」。〔註 21〕從劉蘆隱的這段回憶中不難看出，所謂「三民主義文藝」的最早提出是在葉楚傖、胡漢民、劉蘆隱等人在閒聊之中產生的，具有一定的偶然性，對於「三民主義文藝」的內涵與具體操作措施，葉楚傖、胡漢民、劉蘆隱等人並無清晰的設計，但是其爲「中國民族整個利害打算」、從「事實與題材」中對精神生活起到改善的作用，使國家、社會、民族都走上三民主義所設計的大道上的實質則是非常明顯。

南京國民政府建立後召開的第一次全國宣傳會議於 1929 年 6 月 3 日在南京召開。出席、列席此次會議的人員有來自江蘇、江西、安徽、河北、察哈爾、內蒙、雲南、廣東、青海、天津、上海、南京、北平、漢口等省及特別市的黨部代表、中央各黨報代表和海外支部代表，如龍雲、魯覺悟、嚴愼予、金平歐、滕固〔註 22〕、陳德徵〔註 23〕等，共七十餘人。這次會議受到國民黨高層的高度關注，胡漢民、葉楚傖、劉蘆隱等國民黨主管宣傳工作的高層官員悉數到場，胡漢民發表演說，蔣介石也親臨會議並訓話。

蔣介石在訓話中指出，宣傳工作「在使黨員與民眾有覺悟，能依吾人之所宣傳者而爲之，斯於國家民族，有極大關係」，而國民黨的宣傳工作面臨的一大問題就是宣傳人才的缺乏，「現在任宣傳工作者，其病在偏重主觀，發表意見，不顧民眾之程度，其結果轉令無所適從。」要改變這一狀況，就必須「時時顧到本黨環境，及社會需要」，使黨義能到達攻擊中央之一般青年民眾，及社會上知識較低者，而不能僅僅制定短期的方針，「當作長期之步驟，庶有成效可觀」〔註 24〕。國民黨中央宣傳部秘書朱雲光在報告中央宣傳部工作時更是痛陳過去的宣傳工作「缺陷固極多，若歸納其大者，則有三點：第一在散漫而不統一，第二在宣傳內容不知隨時間與空間而變革，第三在國際宣傳不能積極進行」，而要「使民眾繼續維持其過去對黨之熱烈，而養成期愛護黨國之情操，欲達此目的，必須以淺顯通俗之文字，解釋高深博大之理論。尤其在以藝術的手腕，從多方面來闡明枯燥艱窘的學理，方能引

〔註 21〕《三民主義的文藝目的在指點民族應走的大道——劉委員在中央紀念週之報告》，《中央日報》1929 年 7 月 7 日。

〔註 22〕滕固，江蘇寶山人，著名美術家、文學家，時任中國國民黨江蘇省黨部執行委員。

〔註 23〕陳德徵，浙江浦江人，王平陵在浙江一師學習時的同班同學，時任上海特別市教育局局長兼市黨部宣傳部長。

〔註 24〕《全國宣傳會議第四日》，《中央日報》1929 年 6 月 7 日。

起民眾閱讀的興味，而得精確的認識與瞭解，此本部今後對於民眾宣傳之計劃也。」〔註25〕

在之後的會期中，共通過了19個議案〔註26〕，其中大多數是關於指導國民黨宣傳系統事務性工作，與文藝相關的是《確立本黨之文藝政策案》和《藝術宣傳方法案》，這兩份議案開啓了國民黨政權實行文化統制、進行思想控制的濫觴，特別是前者，明確提出以三民主義作爲文藝創作標準，黨治文藝的實質昭然若揭。

《確立本黨之文藝政策案》是「由中央宣傳部制定關於黨誼黨德宣傳之具體方案」而確立的，是《以黨誼黨德爲中心，確立黨員之具體宣傳方法案》在文藝上的體現。《以黨誼黨德爲中心，確立黨員之具體宣傳方法案》的內容是：「一，建議第三屆中央執行委員會第二次全體會議，確定黨誼黨德之標準，二，由中央宣傳部根據中央確定之黨誼黨德標準在總理全部遺告中，搜集關於黨誼黨德之遺教，編爲專集，三，由中央宣傳部制定關於黨誼黨德宣傳之具體方案」〔註27〕。而《確立本黨之文藝政策案》的內容是：「一，創造三民主義的文藝，（如發揚民族精神，闡發民治思想，促進民生建設等文藝作品）；二，取締違反三民主義之一切文藝作品，（如斫喪民族生命，反映封建思想，鼓吹階級鬥爭等文藝作品）」。《藝術宣傳方法案》則規定，「一，省、特別市、縣黨部宣傳部，應遴選有藝術素養之同志若干人，組織術藝（應爲「藝術」——引者注）宣傳設計委員會。二，省、特別市、縣黨部宣傳部，在可能範

〔註25〕《全國宣傳會議紀錄》，《江西黨務月刊》1929年第6期。

〔註26〕這19個議案分別是：1、以黨誼黨德爲中心，確立黨員之具體宣傳方法案；2、確立本黨文藝政策案；3、中央與各直轄黨部宣傳工作互相聯貫之具體方法案；4、各省市縣黨部籌設圖書館應如何實行案；5、各級黨部應根據七項基本工作宣傳綱要切實宣傳案；6、訓政時期之宣傳方案案；7、統一本黨宣傳系統案；8、省市黨部宣傳部對於當地報館通信社之指導監督權限案；9、各地新聞及郵電檢查工作，應由各地高級黨政軍機關會同主持案；10、宣傳訓練兩部工作，應由中央切實劃分，以免步驟紊亂而減少工作效率案；11、充實中央黨報內容，以造成本黨有力量之中央言論機關，而使其確能領導各地黨部從事於有力的宣傳案；12、省及特別市兩宣傳部保留編纂審查科；13、國際宣傳方法案；14、擴大農村宣傳案；15、藝術宣傳方法案；16、各級黨部宣傳經費案；17、對蒙藏宣傳之方法案；18、關於華僑居留地政府無理壓迫華報記者中央須切實訓令外交部嚴厲交涉案；19、海外總支部直屬支部及支部應斟酌當地情形，籌設圖書館案。

〔註27〕《全國宣傳會議紀錄》，《江西黨務月刊》1929年第6期。

圍內，應根據本黨之文藝政策，舉辦文藝刊物，書報、音樂會，繪畫，及攝影展覽會，戲劇，電影，幻燈，化裝，講演，及仿製民間流行之俗謠、鼓詞、通俗故事等。三，中央對於三民主義之藝術作品應加以獎勵。四，中央對於直轄黨部宣傳部之藝術宣傳工作，有優異之成績者，應予經濟上之補助。五，中央應制定劇本電影審查條例，頒發省及特別黨部宣傳部遵行。六，一切誨謠萎靡神仙怪誕及反動作品，應由當地高級黨部宣傳部，應予嚴厲之取締。」

《確立本黨之文藝政策案》在「創造」與「取締」中表明了以三民主義爲意識形態，容不下對三民主義有質疑和批判的任何思想與學說存在的強硬姿態，而以此爲基礎打造的「三民主義文藝」，與「民族主義文藝運動」一樣，也儼然是利用文藝達到某種政治目的的工具。但是，相對於「民族主義文藝運動」將宣傳的目的指向「民族主義」這一非常具體而清晰的價值目標，「三民主義文藝」的指向則顯得龐雜而模糊。

在孫中山看來，「三民主義的意思，就是民有、民治、民享。這個民有、民治、民享的意思，就是國家是人民所共有、政治是人民所共管、利益是人民所共享。」〔註 28〕孫中山將林肯在葛底斯堡演講中的「The government of the people，by the people，for the peole」譯爲「民有、民治、民享」，並用之解釋三民主義〔註 29〕，但是對於誰是「the people」，孫中山的理解與林肯並不相同。在林肯那裡，此處的「the people」是一個比「citizen」（公民）更爲中性的概念，除了包括對政府納稅、具有選舉權的公民，還包括無納稅能力的老弱病殘等弱勢群體，其背後是以一整套的英美式自由民主思想爲支撐；而在孫中山那裡，「the people」似乎和「民眾」（the mass of the people）更接近，屬於「後知後覺」甚至是「不知不覺」的一類。要實現「民有、民治、民享」，僅有英美式的自由民主還不夠，還要加入中國固有的道德文化和蘇聯的革命專政思想。這就注定了三民主義有不少矛盾和衝突，直接以之作爲意識形態，就缺乏作爲意識形態所必備的嚴密的理論性、強大的邏輯性、高度的整合性。因爲從本質上講，「意識形態是種話語策略，對統治權力會感到難堪

〔註 28〕孫文：《民生主義第二講（1924 年 8 月 10 日）》，《三民主義》（三），上海：民智書局，1925 年，第 77 頁。

〔註 29〕參見孫文：《在中國國民黨本部特設駐粵辦事處的言說》一文，中山大學歷史系孫中山研究室等合編：《孫中山全集 第五卷》，北京：中華書局，1985 年，第 475 頁。

的現實予以移置、重鑄、或欺騙性的解說，爲統治權力的自我合法化不遺餘力」〔註 30〕，其目的，是「通過一套複雜的話語手段，把其實是黨派的、爭議的、歷史的特定價值凸顯爲所有時間所有地點中都如此的價值，因而成了自然的，不可避免的和不可改變的價值。」〔註 31〕

正是由於理論的雜亂，以三民主義以指導思想的「三民主義文藝」就顯得非常空疏，以至於倡導「三民主義文藝」的《本黨之文藝政策案》對什麼是「三民主義文藝」、什麼不是「三民主義文藝」都不能給出一個比較明晰的概念，只能通過舉例來說明「發揚民族精神，闡發民治思想，促進民生建設等的文藝作品」是「三民主義文藝」，而「斫喪民族生命，反映封建思想，鼓吹階級鬥爭等文藝作品」則不是「三民主義文藝」。這也導致配合「三民主義文藝」開展的《藝術宣傳方法案》只能從開展工作的具體方法上進行指導，而不能爲之提供組織保證和制度支持。因此，「三民主義文藝」注定是一紙空談，即使其積極鼓吹者也難以對之有一個明晰的概念。葉楚傖也不得不承認，實現「三民主義文藝」雖然「大家都曉得這個問題很重要，但怎樣去做，卻沒有辦法，我自己便是一個沒有辦法的人。」〔註 32〕再比如，在全國宣傳會議結束後不久，時任南京市黨部宣傳部部長的賴璉就曾召集南京藝術宣傳委員會委員召開藝術宣傳會議，傳達全國宣傳會議精神。在會議上，賴璉等人也只能指出「文藝界之萎靡頽唐，終日以戀愛灰心，自殺誨淫諸事，爲中心思想」的「浪漫派」和「得了蘇俄的盧布受了共產黨的利用」、是「蘇俄帝國主義者的新的文化侵略的」普羅文學是近年來文壇上的「兩種壞趨勢」〔註 33〕，是三民主義文藝要剷除的對象。至於何爲「三民主義文藝」，這次專門傳達「三民主義文藝」精神的會議卻是絕口不提，這不能不說是一種莫大的諷刺。作爲此次會議參會人之一的金平歐對此也頗感痛心，在回憶會議情況他這樣寫到：「三民主義的文藝，在一年前的全國宣傳會議裏，即有人提議，而且經大會通過。可是到了現在，只有少數人發表關於提倡三民主義的文藝的論著。

〔註 30〕〔英〕特里·伊格爾頓：《意識形態》，〔英〕特里·伊格爾頓著、馬海良譯《歷史中的政治、哲學、愛欲》，北京：中國社會科學出版社，1999 年，第 86 頁。

〔註 31〕〔英〕特里·伊格爾頓：《意識形態》，〔英〕特里·伊格爾頓著、馬海良譯《歷史中的政治、哲學、愛欲》，北京：中國社會科學出版社，1999 年，第 88 頁。

〔註 32〕葉楚傖：《三民主義文藝底創造》，《中央日報》1930 年 1 月 1 日。

〔註 33〕《京市宣傳部藝術宣傳會議》，《中央日報》1930 年 7 月 9 日。

而實際上去努力三民主義的文藝，可以說是絕無僅有。」〔註 34〕雖然 1940 年代初期國民黨內興起了三民主義文化運動〔註 35〕，有葉青、王集叢、趙友培、張道藩等人努力建構三民主義文化體系，其共同點都是將三民主義闡釋爲適合中國國情與時代的最高標準，把「總理遺教」置於至高無上的地位。但是隨著時代的變遷和政治環境的改變，「總理遺教」中所未能訓示的內容，就算其自有合理合情之處，也難以成爲被吸納爲三民主義的思想資源。因此，此後對三民主義的解釋由泛化步入僵化，成爲執政黨爲維護獨裁統治、打擊異己勢力的武器，難以成爲眞正推動中國現代化進程和民主政治進程的思想資源。

二

梁實秋是最早看到「三民主義文藝」的空洞性的人。1929 年 6 月 6 日，也就是《確立本黨之文藝政策案》通過的當天，梁實秋站在自由主義的立場上寫了《論思想統一》一文，對「三民主義文藝」進行了嚴厲的批評。他在文中這樣寫到：

有許多事能夠統一，應當統一的，有許多事不能統一不必統一的。例如，我們的軍隊是應該統一的，但是偏偏有什麼「中央軍」、

〔註 34〕金平歐：《文藝與三民主義》，吳原編：《民族文藝論文集》，上海：上海書店，1934 年，第 226 頁。

〔註 35〕1941 年 1 月 1 日，江西省政府主席、省黨部主任委員熊式輝在《元旦獻詞》中說：「要強化戰力和軍力，必須在今年更堅決地勇敢地去爲精神總動員而積極展開三民主義的文化運動」，江西省政府委員邱大年也發表了《今年是三民主義的文化運動年》一文，標誌著三民主義文化運動在江西正式開始。三民主義文化運動的旨趣是「造成全國國民的思想與信仰之徹底的三民主義化，以加強抗戰的精神力量，奠定建國的精神基礎，使『抗戰必勝建國必成』的信念，完滿實現。」目標是「一、開展三民主義的思想運動，使三民主義普遍深入於人心，成爲每個人的思想，以達成三民主義的思想化。二、加深三民主義的學術研究，使三民主義的社會科學和三民主義的學術漸次成立，以達成三民主義的學術化。三、闡明三民主義的制度文物，使三民主義表現於政治、經濟、教育一切設施及生活禮俗之中，以達成三民主義的制度化。四、促進三民主義的建設事業，使三民主義的國家，乃至三民主義的社會，從早實現，以達成三民主義的行動化。」參見《江西省三民主義文化運動計劃綱要》（江西省三民主義文化運動委員會編，1941 年）、《三民主義文化運動論》（葉青著，時代思潮社，1943 年）、《三民主義文學論》（王集叢著，時代思潮社，1943 年）等。

「西北軍」、「東北軍」的名目；政府是應該統一的，但是中央政府的命令能否有效達到全國各地還是疑問；財政應該統一的，但是各地方的把持國稅，各軍隊之就地籌餉，財政系統紊亂到了極點；諸如此類應統一而未統一的事正不知有多少，假如我們眞想把中國統一起來，應該從這種地方著手做去。然而近年來在一般的宣言，演說，報章裏，時常看見「思想統一」的字樣，好像要求中國的統一必須先要思想統一的樣子，這實在是我們所大惑不解的一件事。思想這件東西，我以爲是不能統一的，也是不必統一的。

……思想是獨立的……思想只對自己的理智負責，換言之，就是只對眞理負責；所以武力可以殺害，刑法可以懲罰，金錢可以誘惑，但是卻不能掠奪一個人的思想。別種自由可以被惡勢力所剝奪，惟有思想自由是永遠光芒萬丈的。……

天下就沒有固定的絕對的眞理，眞理不像許多國的政府似的，可以被一人一家一族所把持霸佔……在如今這樣日趨繁複的時候而欲思想統一，我眞不知道那一個人那一派的思想可以當得起一切思想的中心。

很明顯的，現在當局是要用「三民主義」來統一文藝作品。然而我就不知道「三民主義」與文藝作品有什麼關係；我更不解宣傳會議決議創造三民主義的文學，如何就眞能產出三民主義的文學來，我們願意等上十年，二十年，三十年，請任誰忠實同志來創作一部「三民主義的文學」給我們讀讀。

以任何文學批評上的主義來統一文藝，都是不可能的，何況是政治上的一種主義？由統一中國統一到統一文藝了，文藝這件東西恐怕不大容易統一罷？鼓吹階級鬥爭的文藝作品，我是也不贊成的，實在講，凡是宣傳任何主義的作品，我都不以爲有多少文藝價值的。文藝的價值，不在做某項的工具，文藝本身就是目的。也許有人能創作三民主義的文學，我也不想阻攔人家去創作，不過我可以預先告訴你，你創作出來未必能成爲文藝。所謂「反映封建思想的文藝」也是在取締之列，我也不能明白。「反映」二字，是客觀表現的意識，不一定是贊成，也不一定是反對，如何可以籠統的取締？《紅樓夢》、《水滸》、《儒林外史》，等等的小說，都不免「反映封建思想」，是否應該一律焚毀？「斫喪民族生命」也是一個籠統的名詞，沒有什麼意義。

據我看，文學這樣東西，如眞是有價值的文學，不一定是三民主義，也不一定是反三民主義的，我看還是讓它自由的發展去罷！〔註 36〕

梁實秋的話道出了國民黨推行「三民主義文藝」實際是推行黨派文藝、打壓異己思想和學說、進行思想控制的本質。這種看法得到了不少作家的認同。徐玉諾曾說「三民主義文藝」是「丟掉了生命了」，于賡虞則表示，自己主編的《華嚴》正是「三民主義文藝」「所反對的自由思想的刊物」，還有人認爲：「三民主義文學，若是對的，國內的名士老早就幹了」〔註 37〕。

在梁實秋發表《論思想統一》、公開反對「三民主義文藝」之後，國民黨內竟無人立即進行有效還擊。直到 3 個月之後，時任《中央日報》副刊主任的王平陵才在《青白》上接連刊發了張水淇的《思想統一問題》和他自己所寫的《評〈論思想統一〉》〔註 38〕兩篇文章，分別對梁實秋反對思想統一、要求思想自由、教育自由、文藝自由的觀點予以回擊。作爲國民黨中央黨報的副刊主編，王平陵寫作、刊發這樣的文章並不奇怪，但是王平陵在文中隱約透露出的對梁實秋觀點的贊同，倒是一件頗有意思的事。

張水淇的文章指出，人類的任何思想的最終目的都是追求眞善美，因此，從這一點來看，人類思想的統一是有可能的，「就思想本質論，無論何種思想，所不要達於眞善美的×境（此處字跡不清，引者以符號代），這是人類理性的峰尖……雖眞善美之標準，常變不住，而當其認爲眞善美時，其整個生命集中於此。否則不但自己的意志不統一，世界將無人格可尋。故個人的全生命所產生的思想，雖不同於眾，而有求同於眾之傾向；思想雖不能統一，而有求統一之勢。」張水淇的文章，顯然是沒有清楚《確立本黨之文藝政策案》的眞實意圖和梁實秋的《論思想統一》的眞正意義。人類思想的終極目的固

〔註 36〕 梁實秋：《論思想統一》，《新月》1929 年第 2 卷第 3 號。

〔註 37〕 以上說法參見周佛吸：《怎樣實現三民主義的文學——覆大道編輯先生》，《中央日報・大道》第 188 號，1929 年 11 月 24 日。

〔註 38〕 張水淇的《思想統一問題》發表在《青白》第 125 號（1929 年 9 月 6 日），《評〈論思想統一〉》作者署名平陵，分上、中、下三部分分別刊登於《青白》第 124 號（1929 年 9 月 5 日）、第 126 號（1929 年 9 月 7 日）、第 128 號（1929 年 9 月 10 日）。

然是追求眞善美，但並沒有哪一種思想能夠完全包蘊眞善美的所有層面，所以人類的思想需要多元化、需要自由地發展。如果以某種思想或者學說爲不容置疑的至高無上的眞理，不管這種思想或者學說是以國家、民族、人民或者以其他的什麼名義出現，那麼這種思想或學說實際上也就成了阻撓人類思想發展的因素，這正是梁實秋在《評思想統一》中不斷強調的觀點。而《確立本黨之文藝政策案》中，顯然是把國民黨的「三民主義」意識形態作爲統一中國人思想的標準，對於不符合其意識形態的部分要堅決予以「取締」或是「消滅」，本身就對思想的自由發展是嚴重的干涉和破壞。

隨後，王平陵在文章中對張水淇的觀點表示了贊同，認爲該文「與鄙意頗多參證」。他進一步指出，當時中國社會混亂的原因在於中國傳統文化「複雜，無系統」〔註 39〕，導致了中國人的思想不統一，爲了消除社會混亂，就必須思想統一，而孫中山的三民主義是「替社會負責，替世界負責，替全人類負責」的偉大思想，不同於一般人渺小的思想，「僅替自己的理智負責」〔註 40〕，因此要以三民主義來統一思想；另一方面，他又認爲三民主義作爲一種偉大的思想和眞理，是人類思想的結晶，具有兼容並包的特點，「所謂思想統一，並非束縛人類思想之謂，也非黨同伐異之謂。思想統一，實有融治眾長兼含並包之意。」〔註 41〕這樣的三民主義，與其說是作爲國民黨黨義的三民主義，或者是作爲國民黨用來統一思想的三民主義，毋寧說是一種抽象眞理的代名詞，以之作爲「統一思想」的思想，也就失去了執政黨思想統一所要達到的目的。也許正是意識到自己對「統一思想」的理解與執政黨要達到的目的的差異，王平陵在文章的最後試圖對二者進行再次調和與區分，將能否「統一思想」分爲兩種情況來看，一種是學術上的，一種是政治上的，「站在學術的地位上，我們應當獎進自由的精神；因爲不自由，沒有進步。但在政治的行施方略上，與純粹流動的學術思想，根本不同，這不能任意變化的，我們既認定了一個方向，就應當共赴於一的，不容絲毫的懷疑。」〔註 42〕這就是說，他認爲「統一思想」應該是在「政治的行施方略上」而非學術上，前者應該統一，而後者則不然。

〔註 39〕平陵：《評〈論思想統一〉》（上）。
〔註 40〕平陵：《評〈論思想統一〉》（中）。
〔註 41〕平陵：《評〈論思想統一〉》（下）。
〔註 42〕平陵：《評〈論思想統一〉》（下）。

王平陵對國民黨「統一思想」的企圖既調和又區分的矛盾做法顯示出了其內心的矛盾與糾結。雖然剛來到南京主編《中央日報》副刊不久，但是王平陵已經認識到執政者所需要的文藝與「五四」新文學的差距，決心「趕快荷鋤揚鈀，到荒蕪了的『文藝之園』去，把所有的蔓草雜花，連根剷除，不使他再有繁殖的可能；而一面撒布眞正的『革命文學』的種子，使他萌芽，使他繁殖，使他放出燦爛的異彩，開出華美的獻花，來解除時代的悲哀，指示青年的出路」〔註 43〕，使「愛好文藝的青年們，都欣然來歸」〔註 44〕，「最後的結果，終能分別良善，刪除莠草，集中於黨治之下，共同謀國利民福的實現。」〔註 45〕另外一方面，作爲一個「五四的潮流所激蕩出來」〔註 46〕的作家，王平陵的內心難以實現對黨治文藝的無條件的認同。正如本書在前文已論證，王平陵所主編的《大道》和《青白》表現出了對「純文藝」的推崇，其中固然有利用純文藝與普羅文藝抗衡的考慮，也不乏其個人對文藝的由衷熱愛使然，更是因爲當時的文化場域爲黨治文藝之外的文學追求提供了存在的可能。

在國民黨 CC 系提出非常具有號召性和迷惑性的「民族主義文藝運動」作爲黨治文藝的旗號時，遭遇了以三民主義爲意識形態的尷尬。孫中山的三民主義被認爲是國民黨最基本的政治綱領，民族主義、民權主義、民生主義構成密不可分的整體，具有無可置疑的權威性和指導國民黨各方面工作的強大功能，國民黨內無論何系何派都必須承認這點。單以「民族主義」作爲黨治文藝的旗號的話，三民主義就只剩一民主義甚至是半民主義，這就有違三民主義的基本意思。因此，「民族主義文藝運動」雖然具有一定的合理性和號召性，也只能作爲一種以文學社團提出的「運動」的形式出現，而不能上升爲國民黨的「文藝政策」。加上國民黨內部派系鬥爭的影響，王平陵及其所編輯的刊物基本上可以在這場文學運動中採取置身事外的態度。而國民黨中央宣傳部的「三民主義文藝」直接以「三民主義」作爲指導文藝的準則，則顯得大而無當，無法實施。三民主義理論本身的龐雜性導致了連「三民主義文藝」這一概念的邊界都不能確定，以「三民主義文藝」爲黨治文藝的努力也就是

〔註 43〕平陵：《蹈進『革命文藝』的園地》，《中央日報·青白》第 51 號，1929 年 4 月 21 日。

〔註 44〕平陵：《「革命文藝」》，《中央日報·青白》第 56 號，1929 年 4 月 27 日。

〔註 45〕平陵：《再來飆一陣狂風》，《中央日報·青白》第 51 號，1929 年 8 月 7 日。

〔註 46〕王平陵：《南國社的昨日與今日》，《矛盾月刊》1933 年第 1 卷第 5、6 期合刊。

一紙空談。正是由於包括提出「三民主義文藝」的葉楚傖、劉蘆隱在內的國民黨中宣部主管官員也無法說出何爲「三民主義文藝」、怎樣開展「三民主義文藝」，王平陵才可以在自己主編黨報副刊上大量刊發與「三民主義文藝」無關的作品、大力宣傳爲主張藝術而藝術的南國社及其戲劇運動；在面對梁實秋對「思想統一」的反對時，他認爲必須以三民主義來統一思想，同時又承認學術必須自由，所謂的統一隻能在政治上、行政手段上實現，與梁實秋的觀點有相通之處。也正是因爲此，王平陵才能在黨治文藝之內，在一定程度上堅持文藝自由的觀點。即使在戰火紛飛的年代，還不忘提醒人們，「不能違背藝術的良心，始終保持了崇高的氣節——即人類所應有的正義感」，而政治，要讓作家們滿意，則要保證他們「在文藝的創造上有著相當的自由，和獨立不偏的精神」〔註47〕，這不能不發人深思。

〔註47〕王平陵：《文藝與政治》，《中國社會》，1939年第5卷第2期。

餘　論

1946 年 9 月 7 日凌晨，剛剛遷入位於重慶李子壩勝利大廈的《和平日報》報社突發大火。這次大火雖然沒有造成人員傷亡，但是勝利大廈整棟樓被火燒毀，財產損失慘重。此時，王平陵一家正好也住在報社宿舍裏。雖然一家老小平安脫險，但是王平陵多年來珍藏的書畫、日記、信件，連同全家的衣服被褥，都因爲這場大火而化爲灰燼。雖然發生大火的當天，《掃蕩報》照常出版，但是王平陵的心情卻是難以回復。從 1938 年隨中國文藝社遷至重慶，王平陵已在重慶南山半山的李莊住了八年多，在這八年多里，《文藝月刊》早已閉刊，「文協」也已結束歷史使命壽終正寢。文壇上的風雲變幻隨著政治環境的改變而改變，文壇也不再需要「無用，缺乏鬥爭精神」的王平陵了。在抗戰初期，王平陵還「常常進城參與文化界的集會，後來這些集會也少見他的蹤跡了，他只在半山讀書作文 」，加上戰後欲參加「國大代表」選舉也不得的挫折，王平陵「再替政治服務的美意也沒有了」〔註 1〕，只想抗戰後遠離政治，在偏遠的重慶安心編副刊、讀書、作文，徹底回歸文士身份。可是這場突如其來、頗有蹊蹺的大火讓王平陵的這一想法破滅，他與早已「歸舟返舊京」的朋友們——潘公展、卜少夫、鍾憲民、華林、徐仲年等聯繫，詢問「上海文人生活狀況如何？生活如此高漲，影響到出版事業否？」〔註 2〕並懇請他們幫忙在上海謀職。最終，求職無門，王平陵只好滯留重慶，繼續編輯《和平副刊》，1948 年初才在重慶巴蜀中學謀得教職，遂辭去副刊編輯職務，一心任教。在巴蜀中學任教期間，王平陵悉心指導學生寫作，並介紹優秀作

〔註 1〕魯芬：《桐花寒節憶平陵》，《申報・春秋》1947 年 2 月 24 日。
〔註 2〕進珊：《編者跋》，《申報・春秋》1947 年 2 月 24 日。

品到《和平日報》的副刊上發表，直至1949年11月30日，在國民黨撤往臺灣的當天，王平陵在某友人的再三勸說下，才乘坐最後一班離開重慶的飛機，隻身飛赴臺灣……

從創作上看，王平陵一生創作出了相當數量的詩歌、散文、小說、戲劇、雜文。其中，既有《秋意》〔註3〕、《杭遊散記》〔註4〕、《生命的琴弦》〔註5〕、《月下渡江》〔註6〕、《重慶的「四夜」》〔註7〕、《揚子江上的倦遊者》〔註8〕等寄情於山水的現代散文佳作，也有《人之大德曰睡》〔註9〕、《揩油篇》〔註10〕、《友情》〔註11〕等談天說地、充滿閒趣的小品文，但是他作品中更多的內容則偏重於描寫他在現實中遭遇的種種困境和思考，並力求在作品中直接給出答案。這種對現實人生的深切關注一方面是中國知識分子心懷天下的傳統使然，另一方面卻導致王平陵的創作太貼近現實，缺乏應有的沉潛和打磨，使他的觀察和思考流於表象，這也導致他作品的數量不少，但是佳作卻並不多。正如他自己反思自己的創作時所寫到的那樣：「我控制不住自己的情感，拖不住急於滑動的筆尖，往往是忽略了故事的結構，不著重人物個性的分析，使寫成的小說脫離了小說的模型，彷彿是在寫稱心快意的雜文和論文。」〔註12〕

縱觀王平陵的一生，他性情隨和，「並不願跟銅筋鐵骨的好漢們赤膊肉搏」，本質上是一個「與世無爭，與人無忤的文人」，「更不想以文藝爲進入仕途的敲門磚，不像有些人斤斤冀獲得社會賢達的職銜」，「不被名利所動，時時守著布衣的崗位」〔註13〕。因此，在不少國民黨官員眼中，他「無用，缺乏鬥爭精神」〔註14〕。而在與王平陵打過交道的共產黨人看來，王平陵也並

〔註3〕載於《現代文學評論》1931年第2卷第3期。
〔註4〕載於《文藝月刊》1934年第3期。
〔註5〕載於《國是》，1944年第2期。
〔註6〕初載於《副產品》，商務印書館1945年初版，選入《中國新文學大系1937～1949 第11集 散文卷2》。
〔註7〕載於《旅行雜誌》1948年第1期。
〔註8〕載於《旅行雜誌》1949年第1期。
〔註9〕載於《論語》1948年第155期。
〔註10〕載於《論語》1948年第164期。
〔註11〕載於《半月文選》1945年第4卷第3期。
〔註12〕王平陵：《捫虱談雕蟲》，《中國青年》1943年第3期。
〔註13〕魯莽：《桐花寒節憶平陵》，《申報·春秋》1947年2月24日。
〔註14〕魯莽：《桐花寒節憶平陵》，《申報·春秋》1947年2月24日。

非完全是銅筋鐵骨的鬥士。在 1949 年之後曾任中共中央宣傳部副部長的徐光霄，在抗戰時曾任《新華日報》副刊編輯，與同在重慶的王平陵打過不少交道。他在後來回憶這段經歷時寫到：「國民黨那邊只有很少的幾個作家，像王平陵、華林等。我們和王平陵也經常見面。對國民黨，他們也是應付。至於寫長篇大論反共文章的像李辰東等頑固派，文藝界沒有人理他們。」〔註 15〕另外，夏衍在《懶尋舊夢錄》中也回憶了 1949 年 5 月周恩來在中南海召開左翼文化界人士開會，交代即將召開的「文代會」的政策時的一些細節。周恩來說：「這次文代會是會師大會，團結大會，團結的面要寬，越寬越好，要團結一切可以團結的人，不單解放區文藝工作者和大後方文藝工作者要團結，對於過去不問政治的人要團結，甚至反對過我們的人也要團結，只要他們現在不反共、不反蘇，都要團結他們，不要歧視他們，更不該敵視他們。假如簡又文、王平陵還不走，都要團結他們，團結的總方針是凡是願意留下來的，愛國的、願意爲新中國工作的人，都要團結，都要爭取，這是一個『聞道有先後』的問題。」〔註 16〕

王平陵也就曾對自己一生的追求做過以下的概括：

> 我……頗能在苦難的歲月中，自得其樂；決不因爲年齡的步步高升，灰心喪志，黯然氣餒。孤獨時，則臥遊山水；參加熱鬧的場合時，雖也高興湊湊熱鬧，但還是確保客觀的態度，默賞世象。我愛抽煙而無煙癮，愛喝酒而無酒癖；愛看女人，絕無野心。富貴如可求，雖執鞭之士，吾亦爲之，如不可求，從吾所好。又因爲「寡人無疾」，不好貨，不好色，也不想在地面上興風作浪，翻雲覆雨，以萬物爲芻狗，成全自己的霸圖；更不作癡念，雞鳴而起，孳孳爲利，把法幣換美鈔，美鈔變黃金，預備在停止呼吸的時候，帶到棺材裏去殉葬。所以我的嗜好雖然複雜，實際上異常簡單，具體言之，我歡喜在熟知的範圍內，常常記掛我所絕對找不到壞處的人們；可是，我並不希望他們常常記掛我。我歡喜把想到的接觸到的形形色色，寫在紙上，寄交能支配一個副刊或雜誌的朋友們，可以發表，則發表之，倘有所未便，就請他們隨手拉在字紙簍裏。至於發表之

〔註 15〕徐光霄：《歷史片段的回憶》，《徐光霄（戈茅）詩文集》，北京：中共文聯出版公司，1995 年，第 347 頁。

〔註 16〕夏衍：《懶尋舊夢錄（增補本）》，北京：生活・讀書・新知三聯書店，2000 年，第 394 頁。

後，能不能獲得讀者的共鳴，會不會觸到某一階層的逆鱗，發生不愉快的反響；是否也算是「不朽」的傑作；那就管不了這許多了。藐予小子，何敢以寫文章爲「三不朽」之一，說實話，不過是雜七搭八的外感内邪，攪得頭昏腦脹時，偶而發洩一陣子，減輕靈魂的負擔而已！我之愛好雕蟲，又何敢顓頏當代的民主人士，身雖在野，而心寄鉍闕，常常發宣言，打通電，捫虱談天下事！說是等於吃一帖瀉藥，把積滯的渣滓，瀉瀉清楚，免得在肚子裏作祟，損害自己的健康，倒是千眞萬確的。〔註 17〕

正是這樣一位本對世事「確保客觀的態度，默賞世象」的文人、卻又「身雖在野，而心寄鉍闕」，經歷、參與了中國現代文學從發生到興盛，再到被國民黨黨治文藝滲透的全過程，其人生也在中國現代文學的發展過程中不斷進行著選擇。從最開始走上文壇，到前往南京編輯《中央日報》副刊、從「五四」時期關注各種社會問題，到活躍於國民黨文藝界和文化界的各種協會和組織、從積極籌建「文協」，到從「文協」中隱退，隱居南山、從抗戰後滯留重慶，到欲返上海而不得，再到最終飛赴臺灣……王平陵每一次人生道路的選擇和改變，既有偶然性因素，也是王平陵自身的性格和他對文藝和政治關係的理解使然。從個人性格上說，王平陵性格溫和、豁達、隨遇而安，在某種程度上又有點缺乏主見，自然當不了爲黨治文藝衝鋒陷陣的鬥士；從他對文藝與政治關係的理解上說，他一方面視文藝爲人類須臾不可或缺的精神食糧，是文化事業中最重要的部門，其興衰關係到國家民族的前途和興亡，「科學的進步，政治的改革，都須得有文藝復興的力量，做它們的前鋒，做它們惟一的推進機，才有成功的可能」〔註 18〕，另一方面，他又認爲「政治是一切事業的基礎」，「影響到國家整個的命運，影響到人民全體的生活」，文藝雖然不是政治的點綴和附庸，但也不能離開政治而存在，「怎樣推進政治機構，是政治家的責任，也是文藝家所不能忽略的一個重要課題」，文藝運動也應該「造成時代的主潮，作爲革命的原動力」，「將從政治上所表現的一切，尋覓寫作的題材，暴露缺點，發揚優點，促進我們的政治機構，加速地走上合理的軌道。」〔註 19〕也就是說，在王平陵看來，他更看重的是文藝對社會發展

〔註 17〕王平陵：《四九自述》，《申報·春秋》，1947 年 7 月 14 日。

〔註 18〕王平陵：《中國文藝往何處去？》，《火炬》第 2 卷第 1 期。

〔註 19〕王平陵：《文藝與政治》，《中國社會》1946 年第 5 卷第 2 期。

和政治進步的推動作用，而文藝對個人情緒和情感的抒發，就算是《離騷》這樣的作品，「在藝術上是有著不朽的價值」，但是因爲「所涉及的範圍，僅是個人的得失問題」，其眞正的意義和價值也是非常有限的。

這就帶來一個值得思考的問題：文藝和政治自有其範圍和邊界，兩者在一些問題上不乏相交之處，但是文藝本身是不能被政治所涵蓋、代替的。如果將政治的目的和表現作爲文藝寫作的題材和指針，不管這種文藝是在中國歷史上的君主專制時代，還是以民主、憲政爲口號和理想的民國時期，也不管這種文藝是文飾君主、粉飾太平，還是以國家、民族、人民的名義，這樣的文藝是不是都失去了之所以成爲文藝的意義和價值，成爲政治的點綴和附庸？而文藝成爲政治的點綴和附庸，又恰恰爲王平陵所鄙視、所不齒的。這樣的糾纏與扭結伴隨著王平陵的一生，讓他在文士和鬥士之間不斷掙扎，卻始終無法掙脫，這不能不說是他的局限與悲哀……

參考文獻

一、民國報刊、雜誌類：

1. 《草野週刊》
2. 《長風》（南京）
3. 《晨報》
4. 《出版消息》
5. 《初陽》
6. 《初陽旬刊》
7. 《創造月刊》
8. 《彈花》
9. 《電聲》
10. 《電影檢查委員會公報》
11. 《電影新聞》
12. 《東方雜誌》
13. 《讀書顧問》
14. 《婦女雜誌》
15. 《橄欖月刊》
16. 《國民文學》
17. 《汗血月刊》
18. 《汗血週刊》
19. 《火炬》
20. 《江西黨務月刊》

21. 《教育潮》
22. 《教育週報》
23. 《開展》
24. 《抗到底》
25. 《抗戰文藝》
26. 《抗戰文藝三日刊》
27. 《抗戰戲劇》
28. 《立法院公報》
29. 《流露月刊》
30. 《矛盾月刊》
31. 《民國日報》（上海）
32. 《民意週刊》
33. 《民族文藝》
34. 《民族文藝月刊》
35. 《摩登》
36. 《南風月刊》
37. 《南國社旅京第二次公演特刊》
38. 《南國月刊》
39. 《南國週刊》
40. 《南華文藝》
41. 《前鋒月刊》
42. 《前鋒週報》
43. 《前哨》
44. 《前途》
45. 《青年雜誌》（《新青年》）
46. 《人言週刊》
47. 《三民主義文化》
48. 《三民主義文藝季刊 》
49. 《上海黨聲》
50. 《掃蕩報》（《和平日報》）
51. 《時代精神》
52. 《時事新報》

53. 《審查通訊》
54. 《申報》
55. 《曙光》
56. 《文化先鋒》
57. 《文學導報》
58. 《文訊》
59. 《文藝先鋒》
60. 《文藝新地》
61. 《文藝新聞》
62. 《文藝月刊》
63. 《文藝戰線》
64. 《無定河邊》
65. 《現代文學評論》
66. 《新壘》
67. 《新壘半月刊》
68. 《新民叢報》
69. 《新小說》
70. 《新月》
71. 《星期文藝》
72. 《娛樂週報》
73. 《浙江省立第一師範學校校友會志》
74. 《浙江民政月刊》
75. 《中國社會》
76. 《中國文學》
77. 《中蘇文化》
78. 《中外春秋》
79. 《中央黨務彙報》
80. 《中央黨務月刊》
81. 《中央黨務週刊》
82. 《中央日報》
83. 《中央日報特刊》
84. 《中央日報週刊》

85. 《中央導報》
86. 《中央週報》
87. 《中央週刊》

二、文獻、圖書類：

1、王平陵作品及相關論著類：

1. 王平陵先生遺著編輯委員會編輯：《王平陵先生紀念集》，正中書局，1975 年。
2. 嚴愼予、王平陵：《白話信大全》，上海：新文化書社，1922 年。
3. 王平陵編：《西洋哲學概論》，上海：泰東圖書局，1924 年。
4. 王平陵：《中國婦女的戀愛觀》，上海：光華書局，1927 年。
5. 王平陵：《獅子吼》，南京：南京書店，1932 年。
6. 王平陵：《期待》，南京：正中書局，1934 年。
7. 王平陵：《文藝家的新生活》，南京：正中書局，1934 年。
8. 王平陵、葉溯中：《民族解放的號音》，南京：正中書局，1938 年。
9. 王平陵：《東方的坦倫堡》，重慶：藝文研究會，1938 年。
10. 王平陵：《電影文學論》，長沙：商務印書館，1938 年。
11. 王平陵：《戰時文學論》，漢口：上海雜誌公司，1938 年。
12. 王平陵：《狐群狗黨》，重慶：中國戲曲編刊社，1940 年。
13. 王平陵：《維他命》，重慶：青年出版社，1942 年。
14. 王平陵：《送禮》，重慶：商務印書館，1942 年。
15. 王平陵：《俘虜》，重慶：國民圖書出版社，1942 年。
16. 王平陵：《到天空去》，重慶：國民圖書出版社，1945 年。
17. 王平陵：《情盲》，重慶：商務印書館，1944 年。
18. 王平陵：《夜奔》，重慶：商務印書館，1943 年。
19. 王平陵：《女優之死》，重慶：現實出版社，1943 年。
20. 王平陵：《怎樣讀歷史》，重慶：文風書局股份有限公司，1944 年。
21. 王平陵、王夢鷗：《孤城落日》，重慶：國民圖書出版社，1944 年。
22. 王平陵：《新狂飆時代》，重慶：商務印書館，1944 年。
23. 王平陵：《小飛行師》，重慶：建國書店，1944 年。
24. 王平陵：《湖濱秋色》，重慶：商務印書館，1945 年。
25. 王平陵：《祖國的黎明》，重慶：國民圖書出版社，1945 年。
26. 王平陵：《嬌喘》，上海：亞洲圖書社，1946 年。

27. 王平陵：《夜》，臺北：正中書局，1962 年。
28. 王平陵：《愛情與自由》，臺北：正中書局，1964 年。
29. 王平陵：《殘酷的愛》，臺北：正中書局，1969 年。
30. 王平陵：《幸福的源泉》，臺北：正中書局，1970 年。
31. 王平陵：《王平陵先生論文集》，王平陵先生遺著編輯委員會編輯，臺北：正中書局，1975 年。
32. 王平陵：《寫作藝術論》，臺北：正中書局，1975 年。
33. 王平陵：《三十年文壇滄桑錄》，北京：海豚出版社，2016 年。

2、工具書、資料類：

1. 《教育內政部電影檢查工作總報告》，出版社不詳，1934 年。
2. 《國民精神總動員綱領及實施辦法》，出版社不詳，1939 年。
3. 《文藝論戰》，重慶：中央文化運動委員會發行，1944 年。
4. 安徽省反省院：《民族文藝選粹》，1935 年。
5. 國民黨中央宣傳委員會文藝科編：《文藝宣傳計劃規章統計表格彙刊》，南京：國民黨中央宣傳委員會文藝科印，1934 年。
6. 重慶市檔案館、中國第二歷史檔案館編：《白色恐怖下的〈新華日報〉——國民黨當局控制新華日報的檔案材料彙編》，重慶：重慶出版社，1987 年。
7. 吉明學、孫路茜編：《三十年代「文藝自由論辯」資料》，上海：上海文藝出版社，1990 年。
8. 江西省三民主義文化運動委員會編：《江西省三民主義文化運動計劃綱要》，1941 年。
9. 廖全京、文天行、張大明編：《作家戰地訪問團史料選編》，成都：四川省社會科學出版社，1984 年。
10. 榮孟源主編：《中國國民黨歷次代表大會及中央全會資料》，北京：光明日報出版社，1985 年。
11. 馬良春、張大明編：《三十年代左翼文藝資料選編》，成都：四川人民出版社，1983 年。
12. 王大明、文天行、廖全京編：《抗日文藝報刊篇目彙編》，成都：四川省社會科學出版社，1984 年。
13. 樓適夷主編：《中國抗日戰爭時期大後方文學書系 第 1 編 文學運動》，重慶：重慶出版社，1989 年。
14. 《上海電影志》編纂委員會編：《上海電影志》，上海：上海社會科學出版社，1999 年。

15. 四川省社會科學院文學研究所抗戰文藝研究室編：《抗戰文藝報刊篇目彙編（續一）》，成都：四川省社會科學院出版社，1986年。
16. 宋原放主編、陳江輯注：《中國出版史料》，濟南：山東教育出版社，2001年。
17. 文天行、王大明、廖全金編：《中華文藝界抗敵協會史料選編》，成都：四川省社會科學院出版社，1983年。
18. 文天行、王大明、廖全金編：《抗戰文藝報刊篇目彙編》，成都：四川省社會科學院出版社，1984年。
19. 中共重慶市委黨史工作委員會編：《南方局領導下的重慶抗戰文藝運動》，重慶：重慶出版社，1989年。
20. 中共浙江省委黨史資料徵集研究委員會編：《浙江一師風潮》，杭州：浙江大學出版社，1990年。
21. 中國第二歷史檔案館編：《中華民國史檔案資料彙編 第五輯》，南京：江蘇古籍出版社，1994年。
22. 中國國民黨中央文化運動委員會編：《文化運動綱領》，重慶：中央文化運動委員會，1944年。
23. 中國國民黨中央執行委員會宣傳部：《中國國民黨中央執行委員會宣傳部十七年度部務一覽》，中國國民黨中央執行委員會宣傳部，1929年。
24. 中國國民黨第四次全國代表大會第三屆中央執行委員會：《中國國民黨第四次全國代表大會第三屆中央執行委員會宣傳部工作》，1931年。
25. 中國國民黨中央執行委員會宣傳部編：《抗戰七週年紀念冊》，重慶：國民圖書出版社，1944年。
26. 中國教育電影協會：《電影事業之出路》，南京：中國教育電影協會印行，1933年。
27. 中國教育電影協會編：《中國教育電影協會工作計劃書》，南京：中國教育電影協會印行1933年。
28. 中國教育電影協會年鑒編輯委員會編輯：《中國電影年鑒（1934）》，南京：中國教育電影協會出版，1934年。
29. 中國教育電影協會編：《中國教育電影協會第三屆職員名錄》，南京：中國教育電影協會，1935年。
30. 中國教育電影協會編：《中國教育電影協會第四屆年會專刊》，南京：中國教育電影協會，1935年。
31. 中國教育電影協會編：《中國教育電影協會會員名錄》，南京：中國教育電影協會，1935年。
32. 中國教育電影協會編：《兩年來國產影片本事彙刊》，南京：中國教育電影協會印行，1936年。

33. 中國教育電影協會編：《中國教育電影協會會員名錄》，南京：中國教育電影協會，1936 年。
34. 中國教育電影協會編：《中國教育電影協會第五屆年會特刊》，南京：中國教育電影協會印行，1936 年。
35. 中國教育電影協會編：《中國教育電影協會會員名錄》，南京：中國教育電影協會，1937 年。
36. 中國教育電影協會編：《中國教育電影協會第六屆年會專刊》，南京：中國教育電影協會，1937 年。
37. 中央圖書雜誌審查委員會編：《審查手冊》，重慶：中央圖書雜誌審查委員會，1941 年。
38. 中央文化運動委員會：《四年來之中央文化運動委員會》，重慶：中央文化運動委員會，1945 年。
39. 中央宣傳委員會編：《中央宣傳委員會各科最近工作概況》，南京：中央宣傳委員會印，1935 年。
40. 朱有瓛主編：《中國近代學制史料》，上海：華東師範大學出版社，1989 年。
41. 總務組編：《二十一年度中國教育電影協會會務報告》，南京：總務組印，1933 年。
42. 總務組編：《二十二年度中國教育電影協會會務報告》，南京：總務組印，1934 年。
43. 總務組編：《二十三年度中國教育電影協會會務報告》，南京：總務組印，1935 年。
44. 總務部編：《中國教育電影協會上海分會年刊》，南京：中國教育電影協會，1935 年。
45. 總務組編：《中國教育電影協會會務報告》，南京：總務組印，1936 年。
46. 總務組編：《中國教育電影協會會務報告》，南京：總務組印，1937 年。

3、其他中文作品及論著類：

1. 曹聚仁：《文壇五十年》，上海：東方出版中心，1997 年。
2. 曹聚仁：《我與我的世界》，臺北：龍文出版社股份有限公司，1990 年。
3. 曹聚仁：《聽濤室人物譚》，北京：生活・讀書・新知三聯書店，2007 年。
4. 常任俠：《常任俠日記集》，臺北：秀威信息科技股份有限公司，2012 年。
5. 陳立夫講述、王平陵筆記：《中國電影事業的新路線》，南京：中國教育電影協會印行，1933 年。
6. 陳立夫：《中國電影事業》，上海：晨報社，1933 年。
7. 東方雜誌社編：《心理學論叢》，上海：商務印書館，1924 年。

8. 郭沫若：《創造十年》，上海：現代書局，1932 年。
9. 郭有守：《二十三年國產電影發達概況》，南京：中國教育電影協會印行，1935 年。
10. 黃震遐：《大上海的毀滅》，上海：大晚報社，1932 年。
11. 姜飛：《國民黨文學思想研究》，廣州：花城出版社，2014 年。
12. 經亨頤：《經亨頤教育論著選》，北京：人民教育出版社，1993 年。
13. 胡傳厚主編：《編輯理論與實務》，臺北：學生書局，1977 年。
14. 蔣委員長講：《新生活運動之要義》，出版地不詳，新生活運動促進會刊印，1934 年。
15. 藍海：《中國抗戰文藝史》，上海：現代出版社，1947 年。
16. 雷世文：《文藝副刊與文學生產》，北京：中國文史出版社，2004 年。
17. 李大釗：《李大釗全集》，石家莊：河北教育出版社，1999 年。
18. 李瞻主編：《中國新聞史》，臺北：臺灣學生書局，1979 年。
19. 劉之常、蔣社村編校：《電影教育實施法》，鎮江：江蘇省立鎮江民眾教育館發行，1934 年。
20. 魯迅：《魯迅全集》，北京：人民文學出版社，2005 年。
21. 羅志田：《亂世潛流：民族主義與民國政治》，上海：上海古籍出版社，2001 年。
22. 馬俊山：《走出現代文學的「神話」》，北京：社會科學出版社，2002 年。
23. 倪偉：《「民族」想像與國家統制——1928~1949 年南京政府的文藝政策及文學運動》，上海：上海教育出版社，2003 年。
24. 前鋒社編：《民族主義文藝論》，上海：上海光明出版部，1930 年。
25. 譚正璧：《長恨歌》，上海：雜誌社，1945 年。
26. 唐君毅：《中國文化之精神價值》，南京：江蘇教育出版社，2006 年。
27. 汪朝光：《影藝的政治：民國電影檢查制度研究》，北京：中國人民大學出版社，2013 年。
28. 王集叢：《三民主義文學論》，時代思潮社，1943 年。
29. 王奇生：《黨員、黨權和黨爭——1924～1949 年中國國民黨的組織形態》，上海：上海書店出版社，2003 年。
30. 王新命：《新聞圈裏四十年》，臺北：龍文出版社股份有限公司，1993 年。
31. 吳原編：《民族文藝論文集》，上海：上海書店，1934 年。
32. 夏衍：《懶尋舊夢錄（增補本）》，北京：生活・讀書・新知三聯書店，2000 年。
33. 徐公美：《非常時期的電影教育》，南京：正中書局，1937 年。

34. 徐光霄：《徐光霄（戈茅）詩文集》，北京：中國文聯出版公司，1995 年。
35. 徐仲年：《旋磨蟻》，出版地不詳，正中書局，1948 年。
36. 陽翰笙：《陽翰笙日記選》，成都：四川文藝出版社，1985 年。
37. 葉秋原：《藝術之民族性與國際性》，上海：上海聯合書店，1929 年。
38. 葉青：《三民主義之完美》，重慶：中國文化服務社，1941 年。
39. 葉青：《三民主義文化運動論》，時代思潮社，1943 年。
40. 余涉編：《漫憶李叔同》，杭州：浙江文藝出版社，1998 年。
41. 張道藩等：《文化建設新論》，重慶：中央文化運動委員會，1944 年。
42. 張勇：《文學南京——論二十世紀二三十年代南京文學生態》，北京：中國社會科學出版社，2013 年。
43. 趙麗華：《民國官營體制與話語空間——〈中央日報〉副刊研究（1928～1949）》，北京：中國傳媒大學出版社，2011 年。
44. 趙友培：《三民主義文藝創作論》，重慶：正中書局，1944 年。
45. 中國社會科學院近代史研究所編：《五四運動回憶錄》，北京：中國社會科學出版社，1979 年。
46. 中國文化基金會編：《掃蕩二十年——掃蕩報的歷史記錄》，臺北：中華文化基金會印行，1978 年。
47. 中山大學歷史系孫中山研究室等合編：《孫中山全集》，北京：中華書局，1985 年。
48. 朱曉進：《非文學的世紀——20 世紀中國文學與政治文化關係史論》，南京：南京師範大學出版社，2004 年。
49. 朱曉進：《政治文化與中國二十世紀三十年代文學》，北京：人民出版社，2006 年。
50. 褚民誼：《利用電影促成三民主義之實現及輔助》，南京：中國教育電影協會，1933 年。

4、譯著類：

1. （美）杜贊奇：《從民族國家拯救歷史——民族主義話語與中國現代史研究》，王憲民譯，北京：社會科學文獻出版社，2003 年。
2. （美）本尼迪克特·安德森：《想像的共同體——民族主義的起源與散佈》，吳叡人譯，上海：上海世紀出版集團，2005 年。
3. （意）薩爾地：《意大利國立教育電影館概況》，彭百川、張培滐譯，南京：中國教育電影協會，1933 年。
4. （意）薩爾地：《電影與中國》，彭百川、張培滐譯，南京：中國教育電影協會，1933 年。

5. （英）埃里克·霍布斯鮑姆：《民族與民族主義》，李金梅譯，上海：上海人民出版社，2000 年。
6. （英）戴維.赫爾德：《民主與全球秩序——從現代國家到世界主義治理》，胡偉等譯，上海：上海人民出版社，2003 年。
7. （英）厄內斯特·蓋爾納：《民族與民族主義》，韓紅譯，北京：中央編譯出版社，2002 年。
8. 〔英〕特里·伊格爾頓：《歷史中的政治、哲學、愛欲》，馬海良譯，北京：中國社會科學出版社，1999 年。
9. 吳志傑譯，周憲主編：《文化現代性精粹讀本》，北京：中國人民大學出版社，2006 年。

三、論文類：

1. 畢豔《三十年代右翼期刊研究》，湖南師範大學博士學位論文，2007 年。
2. 常賀敏《王平陵作品研究》，北京師範大學碩士學位論文，2002 年。
3. 段從學《文協與抗戰時期的文藝運動》，北京大學博士學位論文，2006 年。
4. 房芳《1930～1937：新文學中民族主義話語的建構》，南開大學博士學位論文，2010 年。
5. 宮浩宇《1927～1937 年南京政府電影政策研究》，南京藝術學院博士學位論文，2012 年。
6. 古遠清《爲右翼文運鞠躬盡瘁的王平陵——從南京到重慶的文藝鬥士》，《涪陵師範學院學報》第 18 卷第 4 期，2002 年 7 月。
7. 黃智《抗戰時期王平陵的文藝觀》，重慶師範大學碩士學位論文，2005 年。
8. 蔣洛平《關於「民族文學」——一個備忘的提綱》，《重慶師範學院學報》（哲學社會科學版），1982 年第 4 期。
9. 李鈞《生態文化學與 30 年代小説主題研究》，山東師範大學博士學位論文，2006 年。
10. 李怡《民國機制：中國現代文學的一種闡釋框架》，《廣東社會科學》，2010 年第 16 期。
11. 李怡《含混的「政策」與矛盾的「需要」——從張道藩〈我們所需要的文藝政策〉看文學的民國機制》，《中山大學學報（社會科學版）》，2010 年第 5 期。
12. 李怡、周維東《文學的「民國機制」問答》，《文藝爭鳴》，2012 年第 3 期。

13. 牟澤雄《(1927～1937) 國民黨的文藝統制》，華東師範大學博士學位論文，2010 年。
14. 秦家琪《關於開展「國統區右翼文學」研究的若干問題的思考》，《南京師大學報》1986 年第 3 期。
15. 錢振綱《民族主義文藝運動研究》，北京師範大學博士學位論文，2001 年。
16. 汪朝光《三十年代初期的國民黨電影檢查制度》，《電影藝術》1997 年第 3 期。
17. 汪朝光《民國電檢制度之濫觴》，《近代史研究》2001 年第 3 期。
18. 汪朝光《檢查、控制與導向》，《近代史研究》，2004 年第 6 期。
19. 汪朝光《影藝的政治：一九三零年代中期中央電影檢查委員會研究》，《歷史研究》2006 年第 2 期。
20. 王美花《〈文藝月刊．戰時特刊〉研究》，重慶師範大學碩士學位論文，2010 年。
21. 王先明《士紳構成要素的變異與鄉村權力——以 20 世紀三四十年代的晉西北、晉中爲例》，《近代史研究》2005 年第 2 期。
22. 袁玉琴《從〈黃鍾〉看後期「民族主義文藝運動」》，《南京師大學報》1986 年第 3 期。
23. 張直心、王平《民初文學教育考論——以浙江省立第一師範學校爲考察中心》，《文藝爭鳴》2011 年第 9 期，第 44 頁。
24. 鄭蕾《〈文藝月刊〉研究》，華東師範大學碩士學位論文，2009 年。
25. 鄭曉滄《浙江兩級師範和第一師範校史志要》，《杭州大學學報》1959 年第 4 期。
26. 周雲鵬《「民族主義文學」(1930～1937 年) 論》，復旦大學博士學位論文，2005 年。
27. 朱曉進《從〈前鋒月刊〉看前期『民族主義文藝運動』》，《南京師大學報》1986 年第 3 期。

後　記

這本書是在我博士學位論文的基礎上修改而成。

選擇王平陵研究作爲我的博士論文選題對我而言意味著挑戰。在現代文學研究中，對王平陵等國民黨文人的研究一直處於比較冷門的狀態。能否在少有人問津的諸多史料中沉潛下去，穿透歷史的表層，生動地勾勒出王平陵在現代文學發展脈絡中的複雜性與多樣性，一開始時我並沒有太大的把握。幸運的是，有一批良師益友的教誨、提點，才讓我最終對這個選題給出了自己的答案。

首先要感謝的我尊敬的導師李怡教授。從碩士到博士，李怡教授的睿旨、豐富、風趣帶領我步入了學術的殿堂，讓我深深地感受到了文學研究的魅力所在。感謝張中良教授和姜飛老師，讓我在困惑、彷徨中找到了研究的方向。感謝馮憲光教授、馬睿教授、陳思廣教授、毛迅教授、段從學教授、周維東老師從我論文選題開題，到最終完成都給了我悉心的指導和幫助。還要感謝我的同門，李哲、王永祥、李金鳳、譚梅、陶永莉、高博涵、康斌、彭冠龍，和你們在一起讀書、討論，是我博士學習生活中的快樂回憶。

最後要特別感謝我的家人，你們的鼓勵和支持永遠是我繼續前行的最大動力！

張玫

2016 年 11 月 7 日